ミネルヴァ日本評伝選

何云つてやがるんだ

正宗白鳥

大嶋 仁著

ミネルヴァ書房

刊行の趣意

「学問は歴史に極まり候ことに候」とは、先哲荻生徂徠のことばである。

歴史のなかにこそ人間の智恵は宿されている。人間の愚かさもそこにはあらわだ。この歴史を探り、歴史に学んでこそ、人間はようやくみずからの正体を知り、いくらかは賢くなることができる。新しい勇気を得て未来に向かうことができる。徂徠はそう言いたかったのだろう。

「ミネルヴァ日本評伝選」は、私たちの直接の先人について、この人間知を学びなおそうという試みである。日本列島の過去に生きた人々の言行を、深く、くわしく探って、そこに現代への批判を聴きとろうとする試みである。日本人ばかりではない。列島の歴史にかかわった多くの異国の人々の声にも耳を傾けよう。

先人たちの書き残した文章をそのひだにまで立ち入って読み、彼らの旅した跡をたどりなおし、彼らのなしとげた事業を広い文脈のなかで注意深く観察しなおす――そのとき、はじめて先人たちはいまの私たちのかたわらによみがえってくる。彼らのなまの声で歴史の智恵を、また人間であることのよろこびと苦しみを、私たちに伝えてくれもするだろう。

この「評伝選」のつらなりのなかから、列島の歴史はおのずからその複雑さと奥ゆきの深さをもって浮かび上がってくるはずだ。これを読むとき、私たちのなかに新たな自信と勇気が湧いてきて、その矜持と勇気をもって「グローバリゼーション」の世紀に立ち向かってゆくことができる――そのような「ミネルヴァ日本評伝選」にしたいと、私たちは願っている。

平成十五年（二〇〇三）九月

上横手雅敬
芳賀　徹

正宗白鳥（文藝春秋提供）

何も信ずまい，何も拒むまい…？

備前焼擂座壷　藤原啓作（中村昭夫撮影）

白鳥と同郷の藤原啓は作家を志して上京したが，白鳥に諭されて帰郷。白鳥の弟敦夫のすすめで，備前焼の道に入って大成した。

生家跡そばの入江風景（小橋節子撮影）

白鳥の生家は瀬戸内海に面していた。小説『入江のほとり』の舞台になっている。

はじめに

今日、正宗白鳥（一八七九〜一九六二）を知らない人は多い。明治から大正、大正から昭和、太平洋戦争をくぐり抜けて戦後にいたるまで第一線で活躍した作家・評論家であるといっても、その著作がほとんど読まれないのだから仕方がない。近代日本文学の「大家」と名のつく人なら、たいていその作品のいくつかが文庫本になっているが、白鳥となるとそうはいかない。彼の評伝を書きたいと思ったのは、そういう彼をもっと多くの人に知ってもらいたいからである。

とはいえ、作家としての彼を知ってもらうのが第一目的というわけではない。むしろ、彼の類まれな批評精神、魂の救済願望と表裏一体になったあの批評精神をこそ知ってもらいたいと思うのである。宗教と密接したその懐疑精神は、近代日本にあっては珍しい。その特異な精神の軌跡を何とか示したいと思う。

普通、批評精神と宗教は正反対のものと考えられている。しかし、信仰と懐疑は表裏一体である。近代精神といえばフランス一八世紀の「啓蒙思想」であるが、「啓蒙思想」をキリスト教会への批判とのみ考えるべきではない。教会批判をつうじての、キリスト教精神の奪還であったと見るべきである。宗教精神を現実の社会生活において活《い》かし、一人ひとりの魂を世俗的な形で回復する。それが「啓蒙」の本質であり、そのことは啓蒙家中の啓蒙家ヴォルテールを見ればよく分かるのである（René Pomeau "La religion de Voltaire" 1969 参照）。

近代日本最大の啓蒙家といわれる福沢諭吉にしても、その内に宗教的理想を隠しもっていたことを忘れてはならない。宗教的迷信を激しく攻撃した諭吉ではあるが、その裏に母親譲りの浄土真宗をもっていた（大嶋仁『福沢諭吉のすゝめ』新潮選書、一九九八）。白鳥の一見近代的な虚無主義にしても、そのままに受け取るべきではない。その底に宗教性を見なくては何もならないのである。

急速な近代化と都市化のなかでの既存の価値観の喪失、それに伴う精神の空洞化。そうした図式で白鳥を説明することはもちろんできる。しかし、それだけでは大事な部分が見えなくなろう。大事なのは、変化する歴史の裏をくぐって垣間見える「永遠なる相」である。それを見なくて、白鳥を理解することは到底出来まい。

白鳥が希世の散文家であったということは重要ではあるが、彼の散文がその批評精神と一体であったことを見なくては何もならない。明快で淡々、辛辣でとぼけたあの散文に見合う精神とは何か。真に覚悟のできた人の文章というものは、己を捨てることのできる読者でないとつかみにくいのであろうか。

白鳥の文章の良さは、考えながら読むことが出来るところにある。彼の文章が今日あまり読まれない理由は、あるいはそこにあるのかもしれない。今日、多くの人が考えながら読むという習慣を失っている。文学が商業化されて久しい。しかし、そういうときだからこそ白鳥をもっと知ってもらいたいし、また彼の文章を味わってもらいたいのである。

正宗白鳥——何云つてやがるんだ　目次

図版写真一覧

関係地図
軽井沢
東京
大磯
岡山
備前
湊川
多度津

正宗家系図

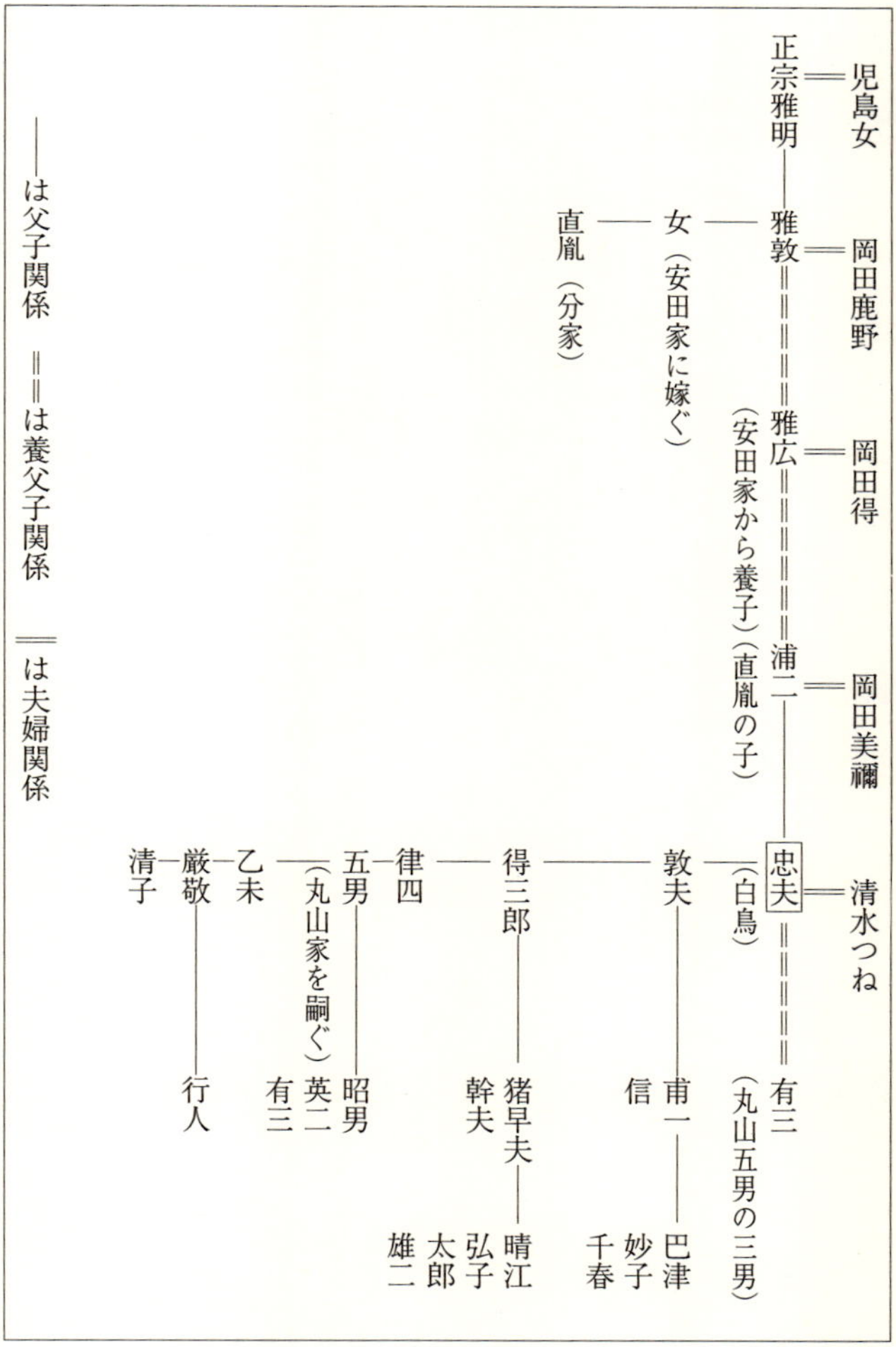

（磯佳和『若き日の正宗白鳥』、吉崎志保子『正宗敦夫の世界』を参考にした。）

序章　正宗白鳥とはなにか

白鳥の文学

白鳥の文学は煎じ詰めれば「魂」の表白ということになる。「心」を表現する人もいるし、「思い」を表現する人もいる。そういう人たちとはちがって、彼は「魂」を表現するのである。「魂」というと古めかしく感じるかもしれないが、彼の作品を読む者はどうしてもこの言葉を使いたくなる。人間、心と体のほかに、「魂」というものがはたらいている。

とはいえ、彼の文学は「宗教色」の濃いものではない。むしろ、懐疑的、現実主義的という趣である。それゆえ、多くの文学史家は彼の文学を「自然主義」の仲間に入れて満足している。見当違いであるが。

そもそも、白鳥が正真正銘の「文学者」であったかどうかさえ疑わしい。なるほど文章を書いて生業を立てはしたが、彼自身何度も言っていたように、彼にとって「文学」はさほど重要ではなかった。彼にとって重要だったのは、この世に生まれ出た実存の意味だったのである。

死ぬ直前の昭和三七年（一九六二）、満八四歳で次のように言っている。

はじめから小説家になるつもりはなかつた。偶然に小説家になつて、いい加減なものを書いて今日まで生活して来た。

（「文学生活の六十年」昭和三七年、一九六二）

同じ講演のなかでは次のようにも言っている。「ほんたうに自分で自信のあるものは書けなかつた」、「自分の書くことに、人生の真相、動かないものをとらへたやうなこともなく、つまり、一生をいたづらに送つた」。

謙遜から出た言葉ではなく、自身の力量を客観的に述べた言葉と取るべきである。

次も、同じ講演からの引用である。

ドストエフスキーにしても、トルストイにしても、名作にかかはらず、しかし私の求めてゐるものは、そこには出てゐない。……ほんたうの人生といふのはこれだといふものを探さねばならない。

白鳥にとって、近代日本文学のみならず世界文学の最高峰までが、究極のところ物足らなかったのである。

彼の求めたものは「人生の真相」「ほんたうの人生」。「文学」にそれらを見つけることは、土台無理だったのである。

『岡山の文学アルバム』（二〇〇一）のなかで、著者山本遺太郎は白鳥のことを次のように要約している。

文学とは幼時の地獄極楽の恐怖から出発した「人生とはなにか」「人間とはなにか」という懐疑を抱いて彷徨した求道のメソッドだという事。その道の行く手に、この人は文学というメソッドよりもっと大切な第一義のものを、終生見つめて生きたのであろう。それによってこそ白鳥の文学は、自然主義はもとより、日本におけるいわゆる「近代」をもはるかに越えた、類のない高い世界を達成しているのである。

何もつけ加えることのないほど立派な要約で、本書はこの要約を少し詳しく裏づけようとするだけのものである。「自然主義はもとより、日本におけるいわゆる『近代』をもはるかに越えた、類のない高い世界を達成している」。じつに見事な言葉ではないか。

白鳥との出会い

どんな作家も読者それぞれの個人的な体験においてしかあらわれない。私が白鳥について語ろうとすることは、すべて私の個人的な体験に発する。いかにして白鳥と出会ったか、以下簡単に記そう。

私が最初に白鳥と出会ったのは、「生まざりしならば」（大正一二年、一九二三）をとおしてである。

これを読んだとき、本当に救われたような気がした。それまでにもたくさんの本を読んでいろいろな感動を味わっていたが、それらの感動とは異質のものがそこにはあった。不思議な癒しの経験、そう言ってよいだろう。

志賀直哉の「城の崎にて」（大正六年、一九一七）を読んだときには、心の奥に眠っていた生物としての自分が自覚された。宮沢賢治の詩を読んだときには崇高な霊的世界を垣間見る思いがし、超越的な感動を得た。白鳥を読んで得た感動はそれらとはまったく違い、地に堕ちる有難みとでもいうべきものである。直哉や賢治から受けたものとはちがい、ある種の「おかしみ」があった。

ことさらユーモアがあるというのではないが、生きることの愚かさ、人生の哀れを超えて「おかしみ」が伝わる。生きとし生けるものの滑稽と悲惨がやたらにくっきりと見え、自分ひとりの悩みなどつまらないものだとつくづく思わされるのである。一種の「普遍」を見る爽快感。空晴れ渡って風舞い上がる、といった感じであった。

題名を見て分かるように、「生まざりしならば」は人間の悲惨を描いたものである。なのに、その実相がおかしく見えるのだから、不思議である。そこに描かれている人物はどれもあさましく、ちっぽけである。が、当人たちは必死になって生きているのだ。愚昧であればこそ人生は生きるに足る、という妙な逆説。こんな無遠慮な人間観察ってあるのだろうか、と痛快だった。

人を笑いものにしようとか、達観して見せようとか、そういう意図はまったく感じられない。にもかかわらず、人間が裸にされている。書き振りのあっけなさこそ、人生の悲惨を突き抜けたおかしみの源であろう。

登場人物の一人ひとりが自分の思惑によってのみ生き、それぞれが他人を誤解し、自分の都合しか考えない。人間どうしの浅ましさをこれでもかと描いている。それぞれが孤独で、相互関係はあってないようなもの。すべてがちぐはぐなのに、それを平然と、淡々と、突き放して描くのだから驚異である。

本来なら笑うことなどできず、意気消沈すべき中身なのに、描く筆がやたらに素っ気ないために、透みきった明るさになってしまう。読者は重苦しく押しつぶされるどころか、心の贅肉を削ぎとられる思いがする。

たとえばこれを夏目漱石の『道草』（大正二年、一九一三）と比べてみるとよい。「道草」は重苦しい空気で読者を包みこみ、読者は作者の内的葛藤に巻き込まれざるをえない。救われるどころか、自分までが神経衰弱になる思いをするのである。白鳥はその逆で、「則天去私《そくてんきょし》」など標榜する以前に「私」を去っている。「非人情」は漱石の目標であったが、それを実践できたのは白鳥である。

近代日本文学は自我の問題に出発し、それを追い求めてあくせくしてきた。そういう文学の価値を最初から軽視した白鳥文学は、「非文学的」とレッテルを貼られる覚悟で遂行された。渇いた批評精神のかわりに抒情に耽溺することが歓迎された近代日本にあって、自己憐愍《れんびん》を徹底的に拒んだ白鳥はまさに貴重である。白鳥が欠けたら、いくら漱石がいたとしても、およそ近代日本文学はつまらないものになったであろう。

白鳥に似た人を近代日本に求めると、作家でない福沢諭吉（一八三四〜一九〇一）が思い浮かぶ。諭吉の次の言葉はよく見るとショッキングであるが、白鳥の考え方と根底で似ている。「福翁百話」（明治三〇年、一八九七）の「空想は実行の原素なり」の冒頭である。

深夜独り孤灯の下に坐し、思ひを放ちて人間世界の事相を観察し来たれば、これに満足すべからざるのみか、唯その妄漫狂愚《もうまんきょうぐ》を驚くのほかなし。理屈に理屈をつめて、絶対に考ふるときは、今の世界中に国を立てて、各自に政府を設くるが如き、果して何の為なるや。各国利を争ふて果ては相殺し、国法よく人民を保護すと称しながら、その人民をして貧富苦楽を異にせしむるが如きは、最も解すべからざることにして、また、彼《か》の宗教と云ひ、婚姻法と云ひ、いづれの辺に真理の存するものあるや云々と自問自答して、次第次第に深遠を求め、次第次第に微妙に達するときは、世界の人類と名づくる者は、すべてこれ無智不霊《むちふれい》の動物にして、苦楽醜美の区別をも知らず、ただいたづらに生れていたづらに動き、遂にまた、いたづらに死して消ゆるものなりとの結論に終るべし。

人はただ生まれ、ただ苦しみ、ただ死んで行くだけのものであるのに、国家だとか、宗教だとか、社会だとか空しいことだ、これが晩年の諭吉の考えである。「近代化の推進者」であったはずの彼にしては意外な発言とも受け取れるが、これが彼の本音であったとすると、白鳥とさほど遠くはない。諭吉はきわめつきの現実主義者だったのかもしれないが、彼のような現実主義者になるためには人知れぬ大きな理想をいだいていなくてはならなかったろう。白鳥に諭吉に似た面があるというのは、白鳥もまた大きな理想を蔵する現実家だったということである。人は遠大な理想を求めればこそ、現実の卑小がよく見えるものだ。

ただ、諭吉とちがって文学を志した白鳥は、その発想において諭吉と異なっている。白鳥の文学は虚妄《きょもう》に満ちた人間の実相をひたすら写そうとするものであり、諭吉にはそういう真実は最初から興味がなかった。虚妄であると分かっていても、世の中を動かすことのほうに興味をもったのである。諭吉はジャーナリスト、白鳥は文学者。ジャーナリズムと文学はおのずと異なるもので、ジャーナリズムには文学のように人を救う力はない。

白鳥の「生まざりしならば」を読んで救われたと私は書いたが、救いのない生を凝視してそれを書ききったような作品が人を救うとは妙である。私たちは日ごろ無意識に自分を防備するためにさまざまなフィクションをこしらえがちだが、そうしたものを一切拒否する白鳥には逆説的な癒し効果があるのだろう。白鳥の考え方は、あるいは次の引用に出てくるフロイト（Sigmund Freud, 1856–1939）に近かったのかもしれない。

フロイトは彼の患者たちに向かって次のようにはっきり告げた。「心の慰めともなるであろう一切のフィクションなしで生きることを学びなさい。フィクションというものは人の心を麻痺させるものであり、そういう危険なものがすっかりなくなったとき、人は初めて希望を持つことができるのです」と。(Jacqueline Rose "Response to Edward Said", in Edward Said "Freud and the NON-EUROPEAN", 2003)

他人を裁くな

アルベール・カミュ(Albert Camus, 1913-60)の『異邦人』("L'etranger", 1942)には、正宗白鳥が言いそうな言葉が少なくとも二つは出てくる。一つは「他人を簡単に判断するな」、もう一つは「この世のすべては等価だ」である。『異邦人』の主人公ムルソーはこれら二つの考えをいだく人物で、そうであるがゆえに人から変わり者とされ、ついに社会から抹殺される。作者カミュは「異邦人」を抹殺する社会に対して異議を申し立てたいと思ってこの作品を書いたと言っているが(『異邦人』英語版自序)、ほかにも作者の意識しない動機があったろう。

白鳥はカミュとちがって西洋社会に生きたわけではないので、似たような思想をいだく人物を描いたとしても、その人物が「異邦人」扱いされるとはかぎらない。しかし、文化のちがいはひとまずおくことにして、『異邦人』の主人公が多分に白鳥的であることは注目に値する。たとえば、主人公ムルソーのアパートの隣人にサラマノという老人がいて、その老人は毎日犬と散歩に出るのだが、その都度犬に悪態をつく癖がある。これを見る周囲の人々はこの老人を「あわれな人」とか「ひどい人」とか言うのだが、主人公ムルソーだけはその老人が本当に「あわれ」かどうかは分からない、と思うのである。つまり、軽率に皮相的に人や物事を判断することをこの主人公は拒む。特別愛情をもって接するわけではないが、どんな相手をも拒絶しないところが白鳥的なのである。

白鳥のたとえば「他所の恋」（昭和一四年、一九三九）は、語り手でもあり主人公でもある「私」がアメリカに行ったときの話で、半分小説、半分随筆といった作品である。「私」はニューヨークで「在留邦人」の忘年会に出席するのだが、そこで太ったアメリカ女性と頼りなさそうな日本男性とのカップルに出会い、夫婦というものの意味を考えてしまう。このカップル、周囲の「邦人」たちから一様に蔑まれ、憐れに思われている。妻であるアメリカ女性がウィスキーを飲んで酔ったあげく、公然と夫の悪口を言ったりするからである。そうした妻をもつ夫を、周囲は「日本男子の恥さらし」と見る。しかし、語り手である「私」はそのようには思わず、次のように自らに言うのである。

私は自分の内面生活について他人から断定的批判を下されるのを聞くと、「何を云つてやがるんだ」と、反撥《はんぱつ》したくなる習癖を持つてゐた。かの酒乱の西洋婦人とその夫たる日本男子とは、互ひに相手を引摺りながら引摺られながら、荒々しく帰つて行つたが、冷笑して見送つてゐる我々に向つて、「何を云つてやがるんだ」と心で云つてゐるらしい反撥が顔にちらついていた。

「自分の内面生活」について他人から「断定的批判」を下されるのを聞くと「何を云つてやがるんだ」と反撥したくなる白鳥。彼は、他人を自分の物差しで勝手に裁くことをしないという点でカミュの主人公と似ている。これを「無関心」とか「ニヒリズム」とか言うことはできず、人間世界に平等に開かれた態度と言うのが適当であろう。

この世のすべては等価

『異邦人』には、殺人を犯した主人公が、自分の死刑の確定したあと独房で慰問神父の訪問を受ける場面があるが、そこにも特徴的な思想があらわれている。神父が最後の改悛《かいしゅん》をうながすそのとき、主人公はそれまで溜まっていた思いを一気に爆発させて、次のように言うのだ。

ほかの人々の死、それが僕にとって何だというのだ。母親の愛、神様、自分が生きる人生、自分が選択する運命、そんなものが何だというのだ。僕も、ほかのみんなも、結局は同じ一つの運命によって選ばれるんだ。だから、ひとりひとり、みなが選ばれているってわけだ。みなが特別なんだ。そのことを、神父さん、あなたは分かっているのですか？　ほかの人も、僕のようにいつかは死刑に処せられる。あなただって、そうなんだ。母親の葬式に涙を流さなかったからといって死刑にされる殺人犯がいるとして、それが何だというのだ。サラマノさんの犬は、彼の死んだ奥さんに劣らず価値があったのだ。レストランでたまたま見かけた奇妙な女性と、僕と結婚したがっていたマリーとどこがちがうというのだ。セレステの方がレイモンよりずっと立派だというかもしれないが、レイモンだって劣らず僕の友だちであって、どこもおかしくなんかないのだ。昨日は僕と寝ていたマリーが今日ちがう男と寝たとして、それの何が悪いのだ。

要するに、自分にとって大切と思われるものとか、そうでないものとか、そうした区別すら意味がないというのである。言い換えれば、この世のすべてが等価、優劣はないということだ。人殺しをしたあとでこんなことを言うのだから死刑になっても当たり前だ、と言う人もあるかもしれないが、似たような思想が白鳥にも見つかることには注意したい。

人を殺して心が安んじられないのだ。人を助けたつて、わが心は安んじられないのだ。どちらにしたつて同じことだ。

（「人さまざま」大正一〇年、一九二一）

こんなショッキングな言葉を吐く人間は、「異邦人」を通り越して危険思想家であるかもしれない。白鳥の言葉はぎりぎりで、ひやりとさせられることしばしばである。

カミュの『異邦人』は次の言葉で終る。

神父に対して怒ったあの怒りが、まるで僕の心を浄めたかのようだった。憎しみも希望も消えた今、さまざまな印と星に満ちた空を前に、僕は初めて世界の無関心へと心を開くことができた。世界は僕に近寄ってきて、親しみさえ感じさせる。僕は自分が幸せだったことを感じ、今もなお幸せだと感じた。すべてが終わるには、そして僕がひとりぼっちでなくなるには、あとは、処刑の時に大勢の人々が見に来て、僕に憎しみの罵声をあびせてくれることだけだった。

この主人公のいだく対社会意識は白鳥にはないが、「死」から「生」を顧み、そこからすべてを平等だととらえる点で両者は一致している。「この世のすべてが等価である」とは死を前にしてすべてが平等だということにほかならず、「すべての存在が等価である」ことは「すべて空しい」ということではなく、むしろ「何一つ、だれひとり、無視できない」ということなのである。一見して反宗教的に見えるが、実は強い倫理観に貫かれた考え方である。

白鳥の書いたどの作品にもあらわれているのは、驚くほどの公平無私である。彼のこの公平無私は、異文化に接するときも揺るがない。外国へ行くと、日本人は日ごろのリベラリズムや個人主義をかなぐり捨てて急にナショナリストに転じがちであるが、白鳥にはそういうところがまったくない。自身の内と外のすべてを直ちに相対化してしまう彼の懐疑的知性は、いかなる思想的偏向や感情のこだわりからも、彼を自由にしているのである。

そのような彼にあって、日本という国も、生まれ故郷の備前も、真の「故郷」とはなりえないものであった。日本を遠く離れて海外にあった時は故郷なつかしの情が生じなかったわけでもなかろうが、そういう感慨を自身信用しないのが白鳥である。パリ体験を題材にした「髑髏と酒場」（昭和六年、一九三一）に次のような一節が見つかる。

少年の頃、故郷からはじめて東京へ出た時には、自分も都会人の仲間入が出来たのを喜んで、早くも都会人気取りで街上を闊歩し、下宿屋のまづい食事をも、それが都会の食物であるがために喜んで食ひ、東京語を覚えて、それを活用することに努力したのであつたが、老いたる今の私は、本当の巴里《パリ》に来ても、さういふ情熱に捉はれてはゐなかつた。……そのかはり、郷愁といふものも感じられなかつた。しかし、幾十年の生命を托した地上を去るに臨んで、私は、果して地上恋しい「郷愁」を感じないであらうか。「別離の涙」をそそがないで、地上を去り得られるだらうか。

白鳥もまた故郷をもたない「異邦人」だったのである。

とはいえ、その異邦人性にはカミュのとはちがう何かがある。白鳥にはカミュのような対社会意識は希薄で、彼をして「社会」に対する異邦人とは言いきれない。白鳥の場合、「生」からの異邦人というのがふさわしいのである。その根拠はと言われれば、本書を読んでいただければ分かるだろうとしか言えない。白鳥という人は、彼自身それをさまざまな形であらわしているように、生からの疎外感によって特徴づけられるのである。

幼少から病弱で本ばかり読んでいたということが響いたのであろうか。それとも、ほかにもっと別の深い理由（たとえば性的な理由）があったのか。こうしたことは調べてみないと分からないことだが、いくら調べても無駄かもしれない。白鳥の生の本質に迫ろうとすると、いつも霧のような膜がかかっている。扱うに厄介な作家の一人である。

この世を超えるリアリズム

白鳥は現実主義の人であると言ったが、むしろ超現実主義と呼ぶべきかもしれない。彼の人生観察は、普通私たちが「現実」と思っているものを超える。現実主義が徹するところ超現実主義となる、ということかもしれない。

そう思わせるのも、「迷妄」（大正一一年、一九二二）、「銀座風景」（昭和二五年、一九五〇）といった作品群があるからである。これらの作品、白鳥の白昼夢と言うべきもので、「現実」以上に現実味を帯びている。

「迷妄」の主人公は庭の池の無数の蛙の卵を観察し、それらが簡単に野良猫に喰い尽されたのを見て「生めよ、殖えよ、地に盈《み》てよ」という聖書の言葉を思い出す。そして、「殖やしては滅され、他を亡くしては生きて行くやうに地上の生物を造つた異郷の神の心」が知れないといぶかるのである。彼には生存の原理そのものが不可解で、地上の生が喜べる現実とはどうしても思えない。春がきて「色恋」が自然界を彩ることがあっても、それまた「迷妄」に過ぎないと思われるのである。生の現実は「静明平和」であろうか。とんでもない、不安に満ち満ちている。

そういう主人公の前に「魍魎《もうりょう》」があらわれる。最初に出てくるのは天才肌で、彼に向かってこんなことを言う。「宇宙の秘密」も「人間の魂の底」もお前のような「凡人」には到底分かるはずもないのだから、つまらない理屈をこねるなと。

これに対して彼は、たとえ「天才」であろうと「全能の神」に比べればたいしたことはないのであって、天才の肉体も凡人のそれも同じであり、いずれは滅びるしかないのだと応酬する。この応酬にはそれなりの説得力がある。

次にあらわれる魍魎は最初のよりも「奇怪」な形をしている。「棘《とげ》をもつた樹木の魍魎」で、その声は自殺者の魂の叫びとなっている。この魍魎は神を恨む魍魎で、神が人間に肉体ばかりか霊魂まで与えたことで、かえって人間を苦しめることになったと恨んでいる。

これに対して主人公は、それなら「神の慈悲」にすがれと説得するが、「慈悲」などどこにもないというのが魍魎の言い分である。魍魎は絶望に満ち、人間に救済などありえない、文学も芸術も空しい幻想に過ぎないと断ずる。主人公より「魍魎」に分がありそうな展開である。

三番目の魍魎は主人公と同じ姿をしてあらわれ、究極の問いをもって主人公に迫る。お前は自分のもっている「魂」が亡びるのを望むのか、それとも望まないのか。この問に主人公は即座に答えられないのである。答えられないでいると、「里」から「幽《かす》かな響き」が迫ってくるのが聞こえ、にわかに戦慄がよぎる。魍魎は何をそんなに恐れているのかと叱責するが、主人公は心底から恐怖したまま答えられない。「里の出来事」など自分には関わりがないと強がってはみせても、魍魎の究極の問いには答えが出せないのである。そうこうしているうちに、「人里」からの「火焰」が彼を包む。魍魎ともども悲鳴をあげて、火中に消える。

これが短編「迷妄」の結末であるが、こんな作品、近代日本文学に見つかるものではない。実存の問題、宗教および芸術の意義についての根本疑問が提示され、「自然主義」をはるかに超えて「超現実主義」と言わざるをえない。白鳥にとって、魍魎の世界の方が生身の人間より現実的だったのであろうか。主人公は「書物も、お前のような影法師（＝魍魎）も、鼻で息をしてゐる人間も、みんな同じ」だと言っている。文字をとおしてあらわれる現実も、夢想の世界も、感覚をとおしてつかむ現実も、どれも等価だったということだ。

主人公を「魍魎」ともども「人里の火焔」に包ませた作品の結末は一体、何を意味するのか。「人里の火焔」とは戦争のことでもあれば地震のことでもあり、要するに歴史的現実のことであろう。人間はついに形而上学的問いに答えを見つけることはできず、「歴史」に押しつぶされる生き物に過ぎないということか。謎は解かれずじまいである。

白鳥自身、戦争という大きな「人里の火焔」を経験しているのだが、そうした経験が彼の思想を変えたとは思えない。戦前も、戦後も、まったく同じような形而上学的問いを発しつづけているからである。そのことを端的に示す作品がある。戦後書かれた「銀座風景」である。

「銀座風景」は、「私」という人物が戦後まもなく東京の中心で白昼に目撃したことをそのまま書いた、という設定である。「出鱈目の空想ぢやないんです。私は銀座を通りながら、それを見たんです」と語り手は何度も念を押す。

ある日、「私」なる人物が白昼の銀座通りを歩く。すると、江戸時代さながらの「槍持やつこ」が人間の「生首」を掲げて行進している。見世物でなく、本物の生首をいくつもいくつも宙高く掲げて歩いているのである。路上の群衆みんながこれを見て不思議がり、珍しがり、訳もなくその行進について行く。

「生首」だけにグロテスクなはずだが、戦争体験者である群衆は何にも衝撃を受けない不感症に陥っている。「言論の自由」を享受する彼らは、あれこれ好き勝手に論評しつつ、一時的にではあるが

「生首」の行列に惹かれるのである。よく見れば、行進する生首の一つひとつが見ている人一人ひとりによく似ている。そのように人々は感じ、自身の首がすわっているかどうか、首を触って確かめるのである。だれにも恐怖心はない。ただただ好奇心だけがある。そういうわけだから、時が経つと、この珍しい「見世物」も飽きられてしまう。

こんな作品を書いた白鳥にはどんな意図があったのだろうか。白鳥にすれば、ほかの現実に劣らない一つの現実の描写、それだけだということになろうか。「出鱈目の空想ぢやないんです。私は銀座を通りながら、それを見たんです」というせりふが読者の耳に残響する。すべてが「迷妄」であり、すべてが「現実」であるのなら、どんな「迷妄」も「現実」であろう、とでも作者は言いたいのであろうか。

「書物も、お前のような影法師（＝魍魎）も、鼻で息をしてゐる人間も、みんな同じ」という戦前の立場は、戦後においても変わっていない。「迷妄」で問われた究極の問い、魂の行方に関する問いは、答えを得られないまま、戦争という歴史を超えて戦後までつづいたのである。

魂の文学

「三つ子の魂百まで」と言うが、人間の個性の根本を作るものが「魂」である。孔子は「三軍の帥、匹夫《ひっぷ》の志を奪うべからず」と言ったが、その「匹夫の志」こそは人間存在の根本であり、これを「意識」とか「心」とか「思想」と混同すべきではないだろう。

人は「魂」の次元に目覚めてはじめて日常感覚を超えた現実に目覚める。白鳥が「魂の人」であるとはそういう意味なのである。多くの人が唯一絶対の現実と思い込んでいるものを、彼は「迷妄」と呼んで憚《はばか》らない。白鳥は一切の現実を「迷妄」と感じつつ、そこから救われたいと願った人である。

そういう彼は、いい加減なところで救われることを欲せず、宗教家になることを自らに拒否した。懐疑のなかに居つづけることを選んだのである。懐疑のないところに信仰はないと考えたパスカル（Blaise Pascal, 1623-62）は、結局は信仰に飛び込んだが、彼の書いた『パンセ』（"Les pensées", 1670）を読むと、その信仰がぐらついていたことが分かる。白鳥は、最初から最後までそのぐらつきを維持したのである。

白鳥の宗教性というと、とかくキリスト教と結びつけて考えられ、彼に強い影響を与えた内村鑑三（一八六一～一九三〇）との関係が云々される。しかし、そうしたことは表面的であって、彼の内面深く巣くっていた信仰と懐疑の問題はもっと根源的なものである。およそ「魂」についての疑問は、親子関係とか社会関係とかがすべて「迷妄」であると自覚されたときに生ずる。白鳥においては人生の早い時期に、そうした疑問が生じたと推測される。

もちろん、白鳥の魂が何を求めていたかを具体的なレベルで追求すれば、一応はキリスト教ということに行き着く。そのことは、たとえば「人さまざま」の次の文章にあらわれている。

日向《ひゅうが》の茶臼ヶ原の孤児院を訪ねて見たいと思つたこともあつた。その孤児院には、少年時代の彼れを愛撫して、基督《きりすと》の道を単純平明な言葉で伝へた昔の田舎牧師が老後の生涯を送つてゐる筈《はず》なので、高山（主人公の名）はお互ひがこの世に生きてゐる間に、一度その牧師に会ひたいと思つてゐた。「二十何年先生にも御無沙汰をして世の中を渡つて来ましたが、肝心な事はつまり何も分らないで、分らないじまひで私も一生を終りさうです」と云ひたかつた。

ここでいう「田舎牧師」とは日本最初の孤児院を岡山に開設した石井十次《じゅうじ》(一八六五〜一九一四)のことである。白鳥は東京に行く前、少年時代に岡山でこの人に会っている。この人に心を動かされていなければ、こうした述懐はありえなかったであろう。少年のころから「道」を求めていた彼が、石井のようなキリスト信徒に慰められたいと願っていたのは本心であろう。「朝に道を聞かば夕に死すとも可なり」という孔子の言は、儒教教育を受けた彼においてはよく知られた言葉であったが、「道」を求め、「道」を聞かずに死ぬまで進んだのが彼であった。

白鳥の心境を裏づける最晩年の言葉を引こう。「文学生活の六十年」(昭和三七年、一九六二)で語った次の言葉である。

僕は死ぬるとき、どう言つて死ぬるか、キリストを拝んで死ぬるか、あるひは阿弥陀仏で死ぬるか、あるひはもつと世俗的なことに身を寄せて死ぬるか、自分の死にざまはどんなことになるか、そこで自分のほんたうの一生が出てくるんぢやないか、といふことを感ずる。僕はキリスト教信者、田舎の、世を捨てて市井を超脱してゐるやうな、夢をもつてゐる人をいくたりも知つてゐる。さういふやうな境地に自分はなれない、なるなにをもつて生れてゐない。かへつてへんな知識をもつてきたのが悪かつたのか、小説類を読んだのが害になつたのか。

実際の白鳥は臨終のときになってキリスト教牧師を呼んだのであるが、そのこと自体はそれほど重要ではない。彼が最後まで「道」を求め「魂」の呻吟《しんぎん》を繰り返していたことの方が、よほど重要だからである。

白鳥はついに救われなかった、のではない。最期まで救われることを拒んだ、のである。

第一章　生い立ち

1　備前

本書では一貫して「白鳥」というペンネームを用いてこの人物を呼ぶことにする。本名は正宗忠夫であるが、私たちが知ることのできるのは、あったがままの忠夫ではなく、作家となった白鳥だからである。

備前・穂浪

白鳥は明治一二年（一八七九）現在の岡山県備前市伊里地区の穂浪に生まれた。当時でいえば岡山県和気郡穂浪村である。瀬戸内海に面した小さな漁村で、風光明媚な「入江のほとり」。今でもひっそりした所である。目の前には波のない海があるが、すぐ近くに島が迫り、海辺というより湖畔という感じがする。

生家はすでに壊され、あとには「白鳥生家跡」という記念碑が立っている。幼稚園の庭のような公園が造られ、その端にわずかに生家の残骸が見える。元が立派であったことを思わせる。公園のわきには坂道があり、それを上ると正宗家が代々世話になった寺がある。右奥には同家の蔵書を収めた蔵があり、「正宗文庫」と呼ばれている。白鳥の弟敦夫《あつお》（一八八一〜一九五八）が集めた和書が多いという。

このあたり備前は古く吉備《きび》国の一部で、瀬戸内沿岸の経済的にも文化的にも発達した地域である。気候温暖、農産物・海産物ともに豊富、近くは近畿・四国、遠くは九州・アジア大陸との交易も盛んだったようで、つまり古代からの先進地帯なのである。こういう土地に生まれ育った白鳥を、「田舎者」で片づけることはできない。

小さな漁村とはいえ、正宗家は江戸時代には地域一の網元であった。代々文学的教養を重んじてきたこの家には古書類が多くあり、白鳥の曾祖父らは文人であった。白鳥自身も祖父母から文学的遺産を受け継いだようで、兄弟には文化人・文学者が輩出されている。弟敦夫は国文学者、得三郎《とくさぶろう》は画家および美術研究家として知られ、妹乙未《おとま》も一時は東京で文筆活動をしているのである。備前随一とは言わぬまでも、沿岸地域でもっとも文化的な家の一つであったにちがいない。

白鳥は自分の生家について何度か書いているが、その表現は決して透明ではない。生家に対する愛着はあったにちがいないが、表現はぼかされている。生まれ育った風土についても明言を避け、自身の「岡山気質」とか「備前らしさ」とかには努めて触れまいとした。彼特有のとぼけたポーズ、と言うべきであろうか。

だが、岡山出身者で彼の文章を読む者は、彼こそは「岡山的」な人物だと判断している（後藤亮『正宗白鳥の文学と生涯』一九六六）。岡山は昔から山陽道の中心で、古代には吉備津《きびつ》彦命《ひこのみこと》が山陽道を制覇し出雲の勢力を撃退したことが知られ（『古事記』巻の中）、吉備の国が北九州や近畿と並ぶ古代三大先進地帯であったことは間違いないのである。奈良時代には吉備《きびの》真備《まきび》（六九五～七七五）のような遣唐使学者が輩出され、同じ時代に和気清麻呂《わけのきよまろ》（七三三～九九）も出ているのだから、中央とのつながりは極めて強かった（柴田一『岡山の歴史』一九九七）。そういう土地でありながら、ついに天下を取るに至らなかったことがこの国人の心性に複雑な影を落としていると考えられ、自分らは実力はあっても天下を取ることはできなかった、「田舎者」になりさがったが「都人」に負けるわけに

白鳥の生家（岡山県和気郡伊里村穂浪，当時）

白鳥の生家跡の記念碑（備前市穂浪，現在）

はいかない、そういう一種屈折した自負心が培われたにちがいないのである。つまり、自らを「田舎者」であると規定しつつ、同時にある種の文化的優越感をもいだく。そのような複雑な心性が「岡山気質」となり、それが白鳥にも遺伝していると思えるのだ。彼が「地方出身」でありながら「東京」という都会を相対化し、なおかつ「故郷」をも相対化しえたのは、この「岡山気質」に起因しているのではないだろうか。

白鳥には「人を殺したが」(大正一四年、一九二五)という小説があるが、その主人公は地方から東京に出てそこで大学に行き、卒業後そのまま東京で就職し、やがて職を失って、ついに殺人を犯すという筋書きである。都会に吸い寄せられ自らを喪失する地方出身者にありがちな精神の空洞化が冷静に描かれているこの作品は、作者が自身の精神的屈折を客観視し、ある程度まで普遍化してこそ書けた作品である。幻想にとらわれることはあっても、その幻想に埋没する己を外から冷たく見ることが出来る。そのような自身との距離のとり方は、歴史的に相当に練れた土地でなければ生み出せないはずで、白鳥文学に岡山の国人性が深く関わっているというのは、そういう意味である。

何事にも感動できず、何事にも真剣になれない「根無し草」を造形し、そういう人物に「わたしのやうな人間が東京人なのですよ」と言わせる白鳥は、全国から雑多な人が押し寄せ「江戸っ子」が消えて得体のしれない「東京人」が増える近代都市の犯罪と虚無とを「人を殺したが」で明確にしている。東京生まれの作家にはとらえきれず、かつて文化の中心であった関西人にもとらえにくく、まして中央から離れすぎて東京志向に凝固まっている東北人にはとらえられない真相を、突き放して描くことが出来たのである。白鳥文学をすべて「岡山気質」に帰することはできないにせよ、彼の文学の背景に「備前」を見ないわけにはいくまい。

人間不信

吉備国は奈良時代に吉備真備と和気清麻呂とを輩出したと述べたが、この二人のうち郷土において人気があったのは清麻呂である。真備は留学生で国際派、清麻呂は天皇の神格を守り抜いた国粋派、そういう色分けもできる。もともと根強かった清麻呂人気は明治以来の国策によってますます強固となり、白鳥の子ども時代には「清麻呂」といえば備前の誇りであった。というのも、奈良時代に「怪僧」道鏡から皇位を守ったのが清麻呂である。天皇制強化をはかった明治政府は、このような人物をこそ楠木正成とならぶ「臣民の鑑《かがみ》」に仕立て、全国の教場で喧伝した。白鳥が学校へあがったころには、清麻呂は「郷土の英雄」というだけではなかった。天皇への「忠誠の鑑」となっていたのである。

では、そのような忠君愛国の思想は白鳥にどう伝わったのか。地域の名家の長男であった彼にとって、教師を含めた一切の公的権威は煙たかったようである。古来栄えてきた土地というものは、中央政府の意向に対して素直にはなれない。当時学校の先生といえばやたらに尊敬されていたのに、白鳥にはそうした尊敬はなく、学校教育の基本的イデオロギーが気に食わなかったようである。

ある日試験があって、「日本ではだれが一番偉いか」という問いが出されたという。教師は生徒たちに「和気清麻呂」とか「楠木正成」とか書いてもらうことを期待したが、少年白鳥はあっさり「馬琴」と答えている（「私の履歴書」昭和三一年、一九五六）。当時の彼が馬琴文学に夢中になっていたことは事実であるが、皆が書きそうな答えを敢えて書かず、教師という権威に簡単に応じないところに後年の白鳥の面影があらわれていると言える。

もっとも、彼を生来の反逆者、反権力の権化ととらえるのは誤りである。権威に対して従順であったことはないにせよ、何かに対して正面から反抗する気質は彼には乏しい。彼を特徴づけているのは「反抗」ではなく「不信」。人間不信、社会不信の塊《かたまり》なのである。

こうした彼の気質を「岡山気質」として一般化するだけでなく、狭苦しい村で経済的にも文化的にも優越していた地主の長男であったということにも注意したい。家では大事にされても周囲からは孤立して育った彼は、周りを馬鹿にしておれば済むというわけではなく、つねに周囲を恐れ、世間を警戒したのである。

無論、地主で教員もしていた父親の教育の影響もあったろうし、四国の武家の出であった母のしつけもあったろう。加えて、教養ある、厳格な祖母の存在もあった。はじめから世間と一線を画して育てられたことは間違いのないことで、それは次の文章からもうかがい知れる。

明治十年代にこの瀬戸内の漁村に生まれた私は、あの頃此処に生存してゐた太郎兵衛次郎兵衛の感化を受けたのである。彼等によつて人生を知るやうになつたのである。……自分の家を一歩出れば我儘の通らぬ事を、子ども心によく覚えた。他所の子供の持つてゐる玩具をわが物としようとして争つて、負けて泣いた事も、人生を学ぶ最初の一事件であつた。垣の外をのぞいて、さまざまな人生光景を見たが、それ等は大抵嫌悪すべき記憶を後々まで留めたのであつた。

（「人間嫌ひ」昭和二四年、一九四九）

つまり、狭い地域社会のなかで断然ほかを圧していた正宗家の長男は、楽々と育つどころか、都会の子には想像のつかない苦い経験を繰り返して世間を知っていったのである。周囲への警戒、周囲についての注意深い観察、そうしたものを訓練しながら育った彼の「人間嫌ひ」とは、だから人間不信、社会不信の異名である。彼が社会を超えた普遍的な価値、究極の理想をはげしく求めたのも、この生まれ育った環境と無関係ではない。彼の気質には備前という土地が刻印されていることは先に述べたが、「田舎」の地主の長男であったということも大きく関わっているのである。

岡山の風土

白鳥は人一倍宗教的関心の強かった人として知られているが、彼の生まれ育った岡山という土地はその点でも関係があるだろうか。岡山というと古くから備中に吉備津《きびつ》神社があり、古代日本の宗教的中心地の一つであったが、神道とあまり縁のなかった白鳥に、そのことは直接関係がなさそうである。

僕は死ぬるとき、どう言つて死ぬるか、キリストを拝んで死ぬるか、あるひは阿弥陀仏で死ぬるか。

（「文学生活の六十年」昭和三七年、一九六二）

これは晩年の言葉であるが、ここに「阿弥陀仏」が出てくるのは注意を惹く。「阿弥陀仏」への帰依を唱えた法然《ほうねん》（一一三三～一二一二）は、なんと吉備津神社の神官の子だったのである（黒崎秀明『岡山の人物』一九九八）。そういうことを白鳥が知っていたかどうか、同じ岡山の風土がこの二人の魂を見えぬところで結んでいたと結論するのは早計であろう。しかし、あれほど親しんだキリスト教を白鳥が浄土宗的に理解していたことは、見逃せない。彼には、キリスト教に「今生の安心」とか「死後の極楽浄土」とかを求める節がたしかにあったのだ。

岡山といえば、法然と同じ時期に栄西《えいさい》（一一四一～一二一五）も輩出している。中国に渡って禅仏教を学び、それをもち帰った臨済宗の開祖も岡山人だったのである。となると、この地域を単に文化の先進地帯で済ませるわけにはいかない。宗派分布を見ると、浄土宗も真宗も禅宗もあまり浸透してはいず、むしろ天台宗や真言宗が浸透しているようだが（柴田一『岡山の歴史』一九九七）、大宗教家が同時期に二人も輩出された過去の事実には、それなりの意味があると思えるのである。すなわち、備前・備中が宗教家の生まれやすい土壌であったと考えたい。白鳥の生まれる少し前にも、この地方は黒住教《くろずみきょう》や金光教《こんこうきょう》といった民間宗教を生み出しているのである。

また白鳥の少年時代、西洋から宣教師が集まってキリスト教伝道をする一大中心地となっていたのも岡山である。彼がキリスト教を知ったのは民友社系の雑誌をつうじてであるが、故郷の近くの村には伝道所があり、さらに岡山市に行けば大きな宣教師団があったことを考慮すべきであろう。古来宗教的土壌のあった土地だからこそ、西洋の宗教も入りやすかったのではないか。

岡山には宗教的性格とは正反対の面もあり、功利主義と合理主義の発達した土地であったというのも本当である。白鳥の生まれた瀬戸内沿岸東部の人品は、近世初期に編まれた『人国記』（一六世紀）によれば、「利根を先とて万事とり行」い、「胸に二心抱」く信用ならないものとされている。多少の誇張はあるにしても、昔から交易のさかんなこの土地、人間がナイーヴなはずがない。

人を素朴に信じ、知らない人に本音を言ったりすることは己の利益に反する。そうした実際的な知恵が発達し、それが功利主義、さらには合理精神をこの土地では発達させたようである。そういう地に生まれ育った白鳥に、極めて批判的、合理的な面があったとして少しもおかしくない。彼の用心深さ、懐疑主義には、なるほどこの土地の風が染み込んでいる。

白鳥の生涯を見ると、この人は経済感覚にも鋭いものがあったとつくづく感じさせられるが、長年寄り添った妻が商家の娘であったからというより、彼の生まれ育った土地柄がそうさせたのではあるまいか。原稿や講演の依頼にきた初対面の人にも、「いくら払うか、安ければ断るぞ」と真っ先に言った白鳥である（後藤亮『正宗白鳥　文学と生涯』一九六六）。「利根を先とて万事とり行ふ」と言われても仕方のない、備前人ぶりなのである。

以上要するに、白鳥文学は宗教的煩悶の文学であるにはちがいないが、その煩悶には備前特有の現実主義が結びついているということである。理想と現実の乖離というとあまりに一般的になってしまうが、岡山を知らずして白鳥を語るべからずである。生まれた土地が人に及ぼす影響は、私たちが思うより深い。

では、そのような備前には、どのような「文学」が育ったのか。備前市の歴史民俗資料館にこの問いを発すると、次のような答えが返ってくる。この地からは近代作家としては白鳥、その弟の国文学者正宗敦夫がいて、さらに『眠狂四郎無頼帖』の柴田錬三郎《れんざぶろう》（一九一七～七八）、社会派推理小説の藤原審爾《しんじ》（一九二一～八四）らが出ているのである。

これらの作家の共通点は何だろうと考えてみると、強いて言うなら、いずれもがドライで地味だということである。たとえば柴田錬三郎の批評の鋭さ、皮肉で虚無的な人生観など、白鳥を思わせるところがある。また同じ柴田には、白鳥とはちがった形ではあるにせよ、宗教的な面もあった。彼がキリスト教に傾倒し、「聖書」をよく読んでいたということは案外に知られていない（柴田錬三郎「柴錬のプレイ・ボーイ人生相談」一九六八）。もしかすると、この「大衆作家」はひそかに白鳥に私淑《ししゅく》していたかもしれず、眠狂四郎のようなニヒリストを生み出した作家が白鳥に劣らぬ魂の求道者であったとなれば、備前という地は複雑な味を帯びていると言わねばならないのである。

同じ備前出身でも、白鳥とは似ても似つかない近松秋江《ちかまつしゅうこう》（一八七六～一九四四）のような作家もいたではないかと言われれば、そのとおりである。白鳥の生地から北に向かった山間部、藤野村の出身である秋江は、東京に出て早稲田に通った白鳥にとってたった一人の「同郷の士」で、二人とも坪内《つぼうち》逍遥《しょうよう》（一八五九～一九三五）のもとで英文学を学び、同じように島村抱月（一八七一～一九一八）に近づいて、同じ読売新聞で仕事をしたのである。ともに「日本自然主義文学」の一翼を担った文学仲間であり、女性問題をめぐっても親密な関係にあったのだから、因縁と言わざるをえない。これについては後述するが、備前が宗教だけでなく特異な文学をも生み出す土壌であったことは、以上から明らかである。

ところで、備前といえば「備前焼」である。唐津、信楽《しがらき》、志野、織部《おりべ》といった桃山期の焼物よりもっと歴史が古く、きわめて素朴で渋く、いや渋さを超えて素っ気ないとさえ言える味わいをもつ。渋くて素っ気がないといえば、もちろん白鳥の文体もそうで、その備前焼について、白鳥は次のように言っているのである。

骨董品と云へば、私の所にも、古い備前焼の徳利が一つある。私の故郷の隣村の伊部《いんべ》といふ、古代から陶器の製造で有名な土地の産物である。この地の陶品は赭《あか》い色をした無意気なものだが、私の持つてゐる徳利は、煤《すす》けた色をしてゐる。酒を入れるための実用的器具で、無論おしやれの芸術品ではないのだが、今の目で見ると、煤けた趣きに雅致《がち》があると思へば思はれないこともない。……有難味をつけて、その気持になつて見ると、鰯《いわし》の頭も信心からといふ訳で、この古徳利も芸術の光を放つてゐるやうである。

（「人間嫌ひ」昭和二四年、一九四九）

備前焼が「無意気」だと言う白鳥であるが、「無意気」とは彼の文体のことでもあろう。「実用的器具で、無論おしやれの芸術品ではない」が「煤けた趣きに雅致がある」。これは彼の文体にぴったりの表現であり、白鳥が備前の人であったことをさらに印象づけるのである。

ちなみに備前焼の大家として知られる藤原啓（一八九九～一九八三）は、白鳥に憧れて東京へ出て作家になろうとした同郷の人である。作家になるのはそんなに甘くないと白鳥に言われ、初志を果たせず無念の思いで故郷に帰ってきたのだが、白鳥の弟敦夫の勧めで焼物を始めたことで、後に備前焼を代表する名匠となったのである（藤原啓『土のぬくもり』一九八三）。白鳥の郷土より岡山市寄りの彼の生家跡は、現在彼の作品の展示場になっている。そこを訪れて彼の作品に接すると、白鳥の文体よりは幾分豊饒《ほうじょう》であるが、やはり「無意気」な「雅致」が漂って、風土の見えざる力を感じさせるのである。

僕の作に地方色が出て居るのどうのと云ふのは世間が勝手に云つて居ることで、僕はどうでも可いのです。

これは「二家族と五月幟《のぼり》と村塾」（明治四二年、一九〇九）において自作を解説する若き白鳥の言葉である。「地方色」など意識して出そうと思って出るものではないが、体質に染みついていれば、おのずから出てしまうものである。人間白鳥が「備前的」であるとすれば、彼の全身に染み込んだ考え方や表現のスタイルもそうであろう。当人の意識を超えたものこそ、真の「地方色」と言えるのである。

郷土意識　では、そういう白鳥は、自身の生まれ育った土地についてどういう意識をもっていたのか。作家として脂の乗りきったころ、彼は次のように言っている。

私の生国岡山地方の言葉だけは、農夫漁夫そのほかどういふ種類の人々によつて使はれたにしても、私には完全に解る。

（「感想片々・地方語」大正一三年、一九二四）

人は言葉が同じであるからこそ「完全に解る」のであって、そうでなければ解ったものではないというのである。完全に解るとは相手の人となりまでがつかめるということであって、そのためにはまず同じ言葉をしゃべらなくてはならない。白鳥にとって、たとえば近松秋江がそういう相手であり、だからこそ「人類」において「秋江一人だけ」は分かったと言えたのである。生涯を一人の「異邦人」として生きたはずの白鳥であるが、同郷人に対しては特別の思いがあったのか。

もっとも、郷里への思いを語る彼の口ぶりはひねくれたもので、どこまでが本心か分かりかねる。上京して間もなく郷里の弟敦夫に宛てた手紙を次に引くが、そこには故郷への真率な思いが表現されているにしても、それがすべてだとは容易に言いきれないのである。

さぞかし今は新豆　穣々《じょうじょう》、日々の菜となり居《お》るらんと下宿屋のシワき皮椀豆《えんどう》を食ふ毎に思出し、鰆《さわら》ずしは友人と会する毎に語り出ヅル所に　候《そうろう》、既に久しく音信を欠き候は小生健康の故と御察し被下度《くだされたく》候、胃脳などの悪しき時は故郷の事を常に思出し候へども心地よき時は何かに忙しく……。

（明治二九年五月二〇日付）

体調の悪いときなど、どうしても故郷を思い出し、東京の食べ物のまずさから故郷の味を懐かしんだりする。しかし、だからといって、備前の人々に懐かしさを覚えたとは言っていない。意地を張って東京になじもうとするような「田舎者根性」はどこにもなく、故郷の人々に愛着を感じることもなければ、東京人を愛することもない。漠然と都会生活のなかに失われる自己を「根無し草」として見つめ、それを淡々と語るところに白鳥の出発点があったと知るべきである。

東京という都会は郷里を出るときは憧れの的であったかも知れないが、実際そこに住むようになると、学問や芸術の場であり、著名な文学者や思想家と直接の交わりを結ぶことができる場所ではあっても、それ以上ではなかったということであろう。「人を殺したが」のような作品を見ればよく分かるが、白鳥の精神はどこにも属することができず、いつまでも宙を迷いつづける。伝統を急速に失いつつあった東京は、その意味で彼のような「異邦人」にはかえって住み良かったであろう。

白鳥はときに故郷について激しい嫌悪を表明しているが、そうした言葉を百パーセント鵜呑みにすることは危険である。たとえば、彼の次の言葉など、嘘とは言わないまでも割り引いて聞かねばならない。

日本も広いのに、世界は更に広いのに、私は何だつて、かういふ土地に生れ落ちたものか。知識の倉庫であるべき頭脳を人並に具《そな》へて生れながら、嬰児《えいじ》の折からかういふ地方語を詰め込まれたのは、一生懸けて無念な思ひがされる。

（「人間嫌ひ」昭和二四年、一九四九）

要するに、故郷に対して他人には分からぬ愛着と嫌悪が同居していたということで、それだけなら驚くに当たらないが、白鳥の場合はその二律背反が非情な辛口で表現されているところが特異なのである。

2　母・祖母そして祖先

不眠症児

人の一生の根本的主題がその人の生まれた地域文化や社会環境によってのみ決せられるものでないことは、誰しもが認めるであろう。個人差を決定する因子としては、今日言うところのDNAを考えねばならないが、ここはもちろん白鳥の遺伝学的研究をする場所ではない。いわゆる「素質＋環境＝個性」の定式で満足せざるをえないであろう。

まず白鳥の体質であるが、本人の回想では幼少時からつねに病弱、神経質ということになっている。「両親の印象」（大正一三年、一九二四）という文章のなかで、彼は父親からは「胃弱」を、母親からは「神経衰弱」と「不眠症」を受け継いだと言っている。また、歳とってからの文章、たとえば「白鳥百話」（昭和三七年、一九六二）においても、「健康の快感を充分に味つたこと」がないと言っている。自分は「生物としての生きる喜びを知らないのぢやないか」と「空想」することもあるというのだから、よほど体質虚弱だったかに見えるが、こうした本人の発言がまったく当てにならないのは、彼自身が「空想」という言葉を用いているところにもあらわれている。

生前の彼を知る人は、当人が「胃弱」だと主張していたにもかかわらず、並外れた食欲の持ち主であったと証言している。たとえば、中村光夫（一九一一～八八）は白鳥と対談したときの印象として、老齢の白鳥が「かなり大きなビフテキをきれいに食べてしまった」ことを挙げているのである（新潮社版『全集』四巻、月報）。

また、彼が体力的に平均的老人よりタフであったことは、老いた彼と初めて会った江藤淳（一九三三～九九）が語っている。「翁」が夏の暑い盛りなのにかなりの長い距離を平気で歩いてきたことに江藤は驚いているのだ（新潮社版『全集』一三巻、月報）。若いころから病弱だと言っては身体を鍛えた結果、かえって人一倍元気になっていたのであろう。

もちろん、本人の主観的判断を一方的に否定すべきでもない。人によって感受性は異なるから、絶対的基準をもって個々人の主観的判断を斥けることは出来ないことである。白鳥のように神経質で要求の高い人間にすれば、この世はあまりにも不完全、不愉快なことばかりであったろう。傍《はた》から見ていくら健康であっても、当人にすれば「病弱」と感じられ、もっと健康に生まれていれば良かったのに、とつねづね不満をいだいていたと考えられるのである。

その意味では、彼が「不眠症」に悩んでいたということも、「気のせい」で片づけるわけにはいかない。自身の不眠について、たとえば「現代つれづれ草」（昭和三二年、一九五七）で次のように言っているのである。

春眠暁を覚えずは、い丶気持であるが、私はさういふい丶気持を経験したことは殆んどなかつた。幼い時から不眠症勝ちの私は、窓が明るくなると、パツと目を醒ますのを例としてゐた。半酔半醒《はんすいはんせい》の恍惚境《こうこつきょう》を悦楽したことはないやうなものだ。でも、私はその半酔半醒の恍惚境を憧憬してゐた。生きてゐるうちにこの境地に心を浸してゐたいと念願を籠《こ》めてゐた。さうなれないのをもどかしく思つた。文学芸術、或ひは宗教も、畢竟《ひっきょう》この恍惚境に我を誘《いざな》ふよすがとなるのである。

この文章からすると、生来の不眠症は彼をして生を厭わしきものと思わせていたことになるが、さらに煎じ詰めれば、彼を文学や宗教に向かわせた究極の原因が子ども時代からの不眠症にあったということになる。不眠は白鳥文学の根本的性格に関わる重要事、そう考えてよいであろう。

では、そのような不眠症が何に由来したかとなると、本人はこれを母親譲りであると言っている。そして、自分は「袋」をかぶって生まれたので産声が立てられず、近所の婆さんがそれに気づいて「袋」を剝いでくれたので、やっと「人間の叫び」をあげることができるようになったというのである（「私の養生法」昭和二五年、一九五〇）。彼によれば、そのとき以来「顔に青筋の立つてゐる癇性《かんしょう》」

になり、「食べ物が意に満たぬ」と癇癪《かんしゃく》を起こして「気絶」するような性格になり、それが原因で不眠症になったという。この自身の説明、大変に興味深いものがある。

というのも、ここで彼が言う「袋」とは胎盤のことである。「袋」をかぶって生まれたとは、出生時に母子の身体的離別が困難だったということである。それは死の危険を伴う困難であり、その危険についての直覚が白鳥の生涯にわたって響いたと思われる。生涯生と死について不安に悩まされた彼の不眠の本体とは、この出生にまつわる困難のことだったのである。

幼時の白鳥は寝床につくと「眠られんがな眠られんがな」と泣き声を立てたそうだが、周囲がこれに対して過敏に反応したために、ますますこの傾向が助長されたのであろう。元来子に恵まれなかった正宗家にようやく生まれた最初の子だったから、周囲のそういう反応は理解できないわけではない。少年白鳥は腫物に触るように大事に育てられたのであり、生来の癇性が一生つづくことになったのも、そうした親たちの過保護のせいだと言えるのである。

そういう白鳥を「我儘《わがまま》」と言っても間違いはなく、「青筋の立つた癇性」が死ぬ間際までつづいたことは、彼の妻つねが彼の死後に発表した「病床日誌」（昭和三七年、一九六二）にも書かれている。死ぬ前日「一文もないのだから家に帰る」と訳の分からないことを言った彼に対して、妻つねはもっていた現金十万円を見せたのだが、それを見た白鳥は「お前は何でも、少し、少し、しか持つて来ないじゃないか」と怒って、妻の顔をゲンコで「ぽんぽん」なぐったというのである。このような子どもじみた反応は、たしかに生来の「癇性」のあらわれであり、傍から見れば滑稽であっても、本人にとっては深刻だったのである。

ところで、幼児の不眠症は死の恐怖と関係しているとよく言われる。睡眠すると意識が失われ、光が無くなり、恐ろしい妖怪があらわれたりしてどうすることもできず、もしかするともう二度と目覚めないのではないかという恐怖が襲うのである。そういう恐怖は白鳥の幼児期を特徴づけるものであり、彼の場合には成人してからもそこから抜け出せなかった。何のためにこの世に生まれてきたのか、生まれてこない方がよかったのではないか、そういう疑問に絶えずつきまとわれ、生涯を送ったのである。

「生まざりしならば」といった作品を生む作家は、「生まれざりしならば」と思いつづけたにちがいなく、元をたどれば、出生時の母胎離脱の困難に行きつくのである。

幼少時の不眠が実存的な悩みと緊密な関係にあることについては、哲学者レヴィナス（Emmanuel Lévinas 1905–95）が次のように言っている。

意識が目覚めてしまっていて、どうしても眠れない。それが「なにかがあるが、なんであるかはわからない」（il y a）という状況であり、生まれ出るということは消え去ることによってしか確かめられないということでもある。無意識のなかに沈みこむことができず、我が家に帰るように眠りにつくことができない。そういうあり方であっては、とても自分というものを確保できないのだ。自分が見失われた状態。しかも、それが永遠につづくと感じられる。出発点もなく、世に生きているということも言えず、世に自分という存在を示すこともできないのである。

(Emmanuel Lévinas "Le temps et l'autre", 1979)

ここでいう「出発点もなく、世に生きているということも言えない。世に自分という存在を示すこともできない」という実感が、まさに白鳥文学の本質をなす。白鳥文学の原点は不眠。彼の文学が一面で哲学的なのも、そういうところからきている。

ところで、子どもが安らかに眠るためには母親の温もりが肌近くに感じられる必要がある。不眠にあえぐ少年は、母の不在をつねに感じているのである。白鳥の場合、物心ついたときに一緒に寝ていたのは母ではなく、祖母だったという（「両親の印象」大正一三年、一九二四）。母親は白鳥を産んだあと次々と子を産んだ。長男である彼は、母親と一緒に睡眠をむさぼる安楽を得ることはできなかったのである。

つまり、白鳥において不眠症と癇性とがつづいた背後には、母の不在があったということである。不在と言っても、母がそこにいるのに触れられないという不在感で、母胎からの離脱が死の恐怖と不可分であった彼の場合、生の不安の延長上にそれがあったのである。そういう彼がやがて「文学」や「宗教」に救いを求めるようになっていったのは、だから当然の帰結といえる。白鳥において「文学」や「宗教」は、つまるところ「不在の母」の代償だったのである。

母と女

『正宗白鳥　文学と生涯』の著者後藤亮によれば、白鳥は母親のことを深く尊敬していたそうである。白鳥は自分には「女」が分からない、「女」が書けないと何度も洩らし、妻についてはほとんど語らず、母についてもほとんど語っていないが、そういう彼は自分にとって本当に大事なこと、心の奥底にあることは必ずしも語っていないのである。母や妻という存在は余りにも大きかったがゆえに、彼女たちについては多くを語っていない。

祖母についてはやや語っているが、父や弟についてほどではない。彼の人生において最初の女性であったはずの母との隔たりは大きく、それが彼の心のありようを決定したと考えると、「女」が分からないというのも当然なのである。

「女」とはまず「母」のことであり、その「母」の「袋」のせいで自分は生まれるとき死にそうになった。死の恐怖の原因は母、すなわち、母胎だったのである。

白鳥の数少ない母についての言葉は、「恐妻病」(昭和二八年、一九五三)に見つかる。「私は女をよく知らない」「幼い時から女といふものを恐れて」いると例のごとく言ったあとで、結婚して「偕老《かいろう》同穴《どうけつ》の妻」を得たら、その妻を恐れるようになっても簡単には逃れられないから、そこに「人世の面倒くささ」が始まると言っている。では、彼自身妻から逃れたかったのかというと、それほどでもなかったと言う。そして、いつのまにか妻のことから母のことへと話題を転じ、女性一般について、自分と母とのわずかな接触の回想をつうじて語るのである。

女の女たる所以《ゆえん》は、子供を生み子供を育てることで、人間としての女性は、子を育てることに於て、その本性を出しつくしてゐるとは、誰でもが云ひさうである。果してさうであらうか。私の母親は私を頭に、十人もの子を産んだ。私は母親の生活振りは幼少の頃から見続けてゐたので、記憶によく残してゐるが、傍観的には気苦労の連続みたいであつた。十人もの子供があると、一人一人にかまつてゐられなかつたらしく、私の心に残つてゐる母の印象も稀薄である……。

このように始まる母の回想は全体に静かな調子であるが、母の息子を思う気持、子を沢山産んだわりには報われなかった嘆きなどが、ほとんど無言のうちに伝わってくる。しかも、言葉少ない母の表現は「プロゼイック」(散文的)であったが、顔には「憂鬱の雲」がかかっていたというその言葉自体、まるで彼自身の文体のことを言っているように見えるのである。だれしも彼の文体を考えたとき、これほどに「プロゼイック」で「憂鬱の雲」がかかっているものはないと思うであろうが、となると、この作家は母の言語に自己表現を発見したと言えそうである。いつまでも心の底で、無意識に母の跡を追っていたということか。

同じ「恐妻病」には次のようなことも書かれている。妻つねが夫である白鳥の言い草を非難するとき、「まるでお母さんのやうだ」と言うと、それだけで彼は「人生嫌悪」にとらわれてしまうというのである。自身の文体の源泉がずばり指摘され、自身が見透かされたという思いがしたのだろうか。それほどに、人に見透かされることを厭《いと》うたのか。妻の言葉に非難よりも「女」を感じ取り、そこに母と妻の二人の存在が重なってあらわれる重さを感じ、「女」とは恐ろしいものだと結論しているように思える。

これを「嫁姑」の問題ととらえては、話にならない。姻戚関係を超えた「性」の確執が、そこにはある。「女」を恐れることが「性」を恐れることであり、ついには「生」を恐れるということでもあるという白鳥の問題の核心が、そこに見えるのである。

その点では、次の言葉は意味深長である。「私は地上の女性、現実の女性としては、長い生涯の間に、母と妻との二人の女の外には、女をよく知らない」。「母と妻」だけが、白鳥にとって真の女性だったのである。

母については「憂鬱」の権化としての記憶しかなく、妻については自分が死んだ後に「男を恐れさせるすべての女心を失つてゐる人間」としか思い浮かべない。つまり、彼の女性観には「性」が欠落し、したがって真の意味での「女」はいなかったのである。「女」への恐怖、生への恐怖、そこから「女」の性の否定。白鳥の核心はそういう風に見えてくる。

作家白鳥には新婚生活を描いた作品「泥人形」（明治四四年、一九一一）があり、のちに「毒婦のような女」（大正九年、一九二〇）という作品もあるのだが、妻も母も「泥人形」でもなければ「毒婦」でもなかったであろう。「性」を超えたただの「人間」、そのように彼は見なそうとしたのである。言い換えれば、白鳥には男も女もなく、「人間」しかなかった。「普遍」から人間を、「死」から「生」を見ていた彼として、当然のことであった。

先に、妻つねが白鳥の死後発表した「病床日誌」の一節を引用したが、その部分も新しい意味を帯びてくる。「日誌」によれば、白鳥は死の前日に妻の頭をげんこつでたたいて「お前は何でも、少し、少し、しか持つて来ないじやないか」と怒ったそうだが、その怒りは死にかけた老人の怒りゆえ、恐ろしいものでも暴力的なものでもありえず、むしろ母親に対する幼児の不満の表出といったものに似て見えるのである。病床で「お前は何でも、少し、少し、しか持つて来ないじやないか」と彼が言ったのは、表向きは「お金」のことを言っているのであるが、「お金」とは愛情の代用物に過ぎまい。「お前は俺にもっと愛情をつよく表現してもよかったはずではないか」、と非難しているようにも受け取れるのである。

その非難は妻にだけ向けられたものではなく、亡き母にも無意識に向けられていたと考えられる。母に向かってほとんどまともな会話を交わすことのなかった息子は、自身の生涯の終わりになって、もう存在してはいない母に向かって、「何でも、少し、少し、しか持つて来ないじやないか」と詰問したとも考えられるのである。死に近づいて意識が朦朧《もうろう》としてくれれば、母と妻はダブったであろう。「女」を愛することを知らない彼のような人間であっても、「女」の愛は必要であったろう。

もっとも、それは母を恨んでいたということではない。多くの子を育てる義務があり、長男の彼にかまう暇など全くなかった母の困難な事情は、彼には幼いときからよく分かっていたのである。そういう母を不憫に思い、不満をいだきつつも、えらいなあと感嘆していた彼は、死の床についた老夫を八年間も看病し、そのために疲れきって「逃出し」たくなった母について、極めて同情的な意見を洩らしている。母が死んだときに、「一箇の女性の一生涯として成し得る限りの事をして世を終つた」(「今年の初夏」昭和一八年、一九四三)と簡略ながら最大限の賛辞を呈しているのは、そのあらわれである。母との関係は表面上決して密ではなかったがゆえに、かえっていつまでも心の底に残り、だからこそ父の死後、母の住む郷里を訪ねるたびに老衰著しい彼女を「棄てて上京」することのつらさを思いもしたのである。

白鳥が「母危篤」の知らせを受けたのは、帰郷するたびに再び上京することがためらわれると東京の自宅で思っていた矢先であった。急いで妻を伴って故郷へ直行するが、時すでに遅く、死に目には間に合わなかった。父の死に目には間に合ったのに、母のそれには間に合わない。その思いは痛切で、それを書いたのが「今年の初夏」という名篇なのである。「プロゼイック」ななかに、かすかに悲痛な抒情が垣間見られ、稀有な美しい作品となっている。

そのなかに、「私の生存について衷心から愛着を寄せてゐる者が母親の外にはあまり無い」ことを思うと、母の存在は「軽視し難」かったにもかかわらず、それだけにかえって「負担」であったとある。彼女の死んだ今、家族みんなが集まって家中にぎわっているのだが、故人が望んでいたそういう団欒を生前楽しむことができなかったところが気の毒だったというのである。「八年前に死んだ父は幸福であつた」「家の心配なんか少しも感じないで目出たく往生した祖母は仕合せであつた」。そう思う彼は、自らを母に重ね、母の不幸を二重に感じるのである。

父の臨終の部屋と同じ部屋に、粗服に包まれて安置されてゐる母の遺骸に近づいて見守ると、元来小柄で痩せてゐたこの母は、八十余歳の今までに、乏しい血汐を最後の一滴までも消費し尽してこの世に別れを告げた人のやうであつた。

そのように思ったあげく、白鳥は母の死顔に「父の顔に見られた安らかさ」が見られないことを感じる。「苦悩の跡」などないのだが、「安心」とも感じられなかったというのだ。その姿全体が『死』そのものの影のやうに私の心に迫つた」。白鳥の人生は生まれたときから「死」だけが強迫観念としてつきまとった人生であったが、母親の死顔は、そのまま彼の人生観の縮図だった。

白鳥が母から得たものは何だったのか。「母から何等の教訓を受けたことはなかつた」と彼は言うが、その一方で「母の性分として……さかしら立つた教訓なんか垂れる」人ではなかったことをたたえ、「私は年老いて、この遺骸の側に正座して、はじめて無言の痛烈な教訓を受けてゐる」と結ぶのである。物言わぬ母の遺骸が、彼にどんな「痛烈な教訓」を与えたのだろう。人生は母のそれのように淋しく空しいものだ、それが「教訓」だったのだろうか。母の一生は常に他人のためにあり、その報いを受けず、およそ生きる楽しみを知らず、自分の生まれ出たときに死に瀕した後、多くの子を産み育て、とうとう死んだ。白鳥は物言わぬ遺骸に一滴の「血汐」を受け止め、それを唯一の「教訓」としたのである。「血汐」とは、生の悲哀のことであろう。

祖母の呪縛

白鳥における母の不在を埋めたものは、何と言っても祖母であった。祖母とは白鳥の祖父にあたる正宗雅広《まさひろ》の妻で、四国は讃岐の国、多度津藩の岡田家から嫁いだ「得《とく》」という女性である。彼の母も同じ四国の岡田家から嫁いだのであるから、白鳥の父方が代々網元、地主であったのに対し、母方は武家ということになる。一家の女性たちは、武家の風を白鳥に注ぎ込んだにちがいない。

得の夫雅広は安田という家から来た養子で、これは正宗家に子がなかったからである。ところが、この雅広も得とのあいだに子はできず、それが一家の不幸となった。

白鳥によれば、雅広は「身持の悪い人」、妻である得に子の生まれないのを口実に、「公然」と妾をもうけたという。見るに見かねた雅広の母「鹿野《かの》」が、自分が「若い時夫に死なれ、数十年間寡婦として旧家を維持してゐた気丈な昔気質の女性」だったので、「お前のやうな不身持な男には、由緒あるこの家をまかせる訳に行かない。出て行つて呉れ」と雅広を追放したのだそうだ（「幼少の思ひ出」昭和二六年、一九五一）。しかもこの女傑、すぐさま別の養子を探し、まだ若かった正宗家分家の子浦二を迎え入れ、これを子のない得の息子にしたという。さらに、今度は若い浦二のために、自分の実家から美禰《みね》という女性を呼び寄せて、これを浦二の妻としたのである。白鳥はこの浦二と美禰のあいだに生まれた最初の子。彼の生存は、元をただせば鹿野のおかげということになる。

白鳥の誕生のあとに男児が五人、女児が二人、つぎつぎと生れた。何代にもわたって子のなかった正宗家に、ようやく「春」が訪れたのである。しかし、子ども白鳥にとって、これらは母からの隔絶以外の何ものをも意味しなかった。母に代わって祖母が彼を育てることになったことで、彼の一生は大きく変わったのである。

祖母得であるが、夫とのあいだに子ができず肩身の狭い思いをしていたところへ、子のできないことを口実に夫が妾を作ったというのだから、たまったものではない。彼女の苦労と悲嘆と屈辱感はひとしおではなく、回想のなかで白鳥は「一生幸福ではなかつた人」と言っている（「不徹底なる生涯」昭和二三年、一九四八）。母親が次から次へ生まれる子のことで忙しく、かわりに不幸な祖母によって育てられた白鳥。幼時を追懐して、彼が「母の記憶は極めて薄くて、祖母の影のみがハツキリ浮ぶ」と言うのも当然である。

白鳥は「婆あ育ちは三文廉《さんもんやす》いと云ふが、私は自分にもさういふ所があるやうに思はれる」とまで言っている（「両親の印象」大正一三年、一九二四）。果たして、どのような意味で「三文廉」だったのか。祖母の影響が白鳥の精神形成に及ぼしたものは大きいにちがいないが、その影響が必ずしも凶と出たとはかぎらない。彼の文学形成において、祖母は良い影響を及ぼしているのである。

「話好きの祖母を通して、屢々《しばしば》百年来の村の姿を窺《うかが》つた。村その者を主人公として書いて見たら面白いだらうと思ふ」と彼自身言うように（「漁村より」明治四四年、一九一一）、彼の文学の源泉は一面で祖母だったのである。

祖母は勿論親戚や出入りの知人は大概歌を読んだものだ、僕も亦その一人であつた。今でも弟だけは井上通泰《みちやす》の門下で歌を作つてゐる。

（「或る意味に於て『二階の窓』」明治四二年、一九〇九）

これを見ると、祖母の文学的影響力が白鳥だけでなく、その兄弟たちにも及んでいたことが分かる。ここで言う「弟」とは正宗敦夫のことで、在野の国文学者として世に知られるようになった人物である。

祖母の精神面、思想面での影響も大きかったことは、次の文章が語っている。

盆の精霊祭や墓詣りは、祖母の指図に従つて私達は神秘的興味をもつてよく勤めた。十五日の夜満潮が波戸場の岸を浸す頃を見計らつて、私達は蓮の葉に盛つた供物と共に精霊棚を流した。それが波に漂うて次第に沖の方へ遠ざかつて行くのを月の光で見てゐると、霊魂の世界が幼心に空想された。御先祖は、盆の三日間供養したあとでお墓の中へ送り返し、精霊棚で祭つた無縁の亡者は海上へ送り出すのだと、祖母は云つてゐた。

（「月を見ながら」昭和二年、一九二七）

現生に苦汁をなめ、子のないことに苦しんだ女性であればこそ、彼女は孫たちに自らの夢と希望を託したのにちがいない。彼女の人生観と来世観とが白鳥の精神に早くから刻印されたことは想像に難くない。それが良かったか悪かったか、白鳥自身は「悪」かったというが、一概には言えないことであろう。

祖母は自分に子がなく、それゆえに苦しんだから、長く子のなかった正宗家に最初に生まれた白鳥をよほどかわいがった。その愛情は、彼の母である美禰をも斥けるほどであったにちがいない。当時の家の制度、少なくとも正宗家においては、曾祖母は祖母より権限があり、祖母は母より権限があった。祖母は曾祖母によってその人生を決定され、曾祖母が亡くなれば今度は自分が息子とその妻、さらには孫たちの人生をも決定していったのである。白鳥はそういう祖母の絶大な権力のもとで育った。愛情と権力とは不可分であった。

得の夫が「不身持」であったので、この夫を正宗家から追放し、かわりに養子として浦二を迎え入れ、その浦二に岡田家から美禰を嫁として迎えたのは、前にも述べたように白鳥の曾祖母「鹿野」である。鹿野は得の人生のみならず、浦二の人生についても決定権をもっていた。「鹿野」が他界すると、今度は「得」が浦二夫婦について決定権をもつ。その子どもたち、とりわけ第一子白鳥の人生も、当然ながらこの「得」が決定権に近いものをもつにいたったのである。母はもちろん、父でさえも、白鳥の教育に関して発言権は弱かった。そのことは白鳥の次の文章が示している。

父は……毎朝出勤前には、私と祖母と寝てゐる枕許へ来て、祖母に向つていろいろな話をするのを例としてゐた。

（「両親の印象」大正一三年、一九二四）

子どものころから父と祖母が親密なやりとりをしているのを白鳥は見聞きしていた。やりとりは家運に関するものが多かったというが、祖母と一緒に寝ていた彼は、母から遠ざけられ、父と母の関係を見る機会をもたずに育ったようである。

あるいは、祖母が母の存在を無視して父をも宰領しているのを見て育った、と言うべきか。「私は父にはあまり叱られなかつた。それは私には祖母が随《つ》いてゐたからであつた」とあるように、「おばあさん子」として育った彼は、彼女が一家の権威であっただけに、ある意味では怖いものなしだったのである。

つまり、白鳥は父の権威を強く感じることなく、母の愛情をも十分感知することなく育った。一七歳で上京を決意したときも、「祖母を通して」上京の許可を得ているのであって、彼の人生は「不幸」の化身のような老婆次第だったのである。

そういうわけだから、白鳥が生涯問題にしつづけた来世の問題、人生の意味についての絶えざる懐疑も、半分くらいは祖母から来ていると考えられる。白鳥のキリスト教入信、臨終の際のキリスト教復帰なども、その根底には祖母の伝えた仏教的厭世観があったと言えそうである。白鳥が死を前にしてキリスト教に回心したことについては専門家、批評家のあいだで議論があったようだが、白鳥がキリスト教徒として死のうと死ぬまいと、幼時から来世の問題、人生の意味といったものに悩まされていたことの方が重要であろう。

祖母は一生幸福ではなかつた人であつた。齢をとつてから髪を剃つて坊主頭になり、毎朝お経をあげ、私はいつも傍にゐたから、今でもそのお経の文句を覚えてゐる。それで地獄極楽のことを教はつたりした。子どもはみんなさうだが、私が話を聞きたがると、いろんなことを教へてくれる。話のうちには昔の迷信的な、怖いやうな話もある。子供のうちの印象は強い、ばあさん育ちで我儘なものが、そんなことを教へられたため、外に出ると勝手なことは出来ないで恐怖心に襲れる傾向があつた。ためによく熱を出し、自分で「大きいものが来る」といつて恐れてをつたさうである。

（「不徹底なる生涯」昭和二三年、一九四八）

つまり、人生のもっとも早い時期に、祖母から目に見えない世界の恐怖をたたき込まれた。「大きいものが来る」とうなされた少年が見たものは、中年になっても彼の脳裏から消えはしなかったろう。いや、晩年になっても、その恐怖から完全に自由にはなれなかったのである。

白鳥には「迷妄」（大正一一年、一九二二）という異色作があるが、そこにはさまざまな「魍魎《もうりょう》」が現れ、主人公の魂を戦慄させる。これは中年の作であるが、幼時の心的後遺症は一生消え去ることがなかったのだ。評論家としての白鳥が、芥川龍之介（一八九二〜一九二七）の作のなかで「地獄変」（大正七年、一九一八）を最高作と見なしているのも、同じ精神のあらわれと言えるのである。

このように言ったからとて、白鳥が祖母を恨んでいたと結論することはできない。なるほど人生厭《おん》離《り》の思想は彼女から受け継いだのかもしれないが、幼年の彼に与えた彼女の世界観がいかに暗いものであっても、そのような世界観を「愚昧」として片づけ去ることはできないと、彼自身考えていたのである。「幼少の頃、地獄極楽の存在を祖母などから聞かされて、その感銘は今でも完全に心から拭はれてはゐないが、これは、さういふ事を教へた祖母などが愚昧であつたのではない」、そう彼は述べている（「地獄極楽」昭和一三年、一九三八）。「私は、自己の心に地獄極楽の幻影の宿つてゐるのを、卑俗な迷信として無視し得ないのである」と明言しているのだ。

白鳥にとって、人間というものは何千年も前から生の秘密を考え、生きる意味と死後の世界を考えつづけてきた動物である。そうであるなら、迷信と思われるような祖母の世界観も、人類永遠の問いに対する一つの答えだと彼には思えたのである。合理主義が発達し科学技術が進歩しても、人類永遠の問いは解決されない。そういう永遠に解決されない問いを発しつづけ、これを自分一人の疑問と考えず、人間生きるかぎりつきまとうものだと確信したのが白鳥なのである。

そういう問いを投げ掛け、そういう問いに必死に応えようとする自分以外の人間を、彼は実際に見てもいたし、本で読んで知っていた。とりわけ身近に接したキリスト教信者において、また西洋の文学において、それを見たのである。彼が西洋文学を尊敬したのは、そうした精神的飢渇に日本文学よりもよく応えるものと映ったからである。また、そういう飢渇に応えるような文学を好んで選び、これを尊重したのである。ダンテにして然り、トルストイにして然りだった。

そういう白鳥の西洋文学嗜好を、「西洋崇拝」の一種として片づけることは無論できない。多くの近代日本の作家たちは西洋文学を文字通り「崇拝」したが、白鳥のそれとは区別されねばならない。

さて、白鳥の祖母の人生観が彼のそれに大きな影響を及ぼしたことについて、どうしても言っておかねばならない一事がある。幼い彼の精神に彼女の人生観が与えた影響は大きかったが、それ以上に大きな打撃となって彼の心に残った事件があるのである。その事件は、白鳥と現実世界とのあいだに、生涯かかっても埋められないような溝を作った。白鳥の厭世気分の究極の原因はそこにある、とさえ言えそうな事件である。

すでに述べたように、祖母「得」には離縁した夫「雅広」があったが、この雅広には妾とのあいだに子があった。その子が成長し結婚すると、そこにまた子ができたのである。白鳥にとって雅広は一応祖父であったから、新しく生れた雅広の孫はすなわち白鳥の従兄弟《いとこ》ということになる。事情が事情であるだけに、祖母「得」はこの従兄弟同士の交際を難く禁じ、近くに住んでいても、従兄弟同士は遊べなかったのである。

ところが、そういう禁止にもかかわらず、ある日、白鳥は「子守」の手引きで従兄弟と会ってしまう。それを知った祖母は激怒し、「小守」はもちろんのこと、白鳥もまた厳罰に処されるのである。三歳にもならない彼が雨戸の外の濡縁に立たされ、雨戸は締めきられたという。幼児にとって、一生忘れられないショックとなったのである。

私は泣き叫んだ。恐れのためか、怒りのためか。声を限りと泣き叫んで雨戸をたたいた。五分間か十分間か、或ひはもつと長かつたか、そんなことは記憶してゐないが、兎に角、祖母によつて外に出されてゐたのだ。折檻《せっかん》されてゐたのだ。私の人生の第一歩は此処からはじまると云つてよからうか。

（「幼少の思ひ出」昭和二六年、一九五一）

これが白鳥の人生の「最初の記憶」だったとすると、白鳥の人生観全体が暗くなったとして不思議はない。三歳になるかならぬかというときに、およそ子どもには似つかわしくない大人の世界の確執を感知させられ、しかも自分のせいでもないのに罰せられたのである。自分を「溺愛」していた祖母からの理不尽極まるこの「折檻」に、彼女の怨念のすべてを感じとり、幼い身に重過ぎる荷を感じたにちがいない。女性の恐ろしさ、性の確執の醜悪さに戦《おのの》いたのは、このときが最初だったにちがいない。白鳥を特徴づける「女」への恐怖、性への恐怖、生への根源的恐怖がここに形成されたのである。

この事件以降の彼がどんな感動をも強く感じられぬ「不感症」に陥ったとしても、何の不思議もない。人生から隔てられたように感じ、生そのものに違和感をいだきつづけたとして無理もないのである。自身の存在の根底を根こそぎされるような経験を、こんなにも早くにしてしまうとは。「生れなければよかった」と思うようになったの頷《うなず》けるし、人はなぜ生まれ出るのだろうかと反省するようにもなったのも頷けよう。

祖先の血

昭和一四年（一九三九）、「世渡り上手」なる文章において白鳥が洩らした言葉に次の一文がある。

自分は祖先の素質をそつくり受け継いでゐる。

彼の「祖先」とはどういう人々で、一体何を彼に遺したのだろうか。

白鳥によれば、これといった特徴のない「祖先」であったという。自分は「明治十年代相応」の「田舎の有りふれた凡庸な人間」によって育てられたと言っている（「奇蹟と常識」昭和一四年、一九三九）。では、そうした「凡庸」な人々に育てられたことを憾《うら》んでいるのかというと、必ずしもそうではない。彼曰く、「偶然人間として生れ出た自分の幸不幸」を判断することは、「明治十年代の田舎の凡庸な人間によつて築かれ」た自分のような人間には不可能なのだから、幸不幸を言っても始まらないというのである。苦い悲嘆がこめられているような言い方のようでいて、平凡な「田舎者」のどこが悪いのかと食ってかかっているようにもとれる。白鳥らしい、とぼけた、辛辣な、複雑な言い方である。

白鳥の祖先はもと「漢」からの渡来人だそうで、はじめは河内在住だったという。正宗の姓を受けたのは南北朝時代のことで、楠木正成の家来だったそうだ。楠木氏が滅びると瀬戸内の備前に移り住み、以降ずっと備前の人となったという（「八島定岡記」）。はじめ漁人となって数代を過ごしたのち、江戸時代になると網元となって財を築いたようで、材木商としても広く商売したことで周辺地域に名のとどろく豪家となったのだそうだ（吉崎志保子『正宗敦夫の世界』一九八九）。

当時備前といえば四国とのつながりが強く、近畿地方との商取引もさかんであった。今日想像もできないほどの豊かさであったろう。そんな裕福な地の豪家となったのだから、家人が土地を代表する文化人になったとしても不思議はない。白鳥の曾祖父・正宗雅敦《まさあつ》とその弟の直胤《なおたね》は和歌・漢詩・俳句をたしなみ、本居宣長《もとおりのりなが》の系統の国学にも通じていたのである。

白鳥自身も「祖母は勿論親戚や出入りの知人は大概歌を読んだものだ、僕も亦《また》その一人であつた」と言っている（「或る意味に於て『二階の窓』」）。白鳥生家の近くには今でも「正宗文庫」という蔵が残っていて、その蔵書のなかに先祖「雅敦」や「直胤」の遺した貴重な書籍が眠っている。白鳥、敦夫、兄弟そろって文学好きになった背景には、そうした祖先の遺産があった。

白鳥は長男であったから、一家と外部社会との接点に立たされることが多かったにちがいない。しかし、幼少から世間を恐れ、夜の来るのを恐れ、眠るのを恐れる臆病な性格であったから、早くから文学の空想世界にふける傾向があったはずである。幼いころから『八犬伝』のような奇想天外な小説に没頭したのもそのあらわれで、現実と空想との分断が早くから起こっている。成人してから書いた彼の作品を特徴づける醒めた現実主義は、ともすれば本来夢見がちな性向と表裏一体と考えてよい。

白鳥によれば、自分の育った文学環境のもとを作ったのは彼の「祖父」である。

> 僕の祖父といふのは、僕の生れた時分はもう亡き人であつたが、加納諸平《かのうもろひら》の門下の歌人であつた。其《その》為に村全体に歌読みが随分多く、祖母は勿論親戚や出入りの知人は大概《たいがい》歌を読んだものだ、僕も亦その一人であつた。
>
> （「或る意味に於て『二階の窓』」明治四二年、一九〇九）

ここで言う「祖父」とは、曾祖父「雅敦」の弟「直胤」のことである。祖母「得」の夫の雅広は、前にも述べたように得とのあいだに子がなかったので、この人のことを白鳥は「祖父」と呼ぶことはできなかった。一方、直胤の子の浦二が白鳥の実父で、これは祖母「得」のところへ跡継ぎ養子として迎えられたのであるから、これも「祖父」と呼ぶことはできなかった。父の父である直胤こそ、白鳥にとっての唯一本当の「祖父」ということになるのである。この「祖父」の文学的遺産が彼に受け継がれたというわけだ。

このことは、白鳥の甥にあたる正宗甫一《ほいち》の言によっても裏づけられる。彼によれば、直胤は「備中宮内」の宮司藤井高尚《たかなお》に師事して和歌を学び、郷里で「諸人に和歌を教へ」るような人だったのである（正宗甫一「正宗敦夫伝」一九八二）。そうした「祖父」の影響で白鳥・敦夫ら兄弟は文学に目覚めた。一族が地域において際立った文化人であったことは間違いない。

とはいえ、そういう正宗家を蓄財を費やして豪奢《ごうしゃ》に遊ぶ一家と考えれば、これは間違いである。この家の特徴は何より質実であることで、そのことは白鳥自身が語っている。生まれ育った家は「封建時代の一種の農家の見本」で、「形式美をも無視した家」だった（「ヘルンの旧居」昭和八年、一九三三）。家風の質実は家の構えに集約され、「無骨で頑丈なことだけは確かであつた」とある。

この「無骨で頑丈な」ところは、彼自身の生活にも文学にも当てはまる。生前親交のあった小林秀雄は、白鳥の住居の簡素を見てなかばそれにあきれ、なかば感嘆し、そこに白鳥文学の真髄が見られるとしている（「対談・大作家論」昭和二三年、一九四八）。正宗家はいくら財産があっても、江戸時代に見られた「風流人」の生活とはほど遠い質素な生活を送った。それが白鳥の生活ぶりにも、文学表現のあり方にも受け継がれたのである。

もっとも、「質実」は正宗家だけでなく、備前地域全体の特徴であったとも言える。岡山藩主池田光政（一六〇九～八二）が備前の山奥に設置した日本最初の庶民向け学校である閑谷学校《しずたにがっこう》にしても、建物は極めて素朴、質実なのである。備前焼にもつうじるそっけない美、それこそが白鳥とその背景になっている地域文化の特徴である。白鳥文学はやはり備前をあらわす、そう言って間違いなさそうだ。

正宗家が質実であったことは、一族が文学を「すさび」としてよりも「学び」として志向していたところにもあらわれている。文学を遊びと考える風はこの家にはなく、むしろ学究的にこれを極めようとしたのである。白鳥の西洋文学修業の仕方を見ても、それがわかる。弟敦夫の国文学研究には、もっとそれが顕著だと言えよう。白鳥の小説は、とくに初期小説は、西洋小説を範としての「演習」である。創意や才能のほとばしりはなく、学習して応用しているという観を呈している。

この学的態度であるが、母方の岡田家から来たもののようである。母方は白鳥の曾祖母の代からつづけて三代正宗家に嫁いだ讃岐多度津藩の岡田家であったが、この岡田家は儒者の家柄だったのである（赤羽淑『正宗敦夫をめぐる文雅の交流』一九九五）。ちなみに、白鳥の末弟巌敬《げんけい》は植物学者として名をなしている。一家は文系のみならず、理系においても学的特徴を発揮したのである。父方の文学性、母方の学問性が合体したということであろうか。

3　父そして兄弟

白鳥の文学的教養の基礎をなしたものは、当時の多くの人と同じく漢文であった。漢文はまず父親から教わったもので、彼の全教養の基礎をなしたと言ってよい。漢学に育って洋学に転ずる。漢文の基礎のうえに西洋語を学び、そこから西洋文学に目を開いて、やがて自ら西洋文学を範とする作品を自国語で書く。白鳥がたどったこの径路は、多かれ少なかれ近代日本文学を拓いた人々がたどったものであった。

白鳥の教養において漢学がいかに大きな位置を占めたか、それは彼が西洋詩人を詩人として敬愛した形跡がないことからも分かる。祖父「直胤」の影響で和歌を愛でる環境にはあったが、漢詩の方が彼の文学には影を落としている。彼にとって詩とは何より「詩吟」のことであり、唐詩や宋詩のことだったのだ。

父の教育

白鳥は村の小学校を卒業すると、伝統ある漢学塾の閑谷黌《しずたにこう》に学んでいる。村長で学校教員も勤めていた父浦二が勧めたのである。父は当時の知識ある人々が尊んでいた漢文を何よりも尊んでいた。閑谷黌といえば江戸時代の儒学舎閑谷学校の後身で、明治になって洋学を取り入れてはいたが、なお漢学中心だったのである。

「父には日本外史の素読を授けられた」と白鳥自身語っているように、彼の教養の基礎を作ったのは父であり、具体的には頼山陽《らいさんよう》の「日本外史」であった。「外史」については、「外史の詞句は面白かつたが、それよりも、八犬伝を読んだ時の面白さは一生を通じて例のないことであつた」と述懐するだけで、さほど関心がなかったかに見える。しかし、父が「外史の素読」によって音読の面白さ、物語歴史の魅力を植えつけていたからこそ、息子は『八犬伝』を面白がることができるようになったのである。

父の漢文教育は厳しかったようで、「夏の夕方、これから水泳に行かうとして、裸体になつて駆け出さうとしたところを、父に呼ばれて、裸体のまま正座して、外史の音読をした」と息子に回想されている（「両親の印象」大正一三年、一九二四）。といっても、息子は父の厳しさを恨んでいるのではなく、むしろ感謝の気持で懐かしんでいるのである。父にすれば、子に早熟の文才が見えたので期待をかけたのであろう。小学校に上がってからの成績が好いのを喜んで、「十八史略」や「文章軌範」まで素読させている。村に溺死事件あれば、その事件を記事に書かせて新聞に投稿させ、日清戦争の出征兵士を村から送り出すときには、わざわざ「送別の辞」まで述べさせたという。白鳥は父にとって、自慢の息子だったのである。

しかし、息子に期待するからといって、その進路を妨害したり決裁したりするような父ではなかった。前にも述べたが、この父子のあいだには「得」という個性の強い祖母が介在し、この祖母に甘えて白鳥は育った。父といえども「得婆あさん」には遠慮して、息子の人生行路に口出しは出来なかったのである。

また、この父には新時代の自由尊重の気風も備わっていたようで、必ずしも儒教精神に満足することなく、自由の風を子にも授けようとした。息子の教育に熱心ではあっても、その意志を尊重せずに自身の願望を押しつけるようなことはしなかったのである。そのことは、白鳥の次の言葉が示している。

私は幼い時分、体操のない学校を念頭においてゐて、官立に籍を置く気は全くなくなつてゐた。尋常中学校高等中学校帝国大学と、制服を着け制帽を被り、学則に束縛される修業径路をとりたくなかつた。私の父親は私の学問修業に何の注文も出さず、すべて私の好むままにさせてゐた。

（「私の履歴書」昭和三一年、一九五六）

白鳥は一時「耶蘇《やそ》教の伝道」をやろうと思ったことがあるそうである。そういうときも、父は頭から「反対」しなかったという。息子が作家となって作中に郷里の「人」のことをあからさまに描いたときも、「村人」から苦情が出たのに対して息子を弁護して、「小説にどんなことが書いてあらうと、それをとやかく云ふには及ぶまい」と言ったという（「両親の印象」）。心の広い高潔の士とも言えるこの父は、息子白鳥を徹底して信頼していたようで、息子の方もそういう父を範にして正銘のリベラリストになっていったのである。

白鳥が父から譲り受けたもう一つは、だれにも頼るまい、だれをも当てにすまいという独立心である。父のそういう側面について、息子は次のように説明している。「幼い頃実の両親に別れ」たから「自己の外頼むべからず」という考えを自ずともったのであろう、と（「両親の印象」）。そして、老いるにつれて自分もそういう父に「似通つて来」たと認めている（「故郷」昭和八年、一九三三）。孤立無援を自ら期するような彼の態度は、父親譲りのようである。

白鳥は死ぬ二週間ほど前、病床で妻に向かって次のように言ったというが、これも父の面影を宿している。

弁護士はどんな人でも頼むな。おれは荷風になる。人というものは、どんな人でも心から頼りになるものではない。兄弟すら頼りになるものではない。お前は騙される。そう生まれついている。

（正宗つね「病床日誌」昭和三七年、一九六二）

死を前にしてのこの態度は、独立心を通り越して人間不信と言うべきものであるが、これも父から授かったもののようである。白鳥には本当の意味での友人と言えるものが乏しく、近松秋江のような同郷の士についても真の「友」であったかと疑っている。自分の孤立した意固地な性格は父親譲り、そう本人は考えていたのである。

しかし、父の生き方にあらわれた「自己の外頼むべからず」と、白鳥の徹底した人間不信とを、まったく同質のものと見なしてよいかどうか。息子は父の一面を誇張して受け止め、それを自己流に発展させたとも考えられるのである。

というのも、地方の格式ある家の主として生きた幕末期の人間である父と、明治に生まれ、東京という近代化途上の大都市に生きて孤独を味わった息子とでは、同じ心であったはずがない。息子は老いるにつれて父に「似通つて来」たと言うが、両者の心性に一定の距離があったと見るほうが自然である。父は父、子は子、両者には共通性もあったろうが世代の差は否定できない。

「故　郷」

作家としての白鳥が父親について書いた作品はいくつかあるが、いずれもが傑作である。白鳥の作品としては珍しく情緒があり、情感がほとばしっている。「詩情」の乏しいことが彼の作品の特徴であり、評論は優れているが創作はいまいちという印象を一般に与えるが、父親を描いた創作には例外的に文学的味わいが深い。以下、「故郷」（昭和八年、一九三三）および「今年の春」（昭和九年、一九三四）にあらわれた父の面影、白鳥と父との関係を見ていきたい。

「故郷」は歳とって七、八年病臥している父を故郷に訪ねる、という話である。「山が急に歳を取つたのぢやない。海が老朽ちたのぢやない」とはじまるこの短い随筆風創作は、見慣れた故郷の自然にも「老朽」を見てしまう作者の心境を映している。そうした心境を「自分の心が年とともに衰退」しているために生じるのだと作者自身は解そうとするが、やはり父が年老いて死が迫っているということが背後にある。「生命の息吹きは、死の影におびえおびえしてゐる弱つた魂の声である」とあり、父との関係は両者が老いるにつれ、父が死に近づくにつれ、深まっていくと感受されているのである。「少年の頃にも青年の頃にも、父から教訓らしいことを聞かされなかつたし、たまに聞かされても、従順に受け入れたことのなかつた私」と作者は言う。「近年になつて、無言の教訓をひしひしと身に染みて受けてゐる」と感じるようになったのである。「私に取つて、人の姿をまことに教へてくれた者、現在、これでも分らぬかと、指差して教へてくれる者は、古来の聖人でも賢人でも、大哲学者でもなくつて、父と子といふ宿縁を持つてゐる、わが父その人なのだ」とまで言う。過去においてばかりか、現在もまだ父の子であり、父から教わりつづけているというのだ。

「古来の聖人でも賢人でも、大哲学者でもなくつて、父と子といふ宿縁を持つてゐる、わが父その人なのだ」という言い方は、この作者にして例外的に強烈である。自らがすでに歳とって、世間的には成功しているにもかかわらず、幼子のようにあからさまに父を尊敬しているのである。

もちろん、公平な眼ですべてを眺めることが人一倍身についていた白鳥であるから、父を看病しつづけてきた母が大変に苦労し、老夫から「無理な小言を云はれ」ると、「何処かへ逃げ出し」たくなるということもよく分かっていた。人間、どんなに親しくむつまじい関係にあろうと、長期にわたる病人の看病は過酷であり、その過酷さが看病相手への尊敬や愛情を奪ってしまうことをも理解しているのである。どんなに立派に見える人でも、その「金箔」は失せてしまうものだ、そう白鳥は例によってぽつりと洩らす。

こういう認識と言い方を白鳥らしいというのは正しいだろうが、これを冷淡とか現実的とか言うだけでは足りない。一種の寛容とも言えるからである。自分の父がいかに尊敬すべき老父であるにしても、この父が子たちをかわいがった慈父であったと言わないところに、白鳥の無私が見える。多数の子を「煩がつてゐた」のが本音だろうと彼は言い、この父が子どもの生活に「立入つた干渉」をしなかったのも、それが煩わしかったからだろうと忖度《そんたく》するのである。

つまり、父のリベラリズムの向こうにエゴイズムをも見ているのであり、すべての幻想、一切の夢をつねに疑問視して砕ききる作家の真髄がここにもあらわれている。白鳥の強さ、誠実さといったものは、こういうところで真価を発揮する。とはいえ、「お前も、時々戻つて来て呉れ。お前は生活には困らんのぢやらうが、小使銭くらゐはやつてもええ」と涙を浮かべる父など予想もしていなかった息子は、この父の涙あればこそ、普段は渇いていたはずの心を幾分かは湿らせるのである。この作品が例外的に潤いをもつのは、「父の涙」のおかげだ。

作品は白鳥が故郷の老父を訪ねるところから始まるが、単なる見舞いではなく、父が「相談」したいことがあるといって彼を呼び寄せたのである。「相談」とは老朽化した家屋の相続のことであり、「自分名義の所有物がみんな無くなつたら寂しいでせう」といくら息子が言っても、「どうでもええ」と父は答えるだけである。そういう父を見て、息子はこの父が「実母実父に早く死別れて世の塩を舐《な》めて人となつた」からこそ、「リア王」を読まなくても「リア王」に書かれている知恵ぐらいはもっているのだ、と気づく。文学書を読みふけり、西洋文学から人生を学ぶ傾向の強かった息子は、今さらに文学を超えた人間の生の価値、生きた知恵の尊さを思い知るのである。

本来なら、生きた知恵から出発すべきであろうが、財力あって教養ある家庭に生まれると、子はそういう径路を通って人生を学ぶことがなくなるようだ。教養、すなわち文学的書物をとおして人生を学ぶという倒錯が生じるのである。そのために、親から知らずに学んだことが看過される。文学が人生を教えるのだという錯覚が生じ、精神が現実から乖離するのである。

文学者白鳥も御多分に漏れずそういう一人であって、そうであればこそ、歳とってはじめて自分の父と対面し、そこに人生の教師を発見したのである。父が死んでから気づくよりはましだったかもしれないが、白鳥が文学そのものを批判し、それを超越する面をもつことができたのは、彼の心の底に実人生を生ききった父があったからであろう。

「故郷」という作品には、わずかながら父と母の交流も描かれている。幼いときからお婆さん子だった白鳥は、父と母の関係をほとんど見ずに育ったのだが、歳とって故郷を訪ねたいま、父母が夫婦であったと発見するのである。

　多くの畳を隔てた病人の寝室の方から、父母の話声が寂しい空気を通して、とぎれとぎれに聞えて来る。……父の本当の話相手は、つまりはどの子どもでもなくつて、母なのだ。母の話相手はつまりは父なのだ。

作者の心の奥から漏れてくるこれらの言葉、淋しさはあるが、心の落ち着く静けさをもっている。母が父に請われて「お経」を読む場面も、しみじみさせる。「湯たんぽの湯が沸くまでに、お経を少し読んで貰はうか」と言われ、まるで「新聞の雑報」でも読むような「ぽつりぽつり」した調子で、

父　浦二

母は「有合せの、仮名付きの金剛経」を読むのだ。それを聞く息子白鳥は、名僧の「説教」や「音楽口調」の読経よりも「神秘不可思議」の感に打たれたという。白鳥の宗教観の根源は、こうした日常の経験にあったのであろう。

彼自身、死の病床にあったとき、妻に求めていたのは似たような慰みではなかったか。臨終ちかく植村環《たまき》牧師が「賛美歌」を歌い、「聖書」の話をして彼の心の渇きを癒そうとしたとき、彼は牧師の手を「ぎゅっと握」ったという（正宗つね「病床日誌」昭和三七年、一九六二）。人々は白鳥の臨終とキリスト教の関係をやかましく議論したが、そんなことより彼が備前の小村でリベラルな父と寡黙で辛抱づよい母とに支えられて、祖母には地獄話を聞かされ、当時ありふれた仏教で育ったことのほうが大切ではないだろうか。作品「故郷」を読むかぎり、白鳥文学が備前人の宗教的伝統を深く受け継いでいると思わざるをえない。

「故郷」は美しい箇所を多くもつ作品だが、もっとも美しいのは次の一節であろう。白鳥の作として例外的に詩的な一節である。その一節というのは「王様のリアも、百姓のリアも阿呆ぢやなあ」と方言交じりで始まるもので、しかもその方言交じりがそのまま地の文になっているのである。会話文においてならともかく、地の文で方言が使われる。父の言葉がそのまま語り手の言葉となり、そのまま地の文になっているのである。

作品の冒頭からごく普通に近代口語体で書かれているのに、いきなり転調して父の心の声が方言のままあらわれる。散文のルールに忠実でありつづけたはずの白鳥として、極めて異例なことである。それだけに読者は目を見開き、まさに詩の発露であると感嘆する。詩情が散文の規則を打ち破ってほとばしり出るその瞬間を、目撃するのである。

王様のリアも、百姓のリアも阿呆ぢやなあ。人間は、どうかした機勢に無欲な聖人になりたがるもので、先日新聞を見ると、財産をみんな公共事業に寄付した人のことが出て居つて、大変褒められて居つたが、その人もあとで淋しからうぞい。

これは父の独白であろうか。父の心を忖度する息子が、父の使いそうな方言を活かしてその心を代弁しているのである。「父の心は私の心である」と断定する白鳥は、父と一体化している。白鳥の本当の言葉である備前弁で、はじめて歌うことができたのである。

若くして東京へ出、東京の言葉で文章を書いてきた彼である。故郷の言葉を美しいと思ったこともなく、「日本も広いのに、私は何だつて、かういふ土地に生れ落ちたものか。知識の倉庫であるべき頭脳を人並に具《そな》へて生れながら、嬰児《えいじ》の折からかういふ地方語を詰め込まれたのは、一生懸けて無念な思ひがされる」と嘆いてさえいる（「人間嫌ひ」昭和二四年、一九四九）。そういう彼の本心はどうであったか。人知れず抑圧された方言と実の心とが、「故郷」という作品において老父の姿を借りて、「父の涙」のおかげで噴出したのではないか。

とはいえ、同じ吉備出身の作家・井伏鱒二《いぶせますじ》（一八九八〜一九九三）が幼少時「東京言葉」から受けた抑圧について語っているように（「鶏肋集」昭和二一年、一九四六）白鳥においても自身の言語への抑圧が「東京」からきていた、と考えるのは早計であろう。「近代日本」という時代の流れが「東京」という文化の発信源をとおして地方の青少年を圧迫し劣等感に陥らせたというのは事実であろうが、もっと深いところに原因を求めなくてはなるまい。

前にも述べたように、白鳥の場合には強力な祖母が介在することで、彼と父母のあいだに隔たりが生じていた。だからこそ、彼と「故郷」との隔絶感は助長されたのである。父から遠のき、母を喪失しても、父母を恋しく思う心が生きのびるかぎり、人は他人を恋し、恋心から歌を生み出しもする。しかし、そうした心をはじめから断たれてしまうと、歌うことが出来なくなるのである。散文家白鳥はそうした心情の断たれた不幸な子として育ったのであり、その上に「近代化」の波がかぶさった。彼の故郷嫌悪、故郷愛着の二律背反は、時代史と個人史の複雑な干渉のなかで生じたのであり、彼の文学が著しく批評的で散文的なのは、そういうところから来ているのである。

また、白鳥が母の言葉で歌うことは出来ず、父の言葉によって歌うことが出来たということにも注意したい。同性だからという説明が可能であるが、それだけでは片づけられない重みがそこにはある。父はまだ歌える人だったが、「プロゼイック」に過ぎた母は「声」すらほとんどもてなかった。白鳥は母の歌を終生聞くことができず（「恐妻病」昭和二八年、一九五三）、かろうじて父の方言混じりの歌を聞くことが出来たわけである。

詩と小説、韻文と散文。このような文学の大問題も、結局は人間がどのようなところで育ったか、どういう父母に育てられたかというところに帰着するのであろう。土地の言葉を押し殺して都会の言葉を身につけ、それによって文学をするということは、それ自体が苦しく淋しいことなのだが、逆にそういう淋しさ、苦しさを土台にすればこそ、作家は批評的にもなり、散文的にもなり、「近代的」にもなり得るのであろう。

「今年の春」

「今年の春」は「故郷」の翌年の昭和九年（一九三四）に書かれたもので、こちらの方は父の死の直前を扱った小説である。白鳥において「小説」と「随筆」の境はあいまいであり、事実ありのままのようでいて虚構としてこしらえてあることが多いが、「今年の春」は登場人物名も虚構であり、事実をもとにしてはいても、「小説」と呼ばれるにふさわしい。

作品は「旧家の老主人」が一〇年も病に臥していたのが、急に容体が悪化し、遠方にいる物領の「一郎」を田舎に呼び寄せるところから始まる。「老主人」にすれば「一郎」が物領であるという観念が抜けず、どうしても彼に死ぬ前に家を相続させたいのである。だが、「一郎」が郷里に着くと、父は次男である「次郎」と仲良く取り決めよと言い出す。「次郎」はずっと田舎に残っている「老主人」の世話係であり、ほかの兄妹たちとそれぞれの配偶者も集まって、老父の最期が見とどけられる。最期を迎えようとする老人を看病するのは、主に「次郎」本人と「一郎の妻」である。主治医はもう三日の命だと宣言し、当の老人もそれが分かっている。病人の老妻も健在ではあるが、長年の看病で「精も根もつき」、死を待つ老人を皆が見守るだけになっている。集まった者どもはそれぞれの感想をぽつりぽつり洩らす。

老人は床の周りで見守る息子たちの言葉を聞くにつけ、「講釈云ふな」（余計なことは言うな）と一喝する。体は衰弱の一途をたどっても、精神だけはたしかなのである。しかし、容体が一気に悪化し、食がまったく通らなくなると、口をきくのもままならなくなって、指先で空中に「シニタイ」「シネヌ」と書く。人間は死ぬまで苦しまねばならないという業苦《ごうく》を、「一郎」は人生の真実として受け止める。

老人の周囲に集まった一族は、葬儀のことや遺言について話し始める。その間も病人は、最後の苦しみにあえいでいる。ふと見ると、老人は「一郎の妻」の胸元をつかみ、最後の力をふりしぼって「東京へなんか帰つちやならんぞ。この家に居るんぢやぞ」と叫んでいる。そのときの老人の手が異様に冷たかったと語り手が述べて、作品は終わる。

この作品に書かれていることすべてが事実とは言えまい。「八年間も中風《ちゅうふう》に罹つてゐたが、幼少期からの痼疾《こしつ》であつた胃弱のため、食物が摂取されなくなり、殆ど餓死のやうな有様で死んだ」「長寿を保つたほどあつて、体軀《たいく》は頑丈なやうであつたが、つまりは、宿痾《しゅくあ》の胃腸の衰へが、父を死に導いた」と随筆「胃病」（昭和一五年、一九四〇）にもあるように、父の死因については事実であろう。息の切れる数日前に「シニタイ」という片仮名を指先で空間に書いたのを、病床に侍していた白鳥は何より強く印象づけられたとは「現代つれづれ草」（昭和三二年、一九五七）にも書いている。ただし、作品の最後の場面、クライマックスにおいて、死を前にした老父が白鳥の妻の胸元をつかんで「東京へなんか帰つちやならんぞ」と叫ぶところは、もう口もきけなくなっている病人にありそうなこととは思われないので、ここはドラマ化が行われていると考えられる。ドラマ化によって、「事実」ならぬ「真実」があらわれているのである。

「真実」とは、長男としての責任を全うしていないという作者の後ろめたい気持、父に不義理をしているという無念な気持であろう。惣領である白鳥は、在京中そうした気持をしばしばいだいたにちがいなく、故郷に戻り住んで父母のために尽さずにいることをやましく思っていたにちがいない。作家である彼は、こうした心の内を虚構を使って表現し、実際より大げさな場面を作り上げることで、かえって気持の整理をしようとしたと見える。はっきりそうした意図をもって書かれたわけでなくとも、書くということ自体に、本人も気づかぬ動機が含まれているのである。

断末魔の病人が「東京になんか帰るな」と叫ぶ相手が「一郎」ではなく、その「妻」であったというところは気になる。老いた父は息子である自分のことを、妻の意思に左右される人間のように思っていたにちがいない、と白鳥自身が思っていたのだろうか。真相が何であれ、彼は、自分の意思が妻の意思に屈服していると心のどこかで思っていたにちがいない。そうでなければ、そういう場面設定にはならなかったはずなのである。彼には「恐妻病」（昭和二八年、一九五三）という随筆があるし、トルストイの家出の原因がその「恐妻」にあったことにひどく感動している節もある（「トルストイについて」昭和一一年、一九三六）。自身「恐妻家」の一人だと感じていたのであろう。

故郷に戻りたくても戻れないのは本当は自分自身の願望によるのだが、それを容認せずに、妻のせいで出来ないのだと心のどこかで思っていたのかもしれない。妻の実家のある甲府には、しばしば行っていたのである。そうしたことの積み重ねが作品「今年の春」のクライマックスにあらわれ、「老主人」が「一郎」ではなく「一郎の妻」、すなわち惣領の嫁の胸元をつかむということになったのであろう。白鳥の文学は、人生の真実に肉迫するものであるが、作品の向う側には、もっと恐ろしいものがあったと想像される。

「シニタイ」「シネヌ」と「老主人」が指で空間に書いたエピソードも事実ではあろうが、それが白鳥なりの人生観で色づけられているところにも着目したい。「生まざりしならば」の作者は、生れたら早く死んだ方がいいのだと自分自身の臨終間際に妻に洩らすような人であった（正宗つね「病床日誌」昭和三七年、一九六二）。そういう彼であればこそ、父の「シニタイ」（＝死にたい）を彼流に強調したとも言えるのである。

これに関しては次のような反芻《はんすう》もある。晩年の随筆「現代つれづれ草」（昭和三二年、一九五七）において、白鳥自身、父の「シニタイ」を「俗念を絶ち、安んじて死ぬる気持になつた」証しと思っていたのは「独り合点」だったと洩らしているのである。そのことに気づいたのは、長年父に寄り添っていた弟敦夫が「シニタイ」は苦しみの表現であったと主張したからで、兄弟の解釈の相違を見て、父の「シニタイ」に「安心」が宿っていたのか、それとも単なる「苦悶」に過ぎなかったのか、「不可解」になったからである。人生の謎はついに解けぬまま、というのが白鳥の常なる結論であり、何事も断定して済ますことのない彼の資質があらわれている。

しかし、そうなると、文学的虚構を使っての「真実」の表白ということも、彼のなかでは疑問視されてしまうことになる。自身の小説も、批評家の目で批判されてしまうのである。これは白鳥文学を考えるとき無視できない問題で、彼が作家になろうとして、自らそれを裏切る批評家になったというところと関係する。

弟・敦夫

白鳥は九人兄弟の長男である。本当はもうひとり真《まこと》という弟がいたが、これは夭逝《ようせい》し、戸籍に記入されていない。したがって、彼の次の弟は敦夫、つづいて三男の得三郎《とくさぶろう》、その次は長女の正子《まさこ》、さらに四男律四《りつし》、さらに五男《いつお》という名の五男、その下が次女乙未《おとま》、六男巌敬《げんけい》、末子の清子《きよこ》という風につづくのである。

彼らのうち、次男の敦夫はすでに述べたように国文学者として名をなし、三男の得三郎ははじめ洋画家として成功し、のちに富岡鉄斎（一八三六〜一九二四）の研究で知られるようになった。また、五男は丸山家に養子に行った後に日本パイプの会長となり、次女の乙未は島崎藤村主宰の文芸誌の同人となって作家活動をしたのち、東大教授辻村太郎の妻となっている。そのすぐ下の弟巌敬は植物学者として名をなし、やがて金沢大学教授となる。地方の旧家からこれだけの人材が一挙に輩出されたということは、それだけでも特筆に値する。

こうした事実を記すのは正宗家を称賛するためでも、白鳥が名家の出であることを強調するためでもない。正宗家の息子たちが長男白鳥をはじめ郷里にとどまらず、父母の手伝いをすることもなく都会へ出、自らの人生を切り拓いていったところに目を向けたいのである。そういう特殊な状況で、あえて故郷穂浪に残って父母の面倒を見つづけた次男敦夫。正宗家を事実上継いだのは、長男白鳥ではなく、商売をしつつ在野の学者として地道に国文学研究に励んだ次男敦夫なのである。

弟 敦夫

父浦二にとっては、長男の白鳥、すなわち忠夫と次男敦夫とが格別に大切だったようである。白鳥は子のなかった家にようやく生れた長男であるがゆえに尊く、敦夫はひとり自分の近くにとどまって先祖の家を守ってくれたがゆえに尊かった。それゆえ、自分の命の長くないことを知ったとき、この父は急いで東京から白鳥を呼び寄せ、敦夫と二人だけを前にして、お前らに家をまかせるから仲良くやってくれと懇願したのである（「今年の春」昭和九年、一九三四）。公的には長男が跡継ぎであったが、次男敦夫にもほぼ同じ資格が与えられていたということだ。

兄弟二人のあいだにも、長幼の序の観念はさほどなかったようである。家を継ぐ者として、ほぼ同等の意識があったものと思われる。白鳥の書いたものにあらわれる兄弟といえばほとんど敦夫だけであるが、それも当然。彼にとって、敦夫は一人の弟という以上の格別な存在であった。

そのことは、東京へ行ったばかりの若き白鳥の郷里へ送った手紙に表れている。二種の『白鳥全集』に収録されている家族宛の書簡はさほど多くないが、なかでは敦夫宛が圧倒的に多い。しかも、内容がほかの人に宛てたものとちがって、すこぶる文学的なのである。

家族宛といえば父親に書いたものもあるが、用件ばかりといってよく、心の友への手紙といえば弟敦夫宛てに限る。二人の間には血のつながりだけでなく、つよい心のつながりがあったと言えるのである。明治三一年（一八九八）三月一一日、東京の下宿から敦夫に宛てた手紙の一節を引く。

　お身にして西洋の大詩名著を味はんとせば、ドーシテも原書に於てせざる可《べか》らず、翻訳にては到底無益なり、外国の詩は日本に訳せられる者に非《あら》ず、如何なる大家の生るとも、詩を学ぶには英語最もよし。お身にて此天下の大作に詩心を養はんとせば、ＡＢＣより学始めざる可能《あたうべか》らず。毎日二時間宛学べば、十年せば、可成《かなり》味ひ得るに至らん、此位の労何ぞ厭ふ可《べ》けん。シエキスピア、ミルトンの如き殆んど人間以上の大詩人に接し得るに。

　此夏には少し国文研究致したし。お身も能く勉学し居かるべし。予は却《かえっ》てお身よりも今は国学上の知識乏しかるべければ、共に学ぶ所あらん。

この手紙を書いた当時、白鳥は二〇歳になったばかり、東京生活はもう三年目に入っていた。一方、手紙を受け取った敦夫は若干一八である。文面から分かることは、白鳥にとって敦夫が共に文学を語るに足る友だったということで、このような弟をもった兄は幸せ者であったろうし、弟敦夫にとっても、東京に出て新文学をどんどん吸収していく兄は頼もしく思われたにちがいない。片や東京へ出て英文学に励み、片や郷里にとどまって国文学にいそしむ。互いに離れ離れで専門の方向は異なろうとも、文学を愛することにおいて一つに結ばれていたのである。

白鳥とこの弟との結びつきは晩年までつづいている。父の死後まもなく書かれた「今年の春」（昭和九年、一九三四）や、戦後になって書かれた「現代つれづれ草」（昭和三二年、一九五七）などを読みあわせると、この兄弟が父を囲んでほとんど表裏一体であったことが分かるのである。もちろん、そういう白鳥も、生来のパラノイア的性癖から弟を疑ったこともないわけではないようで、後藤亮によれば、家の相続問題で自身の家督権がなくなるのを恐れたこともあったそうである（『正宗白鳥　文学と生涯』昭和四一年、一九六六）。しかし、白鳥晩年の傑作の一つとも言うべき「人間嫌ひ」（昭和二四年、一九四九）を見ると、そこには激しいほどの敦夫弁護が見つかり、白鳥の弟に対する並々ならぬ思いが窺えるのである。

どんな家族でも、一族のなかではそれなりの確執や争いがないわけではないだろう。しかし、全体としてはまとまりをもって世間に臨むのが普通であろう。正宗家の場合は団結が強く、ほかの世界と自分たちとは隔絶しているのだという意識をいだいていたのではないかと思われる。家族全員が世界に対して一団の風をなし、「正宗家」の誇りを周囲にも感じさせていたと思われるのである。周囲、すなわち地域の人々も、それに相応した敬意をもってこの一家を見上げていたにちがいない。一家には対社会的に身内を守ろうという強い意志がみなぎっており、それが白鳥の強烈な敦夫弁護にもあらわれていると考えられる。

で、その激しい敦夫弁護であるが、「人間嫌ひ」という怒りと不満に満ちた随筆作品のなかで、ひときわ緊張度の高い部分となっている。「私は次弟の老いさらばひた顔を見ながら、彼の一生を髣髴《ほうふつ》と浮かべた」とはじまるその一節は、弟が「田舎で一生を送るべく余儀なくされた」ことに同情を示したあとで、その弟が生活のためにさまざまなことをし、苦労して「印刷機械を買つて古書を印刷」したあげく、日本古典全集を「廉価出版」したことに触れ、そのような労苦を自分たちのためにいとも簡単に利用した東京の「有名な歌人夫妻」への激しい非難に転ずるのである。名前こそ出していないが、この「歌人夫妻」が与謝野鉄幹・晶子夫妻を指していることは明白である。東京に出て作家となった兄からすれば、純朴な田舎者の弟を利用した「歌人夫妻」は許せない、というわけである。

鉄幹・晶子が敦夫を利用したというのは無論兄の目から見てのことであろうが、具体的には、兄の仲介で鉄幹・晶子の知己《ちき》を得た敦夫が、「田舎」にいながら彼らのために「日本古典の廉価出版」をしたことを言う。それだけでは少しも非難すべき点はないのであるが、兄は都会人と田舎人の立場のちがいを説明し、そこから次のように弟の弁護に入るのである。すなわち、弟は「彼等の下働きをするので、それだからこそ、田舎者の彼が都会人の彼等の仲間に入れられた」のにちがいないが、そういうところにすでに不合理があらわれていると。

さらにつづけて白鳥は、与謝野夫妻の企業家としての側面に踏み込み、許しがたい不公平を指摘する。夫妻は敦夫の努力のおかげでできた「日本古典の廉価出版」事業で成功して味をしめ、出版事務所を作って社員を雇い、さらには「印税の前借」という形で事業費の一部をつかって新居構築を実行した、と暴《あば》くのである。弟の敦夫が「田舎の家では毎晩おそくまで起きてゐて、写本だの校訂だの印刷の校正だのと面倒なことに頭を労してゐるのに」何たることだ、兄はそう憤慨する。弟になり代わって抗議する兄は、「田舎者」をバカにするなという怒りをあらわにしているのである。

白鳥の与謝野夫妻への非難がどこまで当を得ているかは別として、白鳥がここまで激しく人を攻撃したり非難したりしたことは稀である。大抵は冷たく突き放した物言いをする彼が、ここでは郷里の家族への思い、都会の人間への怒り、同時代への不満を激しく爆発させている。人間どこでもロクなことはしないものだが、それでも弟のような尊い人間が郷里には居る。そういう思いがあってこそ、彼にしては珍しいほどの、激情のほとばしりとなったのである。

「今年の秋」

弟敦夫への格別な思いが美しく結晶した作品といえば、何と言っても敦夫への挽歌《ばんか》「今年の秋」（昭和三四年、一九五九）である。最晩年に書かれたこの短い作品は、父への挽歌であった「今年の春」（昭和九年、一九三四）、母への挽歌であった「今年の初夏」（昭和一八年、一九四三）につづく三部作と言えるものである。白鳥自身はこの作品のあとに、同じく弟で正宗家の四男にあたる律四の死に遇って「リー兄さん」（昭和三六年、一九六一）を書くことになるが、「今年の秋」を書いた時点では律四はまだ元気である。愛弟敦夫が死んだことで白鳥は自身の死を思い、自分が死んだらだれが「今年の冬」を書くだろう、などとつぶやいている。

「今年の秋」は東京に居る「私」が次弟の「A」の危篤を知らされ、急いで郷里へ戻るというところから始まる。「人間として一緒に育つて来たやうなもの」と感じるこの弟のことを、作者は「人類のうちで、私が最もよく知つてゐる人間」と言い、「純粋の人間をそのままに見た」のもこの弟をつうじてだと言うのである。「自分の姿を彼に於て見る」と言うその弟が死ぬ。手おくれにならぬ前に一目でも会いたい、そういう思いが作品のモチーフになっているのである。

この作品は挽歌であると言ったが、少しも挽歌らしくないのが特徴である。例によって渇いた筆致で、淡々と若き日の彼と弟との思い出が語られる。学生時代、暑中休暇後の上京のときに、敦夫が自分の荷物を持って駅まで送ってくれたこと、自分が重い病気にかかって果物を欲しがったときに、二里を隔てたところまでわざわざ梨を買いに行ってくれたこと。そうしたことをぽつりぽつりと語り、何の感情の表白もしないがゆえに、かえって読む者をしみじみした感慨に誘うのである。

駆けつけて命かぎりの面談であったが、意識をなかば失いかけている弟が「誰にも知らせんつもりぢやつた」と言うのを聞いて、兄は何を言ってよいか分からず、何も言わず、しかも「云はないための心残りはなかつた」という。何も言わなくてもよいほどの関係、これほどの親密さは、心のかよった兄弟であればこそなのである。「わざわざ来てくれなくつてもよかつた」という気持をあらわす弟に対し、作者である兄は人間の死というものが一切の「感傷」を超えたものだと痛感する。ほとんど一心同体とも言うべき弟の死は、やがて来る自らの死と不可分で、弟の葬儀を考えるにつけ、自分の葬儀が思われるのである。

作品にはクライマックスらしきものはないが、末尾の方で、弟敦夫が末期《まつご》にカトリック洗礼を受けたことが語られる。勤め先がカトリック系大学（＝ノートルダム清心女子大）であったため、病の床についてから「洗礼」を授かったのである。白鳥自身、やがて死の床についてプロテスタントの牧師を迎えるのであるが、そのことが起こる以前に弟がカトリックの神父から洗礼を受けたのは因縁であろうか。旧教と新教のちがいはあるにせよ、同じ「臨終の際」の「キリストの恵み」なのである。「A（＝敦夫）自身よりも私に取つて、死生の悲哀感がいくらか和らげられるような気がする」と兄は言う。とはいえ、弟のように自分も「臨終の際」には「キリストの恵み」に与《あずか》りたい、とまでは書かないところが白鳥らしい。「死ぬ間際の人間の気持」は「まだ経験しないから分らない」といい、「私は断末魔の際に、伝統的に因習的に、南無阿弥陀仏を唱へるだらうか。イエス・キリストに救ひを求めるだらうか」と自問するところが、いかにも彼なのである。弟の臨終はほとんど彼自身の臨終のようでありながら、なお彼は生き、弟は死に、二人は永遠に別れる。感傷はなく、そのかわりに「死者は死者、生者は生者。親にしろ、兄弟にしろ、絶対無縁である」という思い切りが見えるのである。

こういう白鳥であればこそ、弟の死を待つまでもなく故郷を去り、関西で少し遊んでから東京に戻るということにもなる。東京の家に着いてから弟の訃報に触れると、「人生に一段落がついた」と感じるのである。挽歌の「一段落」。自分と一心同体であったようで、実は他者であったという認識が生まれる。たしかに、「人生に一段落」である。

作品の最終部に、敦夫が死の床で洗礼を受けたあと詠んだという歌が引かれている。

洗礼の　水まろろかに　かほにおつ　かしらにそゝぐ　たふときろかも

国文学者であるだけに、さすがにこなれた詞の用い方である。この歌を見るにつけ、兄は次のような感慨を洩らす。

押付け洗礼にしても、彼は何かしら有難い思ひをしたにちがひない。さうすると、私よりもAの方が仕合せか。

白鳥の畢生《ひっせい》の大問題がここにも解決を見ずにあらわれている。生きているかぎりこの人は考えつづけ、疑いつづけ、そのまま死の床まで行ったのである。だから、弟が死に際にキリスト教に帰依したことを、一方では「有難い」と思いながらも、国文学に打ち込み、日本古来の精神を尊び、「神道」に傾いていたはずの弟がどうしてキリスト教徒になったのかと他方では疑う。正当な疑問であり、感情より理知が、美よりも真実が尊いという、この人らしいあり様《よう》である。

備前市の歴史民俗資料館に陳列された敦夫に関する資料には、戦時中は彼が熱烈な国粋感情の持ち主であったことが示されている。そういう彼がカトリックの洗礼を受けたとなると、敗戦と病とが精神を変えたのかとも思われる。白鳥を知る人は、無神論的虚無主義者と見えた彼が死に際してどうしてキリスト教に帰依するつもりになったのか、いまだに不思議がっているが、弟敦夫の回心とて決して容易に理解できるものではない。この兄弟、非常に深いところで結ばれていたとするならば、その精神の軌跡には互いに類似するものが多かったであろう。

ついでながら言うと、彼ら兄弟の末っ子である清子は、同じく資料館の資料によると、「香登《かがと》教会溝手伝道師の長男に嫁ぎ、夫と死別後に神官山尾氏に再嫁」したという。こちらの場合は敦夫とは逆に、キリスト教から神道へと移ったのである。いずれの方向であるにせよ、この一家は宗教的な救いを求める傾向が強かったということはたしかである。先祖に国学者あって神道との縁もあれば、祖母「得」から譲り受けた仏教もあり、また母には讃岐の岡田家の儒学が注ぎ込まれていたという事実が思い出され、白鳥ひとりでなく、兄弟それぞれに「道」を求める人たちだったと考えさせられるのである。

弟・律四

「今年の秋」(昭和三四年、一九五九)のあとに「リー兄さん」(昭和三六年、一九六一)という作品がある。敦夫と同じく白鳥の弟で、正宗家の四男にあたる律四の死を書いたものである。この律四についてはつねづね特別な思いを寄せていたようで、たとえば「今年の初夏」(昭和一八年、一九四三)に次のような一節がある。

山陽線の或小駅で下車して私設鉄道に乗換へると、弟の一人が其所に乗つてゐた。よく聞くと、彼れも同じ時刻に東京を立つたのであつた。この弟は、兄弟中で最も冴えない生涯を過ごして、五十を余程過ぎた今なほ独身で、絶えず母の心の煩らひになつてゐるらしかつた。極端に無口なので、かういふ場合にでも、彼れと私とはさして話を交はさなかつた。しかし、彼れに対した時には、私は他の弟達に対した時よりも自分との類似性を感じるので、年少時からの運の廻り合せ次第で、私が彼れのやうな生涯を送つたかも知れなかつたのだし、彼れが私のやうな生涯を過ごすことになつてゐたかも知れなかつたと、ひそかに感じられてゐた。昔何かの機会に、父が、私とこの弟とがよう似て居るとの感想を洩らしたことが一度あつた。

「兄弟中で最も冴えない生涯」を過し、「極端に無口」で、「五十を余程過ぎた今なほ独身」で、「絶えず母の心の煩らひになつてゐる」のが律四である。母が危篤であると知って東京から岡山へ下る兄弟は、別々にその知らせを受け、別々に東京を発ち、偶然に備前の私鉄内で出会うのである。この弟に白鳥は「自分との類似性を感じ」、「運の廻り合せ次第で、私が彼れのやうな生涯を送つたかも」しれないとさえ思う。敦夫とは一心同体のようであったにしても、この律四とも見えない糸でつよく結ばれていたのである。しばしば世間から外れて孤立している自身の生き方を、この弟の生に重ねる。そして、何も語らぬ弟の心を、自らの言葉で語ってみる。

この律四であるが、「今年の初夏」の書かれる三〇年近く前、白鳥の作家としての名声を高めることになった小説「入江のほとり」（大正四年、一九一五）の主人公のモデルである。ということは、白鳥は早くからこの弟に自身を重ねていたのだ。つまり、「入江のほとり」は「リー兄さん」の前身と言えるわけで、「入江のほとり」が白鳥の出世作だったことを考えると、弟律四に自らを重ねることで、白鳥は自身の表現を得たということになる。

「入江のほとり」という地味な家庭小説は、東京へ出ている兄たちや、これから東京へ出ていこうという姉、また地元で生計を営んでいる兄などに囲まれて、ひとり鬱屈し、ほとんど口もきかない一家の厄介者「辰男」が、ついに石油ランプを倒して出火し、あやうく先祖代々の旧家を焼失させてしまいそうになる話である。故意であったか、過失であったか、とにかく家に火をつけた変人の「辰男」こそ、白鳥が若いときから気に留めていた弟律四なのである。小説では学校教師となっているこの人物は、独学で英語を勉強し、詩のようなものを英作文しては夢見つづける。心には口で言えない空虚と不満とが蓄積し、三つの英単語が頭脳にうずまくが、本当の芸術家の姿がそこにあると作者は確信するのである。Fire（＝火）Conflagration（＝炎）Nonsense（＝無意味）。この三つの単語が主人公のノートに書きつけてある。心の深い傷、言うに言われぬ憤懣《ふんまん》、それらが日本語にならず英語のまま書かれるところに、当時の作者の思いが暗示されるのである。

これを白鳥自らの弟への投影と言いきることは可能であるが、東京で栄達を試みるわがままな長兄である自分を弟の視点で描き、鬱屈したまま「田舎」に埋もれる弟になりきってみるという手法は、単なる手法を超えて弟への情愛の表現でもあろう。例によって、淡々と渇いた筆致の下に表現される作者の肉親への情愛は目立ちにくく、彼の多くの小説がそうであるように、すべてが鈍くて暗いトーンにつつまれている。しかし、これを「自然主義」の客観描写などと片づけるのは論外であって、作家白鳥の並々ならぬ倫理的潔癖をこそ見てとるべきなのである。

そういう白鳥が最晩年に弟律四の思いもよらぬ死に接し、空想を交えて書いたのが「リー兄さん」（昭和三六年、一九六一）である。「両親に似て、自分自分の生活を大事にする常識家揃ひのきやうだいのうちで、彼だけは異様な存在であつた」とあるように、ここでも白鳥は律四の特異性を際立たせている。しかし、そのような律四（作品では「林蔵」となっている）も、兄が想像していたよりはるかに平凡な、ごくありふれた葬儀によって弔われたと知る。そして、兄の方でも死者に対して、ありふれたことをありふれた調子で行うだけにする。

これだけなら平穏な作品として終わるところだが、そこへ忽然として死んだ弟の霊がよみがえって、生者に向かって語り出す。作品は転調し、現実的であったはずの白鳥文学のもう一つの面、あの幻想性、怪奇性があらわれて不思議な世界となるのである。「わしは頭の先から足の端まで真つ黒のやうだ」で始まる死者の声は、自分の失敗した結婚生活を語ることに終始する。周囲に勧められてしたくもない結婚をしたのだが、新床についても何もせず、ついに「わしには子供を生む力はないのぢや」と嫁に言ってしまうと、嫁は涙をこぼしたというのである。生れてはじめて「女性に対してあはれを感じた」と死者は言う。即刻離婚ということになったのだが、いつまでも悔やまれてならなかったというのである。

弟は「真つ黒」な顔であった。学校教師をしていたが、その後は絵描きになったとある。描いた絵はどれも美しい風景を醜悪にしたような「暗い」ものばかりだが、なかに珍しく草花と女性を描いたものがあり、その女性に涙の一滴が浮んでいるのが兄の目を引いたという。ははあと納得した兄は、男性として不能であったと思われるあわれな弟の繊細な心に思いを寄せる。そして、自分が画家になっていたらこの弟のような絵を描いていたのではないか、と思うのである。

「リー兄さん」は、決して暗い作品ではない。むしろ、律四という弟の暗い心にも光がさしていたことを、ほのかに伝える作品である。その末尾は明るく、ユーモラスでさえある。暗くて醜い弟の絵でも、たとえば有名な批評家が誉めたりすれば一躍富岡鉄斎並みに扱われるのではないか、と兄が思うと、再び死者の声がして、「阿呆《あほ》云ひなさんな」と聞こえるのである。

白鳥自身、自分の書いた作品は「暗い」ものだと定評を受け、美しい人生を醜く描いているとも言われてきているから、そうした世評についての揶揄《やゆ》もここにはあろうか。

白鳥も心の底では、自分の作風も見る人が見れば最高級の文学として評価されるであろうと思っていたのかもしれない。彼が所有していた備前焼について述べている言葉を、もう一度思い出そう。

酒を入れるための実用的器具で、無論おしやれの芸術品ではないのだが、今の目で見ると、煤けた趣きに雅致があると思へば思はれないこともない。……有難味をつけて、その気持になつて見ると、鰯《いわし》の頭も信心からといふ訳で、この古徳利も芸術の光を放つてゐるやうである。

（「人間嫌ひ」昭和二四年、一九四九）

律四という弟が肉体的な不能者であったことを白鳥はどう受け止めていたのだろうか。律四と自身とが類似していると感じていたからには、白鳥自身、何らかの意味で自分を不能者だと感じていたのかもしれない。自分には作家として女性が描けないとはよく彼が洩らしていたことである。肉体的な意味でなくとも、精神的不能者だと感じていたかもしれない。

あるいは、肉体的にも問題があったか。彼の性に対する嫌悪感、それは生に対する嫌悪ともつながるものだが、何らかの意味で不能者の心理につながるものである。その並外れた霊的世界への関心も、彼が言う「一つの秘密」も、これと関係あるかもしれないのである（「一つの秘密」昭和三五年、一九六〇）。

「リー兄さん」には、「祖母」が律四だけを差別し、厳しい折檻を加えていたことが語られている。祖母得は白鳥兄弟たちに絶大の影響力をもった人であったから、だれもこのひどい仕打ちを止められなかったにちがいない。折檻の理由は分からないが、そのことの律四に及ぼした影響は計り知れないものがあったろう。白鳥自身、一度だけ祖母に折檻されたことがあるが、その記憶はいつまでも残り、それが彼をして生を厭わせる原因となっているのである。律四の不能、白鳥の厭世、それらの背後に「得」という不幸な祖母の呪詛《じゅそ》がある。そう考えて、いけなくはないであろう。

「リー兄さん」で顕著なのは、変人である弟への兄弟たちの寛容と、この不潔きわまりない生活不能者を世話した人々の優しさである。兄弟たちはときどきこの弟に経済的な援助を施し、それについて弟が何の礼も言わないのに文句も言わず笑っていたという。この変人の世話をした田舎の夫婦も、彼に対してある種の尊敬をいだいていたというのだ。こうしたことが可能であったのは、変人であろうともほかに害を加えるでもない律四が、地域の誉れともいうべき正宗家の息子だったからであろうか。家族の結束がそれだけ固く、一家全体が裕福であったということでもあろう。豊かな備前という土地の暢気さ、のどかさも感じられる。

「リー兄さん」は幻想性をもつ作品だと述べたが、なるほど中年の白鳥が発表した幻想作品「迷妄」(大正一一年、一九二二)と似たような構えになっている。語り手の世界にいきなり魍魎が出現してくるところが似ているのである。しかしながら、「迷妄」に出てくる魍魎はいずれも恐ろしい。一方、律四の霊はやさしく、悲しく、のんびりしているのである。白鳥が老いたことが原因なのか、舞台が故郷であることが原因なのか、とにかく死者が肉親であることが全体を和らげ、白鳥もようやく死と和解できそうな年齢に達したと見える。現実をもとにしながら、空想の翼を伸ばしたこの不思議な作品は、現実と虚構の和解さえ果たしているようである。

以上、弟律四と白鳥の関係を考えてきたが、「リー兄さん」で弟が描いた絵はどれも暗いのに、一つだけ珍しく草花と女性を描いたものがあり、その女性に涙の一滴が浮んでいるのが兄の目を引いたという箇所はいつまでも気にかかる。果たして兄白鳥に、そういう草花と女性、女性の一滴の涙が描けたであろうか。兄白鳥はカトリックに洗礼して他界した次弟敦夫について自分より「仕合せ」だったかもしれないと考えたが、一枚でも女性の涙のある美しい絵を描けた律四についても、自分より「仕合せ」であったと思わなかったか。『白鳥全集』のどこを探しても、「リー兄さん」が描いた絵のような女性の涙、草花と女性は見つからないのである。

本章では白鳥の生い立ちを見、彼の生まれ育った土地、先祖および家族を見てきたが、最後に丸山家に養子に行った弟の五男についても一言しておこう。この弟は正宗家の五男であって名も五男であるから、随分簡単な名のつけ方をされたものだが、養子に行った後に日本パイプ会長にもなるほどの実業家で、白鳥の死ぬ間際にはしばしば病院を訪れているのである。

養子・有三

この五男、白鳥との関係で言えば、彼自身よりもその息子の有三《ゆうぞう》の方が重要である。有三は白鳥の甥にあたるのだが、昭和一五年、子どものなかった白鳥夫婦の養子になったのである。五男には三人の息子があり、有三はその三番目である。そのとき彼は八歳、小さいときから白鳥夫妻のところに預けられ、そこで養育されて大人になったのである。「人間嫌ひ」（昭和二四年、一九四九）などに登場する「少年」とは、この有三のことである。

有三について、白鳥はこれといったことは書いていないが、「人間嫌ひ」などから分かるのは、この「少年」の存在のおかげで、世間から孤立していた子のない夫婦がいくらか明るい生活を営むことができるようになったということである。白鳥は生涯子のなかったことを悔いる様子はなく、かえって気が楽であったと言っているが、それでも有三には親に近い感情をいだいたように見える。郷里を遠く離れ、これといった友もなく、ともすれば孤独に陥りがちで、その孤独と親しむ傾向の強かった彼も、正宗家の血を分かつ甥を身近にもつことで、人並みの幸福を「代用品」によって味わったと言えようか。無論、それとて彼をこの地上に結びつける強い絆になったわけではなかろうが。

それに、子を引き取って育てたいと切望したのは白鳥ではなく、むしろ、つね夫人であったと考えるべきであろう。有三はだれよりも、つね夫人にとって大切な存在であったであろう。長い海外旅行へ一緒に出かける前、大磯に越した大正一〇年ごろにも白鳥夫妻はある女子を子として引き取りたいと願っていたようである（後藤亮『正宗白鳥　文学と生涯』昭和四一年、一九六六）。それも、夫より妻の願望であったにちがいない。

第二章　少年時代

1　文学の目覚め

馬琴

これまで白鳥の人間形成をその風土や家庭環境から見てきたが、文学形成はどうであったか。自身の文学遍歴のはじまりを、彼は次のように記している。

私は子供の時から読書が非常に好きで、家にあつた蔵書などは、大抵読み尽したものである。

（「如何にして文壇の人となりし乎」明治四一年、一九〇八）

ここでいう「子供の時」とは明治一〇年代の後半、あるいは二〇年代の前半のことで、「家にあつた蔵書」を「大抵読み尽した」というのだからすごい。彼の家には先祖が遺した幾多の和漢書があり、それらを物心つくかつかぬかのうちに読み尽くしたということは、彼の文学的教養が全面的に江戸文学によって培われていたことを示している。

では、その江戸文学とは具体的にはどういうものであったかというと、本人の言を要約すれば、一に馬琴の「八犬伝」、ついで頼山陽の「日本外史」ということになる。そこでまず馬琴の「八犬伝」を見ることにしたいが、白鳥と馬琴の関係については三つほど興味深いエピソードがある。

一つは、少年時代彼が愛読した「八犬伝」のなかでもっとも憧れた人物が、「智」の玉をもった犬坂毛野だったということである。周知のように、「八犬伝」には「仁義礼智忠信孝悌」の徳をあらわす八つの玉をもった犬士が登場し、それぞれが自分の玉の徳を具現している。そのなかで「智」を具現した毛野に白鳥は憧れ、自分も毛野のように「智」の玉をもちたいと切に願ったのである（「手帳より」明治四四年、一九一一）。「仁」や「義」には少しも憧れず、「智」に執着する。簡単に見過ごすわけにいかない一事である。

一体、なぜ「智」ばかりに惹かれたのか。理由として思い当たるのは、白鳥の生い立ちである。彼は幼いときから生の不安があり、その不安がとりついて夜も眠れなかった。そのような不眠少年にとって、生の原理そのものが死とともに謎であったにちがいなく、あらゆる「智」をふりしぼってその謎を解きたかったのである。

地上に蠢動《しゅんどう》して露命《ろめい》を保つてゐる人類に対して炬火《かがりび》を捧げて前途の暗黒を照らす人は、これを日本にも外国にも求めることはできないのであらうか。

（「雑感」大正一三年、一九二四）

これが白鳥生涯の問いである。多くの同時代作家とちがって、彼には「文芸」における「骨董的興味」（＝美的趣味）などまったくなく、ただただ究極の真理のみが関心事だった。そのような彼にあって、いかなる出来合いの道徳も意味をなさず、「八犬伝」の「仁」の玉も「義」の玉も魅力として感じられなかった。究極の問いに答えを出す「智」だけが求められたのである。

二番目のエピソードは「奇蹟と常識」（昭和一四年、一九三六）で語られているもので、少年時代の彼は「八犬伝」の犬士たちがもっている「玉」を実在すると考え、どうにかしてそれを手に入れたいと真剣に思ったのだそうである。子どもじみた空想癖として片づけるのは簡単であるが、白鳥のもつ理想主義の一面と見るべきものである。「八犬伝」の玉は「観念」（＝イデア、理想）の玉であり、白鳥文学の原点に馬琴があったということは、彼が馬琴の観念主義＝理想主義をひそかに受け継いでいたことを示唆する。白鳥文学は理想主義の文学、彼の現実主義はその保護膜であったと見ることができるであろう。

白鳥の理想主義は「迷妄」（大正一一年、一九二二）のような作品にこそ露骨にあらわれている。魍魎が徘徊して人間を脅かす超現実的なこの作品は、一面で西洋の地獄話や、白鳥の愛読していたダンテを思い起こさせるが、馬琴文学の観念性とも無関係ではないのである。観念の権化である犬士たちを縦横に活躍させる「八犬伝」。それに一脈通じるところが白鳥文学にはある。馬琴を白鳥に近づけ過ぎてはいけないだろうが、遠ざけ過ぎてもいけないのである。

第三のエピソードは、白鳥がはじめて「八犬伝」を知ったそのいきさつである。彼がこの書を手に取ることができたのは、彼の祖母の前夫の情婦、すなわち彼の「祖父」にあたる人物の「妾」の好意によってだったのである。この「祖父」に当たる人物というのは、白鳥の祖母との間に子ができず、「妾」をつくって子を得たために祖母から離縁されたという、例の「身持ちの悪い」人物のことである。よりにもよって、白鳥はこの「祖父」の妾、すなわち彼の祖母から見れば因縁の敵にあたる女性から、彼がもっとも愛するようになる書を借り受けたのである。

前にも述べたように、白鳥の祖母得《とく》は一家で絶大な権力をふるう独裁的存在であったから、事実上その祖母に育てられた彼は、もちろん「祖父」からは引き離されていた。仮にも「祖父」の家に遊びに行こうものなら、一生忘れることのできないような恐ろしい折檻を受けたのである。そういう「祖父」の家で、「祖父」の妾から「八犬伝」を借り受ける。大変なことであったにちがいない。

九歳か一〇歳になったある日、祖母の禁を破って「祖父」の家へ遊びに行ったとき、そこで耳にした「八犬伝」がいかにも面白そうなので、どうしても読んでみたくなったという。すでに読書の味を覚えていた彼は、この本が諦めきれなかったが、せがんでも「祖父」はなかなか応じてくれなかった。ところが、その妻である「妾」が、親切にも「貸してお上げんさい」と言ってくれたのである。「祖父」はしぶしぶ「八犬伝」一冊を貸してくれたが、白鳥少年にとって、そのときほどこの「妾」が有難かったことはない。彼女を「観音様」にまで喩《たと》えたとは（「幼少の思ひ出」昭和二六年、一九五一）、祖母から悪女のイメージを植えつけられていただけに、大きな価値転換であった。

これが「八犬伝」との出会いであり、その本をきっかけに文学に開眼したのだとすると、この事件はよほどの意味をもつ。「八犬伝」とは単なる小説本ではなく、祖母の影響からの解放を意味する書だったということになるからである。家にもち帰った馬琴そのものが「禁書」であったから、祖母に黙ってこれをひとり密《ひそ》かに読みふける。秘密の快楽は恐怖と交じって倍増し、馬琴は禁忌であるがゆえに尊い、ということにもなったのである。

もちろん、実際読んでみて「思つた以上に面白かつた」のは事実である。「夜おそくまで、小さなランプのそばで読み耽つて、知らず知らず机の上に頭を垂れて眠るのを常例とするやうになつた」というのも本当であろう（「幼少の思ひ出」）。しかし、少年白鳥がそれほどまでに「八犬伝」にのめり込めたのは、物語が面白く、文章表現に魅力を感じたからだけではなく、彼にとって、この書を読むことが祖母の呪縛への挑戦だったからであろう。

ところで、白鳥は「八犬伝」ばかりでなく「弓張月」や「美少年録」といったほかの馬琴作品も読んでいて（「雑感・馬琴日記」大正一三年、一九二四）、それらについて「徳川期固有の美徳」を振りかざす反面、「所々淫靡《いんび》な場面を挿む」癖があると言っている。馬琴を単なる道徳主義で片づけるのではなく、そこに「淫靡」を見出し、むしろ非道徳を難じているのである。これは興味深い指摘で、幼少時代の彼が「八犬伝」に「仁」も「義」も求めず、「智」ばかりを求めていたこととも関連する。彼はこの書を、道徳的関心をもって読んだわけではないのである。

成人した白鳥は馬琴の「淫靡」なところを非難しているが、幼少時には逆にそういうところに惹かれたのではないだろうか。少年時に染み込んだものはなかなか消えないと彼自身言っているように、「淫靡」なものを嫌う傾向の強かった彼であるが、心の奥では「淫靡」を好み、馬琴の言う「美少年」を好んでいたとも考えられる。白鳥の伝記研究の第一人者後藤亮は、白鳥が子どものころ「八犬士」のなかで犬坂毛野が好きだったのは、ただ「智」の玉をもっていたからだけではなく、毛野が「女のような美貌の勇士」だったからであろうと推測している（後藤亮『正宗白鳥　文学と生涯』一九六六）。根拠のない推測ではなく、白鳥自身「私の遺言状」（昭和三四年、一九五九）において、犬坂毛野が「外貌に女性的柔しさ」を備えていたことに言及しているのである。

これと直接関係ないかもしれないが、白鳥の幼い心に刻まれた江戸的文学として「岡山紀聞筆の命毛」（明治一五年、一八八二）がある。馬琴を知る以前に白鳥が読んだもので、後年忘れられずにいるもっとも醜悪なる書物、それが「岡山綺聞等乃実記《きぶんとうのじっき》」（＝高畠藍泉『岡山紀聞筆の命毛』）なのである（「不徹底なる生涯」昭和二三年、一九四八）。この「実記」には、たとえば「豆腐屋の娘」を妾にした「殿様」が、その「妾」の機嫌を取るために、「奥方」に「裸踊り」をさせたことが書いてある。わずか八歳か九歳の白鳥が、これを生まれてはじめて読んだ話として記憶していることは、あまりにも残酷なのである。すでに「祖父」とその「妾」の問題があり、祖母の異常なほどの厭世観が彼の生を根源から圧迫していた。そのうえで、幼心にこのようなグロテスクな「実記」が飛び込んでくるとなると、その残した影はいかほどのものであったろうか。

「妾」が登場する「実記」であるから、少年の無意識のなかで「祖父」が「殿様」に、「奥方」が「祖母」に結びつけられたということも十分考えられる。子どもの精神は大人以上に単純に連想作用を発揮するものであるから、たとえその連想が意識にのぼることはなかったにせよ、無意識のなかでいつまでも働きつづけたにちがいない。ひょっとすると、彼が愛読した「八犬伝」にしても、その「美徳」の裏にちらつく「淫靡」が幼心を刺激し、祖父—妾—祖母のタブーへの挑戦に勢いを与えたのかもしれない。白鳥の生への不安、性への嫌悪には、祖父—妾—祖母の確執がもたらした無意識の痛手があったことは確かで、そうした心の奥に「八犬伝」の世界、江戸文学の「淫靡」が影を落したと考えられるのである。

「日本外史」

前にも述べたが、幼少期の白鳥にとくに響いた文学作品は、馬琴の「南総里見八犬伝」を除けば頼山陽の「日本外史」である。「外史」は彼にかぎらず当時の青少年の漢文的教養の基礎になっていたもので、近代日本の文学形成におけるこの書の影響を無視することは出来ない。多くの白鳥研究家は彼の西洋文学の教養に気を取られ、その作風が江戸文学とは縁がないかのように思いがちだが、漢詩文と白鳥文学を結びつけることを忘れてはならない。とくに、「日本外史」との関係は考慮されなくてはならないのである。

そもそも白鳥が幼少のとき、西洋文学の翻訳は数えるほどしかなかった。明治二〇年代、民友社から「国民之友」「国民新聞」が発刊され、それらをつうじてようやく備前穂浪のような小村にも西洋文学の翻訳がとどいたのである。それまではもっぱら和漢の書、とくに漢詩文か戯作文学が読まれた。

白鳥の基本的な文学観は、「八犬伝」と「日本外史」によって築かれたと言って間違いないのである。すでに見たように、「八犬伝」は白鳥における文学への開眼であり、祖母の呪縛からの解放を意味した。一方の「日本外史」はというと、これは父の姿と結びつき、祖先の家と結びついて彼のなかにとどまりつづけたと言える。というのも、「外史」は父が幼少の彼に「素読」を授けたもので、彼にとって漢詩文への入り口であった。後年唐詩を好み詩吟を好むようになったのも、早くから「外史」の文体に馴染んでいたからである。

白鳥が「外史」の何よりも文体を好んだことは、「外史の詩句は面白かった」と述懐していることから分かる（「幼少の思ひ出」昭和二六年、一九五一）。内容よりも、表現が気に入ったのである。

一方、「外史」が父のイメージと結びついていたことは、ほかの子たちが遊んでいるときでも父が「素読」を強制したことを後年まで引き摺っていたことから知れる。白鳥にとって、父の姿は先祖の姿に結びつくもので、「外史」は彼と先祖を結ぶ糸だったのである。

というのも、正宗家にとって楠木正成《まさしげ》は先祖が仕えた殿様である。正成といえば、「日本外史」においてはもっとも誉れ高い人物で、だから、白鳥は「外史」をとおして遠い祖先を教えられたのだと考えてよい。父にすれば、息子にこの書を覚えさせることで、先祖の道へと導きたかったのではないか。そこまで考えて「外史」を素読させたのではなく、単に当時の流行でこれを学ばせたと考えるべきかもしれないが。

「外史」が筋立のしっかりした、文体に迫力のある歴史書であることは確かで、幼いうちにこれに接したことは、白鳥の文学的教養を磨いたことは確かであろう。いちいちの出来事や人物について、作者頼山陽（一七八〇～一八三二）が個人的見解や批評を付しているところが「外史」の歴史書としての面白味なのである。歴史書とはいえ文学的、叙事詩的。白鳥の父の世代はこぞってこれを読み、次代にこれを伝えようとしたのである。

この書が明治を準備した志士たちに大きな影響を与えたのは、著者山陽の史観が勤王史観だったからである。明治維新の起爆剤というと福沢諭吉の「西洋事情」（一八六六～七〇）などが考えられるが、それ以上に「日本外史」を挙げるべきかもしれない。新時代を夢見る青年の情念を刺激したという点で、理知的な福沢の著作をはるかに凌いで影響力があったのである。

平氏と源氏という武家の起こりから説き起こし、徳川幕府の成立にいたるまでの政治史を簡明に説いた「外史」は、幕末に近い一八二六年に書かれている。先にも言ったように勤王思想を掲げたこの書は、水戸学派と一脈通じる儒教的大義名分論に基づいているのである。熱烈な文体と個人崇拝の感情に潤色されているがゆえに、幕末の志士たちを鼓舞しただけでなく、維新後も政府第一の推薦図書であった。白鳥の父がこれを真っ先に息子に授けようとしたのは、その意味では時流のなせる業だったのである。

では、そういう「外史」は白鳥にいかなる思想的影響を与えたのだろうか。何事にも懐疑的であった白鳥と、「外史」にあらわな勤王思想との接点を見つけることは一見して難しいが、裏返しの影響というものはありうる。「外史」を子どものころから暗記するほど読まされた人間に、その思想のかけらが残存しないはずがない。

本人は意識的に駆除しようとしたにしても、なお無意識に思想は残ったかもしれない。私たちの知る限り、白鳥が勤王思想家であったことは一度もないが、意識的努力によってそうなっているのであって、祖先の主君が楠木正成であったということが彼のなかで完全に無になったとは考えにくい。

前にも引いた小学校時代のエピソードは、その点で参考になる。教師がだれを一番偉い人物と思うかと問うたとき、多くの生徒が「楠木正成」あるいは「和気清麻呂」と答えたのに対して、白鳥だけは「馬琴」と答えたのである。少年白鳥の答えは彼の文学好きを髣髴《ほうふつ》させるものであるにしても、あえて「楠木正成」と答えなかったところを重視したい。正成は正宗家の祖先の主君であり、そうした話は父などから聞かされていたはずなのに「馬琴」と答える。「馬琴」という禁忌を、一家の誇りでもあろう「正成」や郷土の英雄たる「和気清麻呂」に優先させたところに、皇室や先祖の道、あるいは祖母の権威の道よりも、「文学」という自由の道を採る態度が示されたのである。

白鳥が楠木正成について書いたことは稀であるが、次のような一節がある。

私は例の如き時間潰れの方法をとつた。先づ風呂へ入つて、それから楠公神社へ歩を運ぶことであつた。私は、頼山陽が京都から、母を省するために芸州下りをした以上に、山陽道の一端、摂播の間を往復してゐるのであるが、汽車乗り換へ時間を利用して、幾度湊川《みなとがわ》神社に参詣してゐるか知れない。「嗚呼忠臣楠子の墓」を幾度仰ぎ見たか知れない。去年九月の末に帰省した時にも、こ

の境内の絵馬堂に憩うて、子守などが涼を納れてゐるのを見た。（「故郷にて」昭和二年、一九二七）

この文章から分かるように、白鳥は神戸の湊川神社、すなわち楠木正成を祭った神社を何度も訪ねている。一体、何のためにそれほどの回数、参詣を重ねたのか。

本人は「時間潰」しのためであったというが、それだけなら他のことをしてもよかったはずである。正成の何かが彼を呼んだのか。

何事も信じていなかったかに見える白鳥であるが、両親についての文章、弟についての文章などを読むと、「正宗家」というものにかなりに執着していたように見える。長男であったことも手伝って、その執着は思いのほか強かったのである。祖先の主君であった楠木正成についても、その忠君思想は別にして、相当の関心をいだいていたのではないだろうか。己を取るか、先祖を取るかと言われれば迷わず己を取ったであろう白鳥だが、先祖が気にならなかったわけではないだろう。

引用した文中に「嗚呼忠臣楠子の墓」という一句があるのは「日本外史」から引いたもので、頼山陽は正成が湊川の戦いで壮絶な死を遂げたことを叙したのち、「楠氏亡びて後二百余年、権中納言源光圀、私に石を湊川に立て、題して嗚呼忠臣楠氏の墓と曰ふ」と結んでいる（頼山陽「日本外史」巻之五）。湊川に戦死した正成を二〇〇年後に水戸光圀《みつくに》（一六二八～一七〇〇）が悼み、それまでは墓もなかったこの「英雄」に石墓を立てたという記述。ここにいう「嗚呼」という詠嘆は山陽のものではなく、墓石に刻まれた水戸光圀のものである。

白鳥にとっては、その詠嘆が光圀のものであろうと、山陽の声であろうと、さほどのちがいはなかったであろう。それは彼の先祖の声であったかもしれないのである。子どものころ、父に何度この一節を読まされたことだろう。父にすれば、祖先の主君「正成公」に対する頼山陽の言だけは、子に暗記してもらいたかったであろう。その効あってか、父が予想もしなかったほど頻繁に、息子は正成の墓参をする。血筋にまつわる歴史感覚は私たちの無意識を流れるもので、白鳥も自分ではわからぬ理由で湊川神社を頻繁に訪れたのかもしれない。

もっとも、先の引用文にしても、白鳥の正成への崇拝心が感じられるわけではなく、一般に彼に崇拝感情を見つけることは難しい。何事も照れ隠しにして心の奥を語ることのなかった人であるから、人知れず正成を慕っていたと見ることも出来ないわけではないが、そういう見方に固執すべきでもないだろう。白鳥にかぎって、何事も真相が分かりにくいということは確かであり、この作家は決して嘘は言わなかったにしても、さりとて真実を語ったわけでもないと肝に銘じておくべきだろう。

2　キリスト教の目覚め

閑谷黌

明治二五年（一八九二）、一四歳の白鳥は尋常小学校を終えた。尋常小学校の思い出は良いものはなく、たとえば次のような述懐がある。

私は偶然のまはり合せで、森有礼のために、ちつぽじけな弱い子供として、木銃なんかかついで兵隊の真似をさせられたのを機縁として、軍国主義憎悪を心に飢ゑつけられるやうになったのかと自己批判をしてゐる。

（「私の履歴書」昭和三一年、一九五六）

つまり、尋常小学校の「軍国主義」教育が嫌だったというわけで、そういう自分を「自己批判」しているというのはいかにも白鳥らしい皮肉と言える。

これが書かれたのは戦後であるから、こうした皮肉が容易に許されたにはちがいないが、戦前から彼には反＝軍国主義的感情があったことは否定できない。白鳥は決して時局に便乗する人ではなく、かといって権力側を刺激する過激な発言をする人でもなく、とにかく国家意識というものが希薄で、明治の国家主義教育を受けた人として、これは珍しい。

言い方を変えれば、白鳥の立場はつねに時代社会あるいは国家の思想からはズレていたということで、世の価値観に簡単に迎合しないのが彼の真骨頂である。尊敬する人物は誰かと聞かれた小学時代、迷わず「馬琴」と答えたところにもそれが現れていて、生来の天邪鬼《あまのじゃく》というか、とにかく集団組織の押しつける価値観をしりぞけたがったのである。

ほかの子どもたちが疑問をもたなかった教育システムに、彼ばかりが疑問をもったのはなぜか。地域共同体のなかで特権的な地位にあって、世間を一段低く見る家庭環境に育ったこともあろうし、父が他人の意見を尊重する自由主義者であったということも考えられる。白鳥が自己と他者の差異を認め、お互いの考えを尊重する自由主義者であったことは彼の書いたものから分かるが、そうした思想の背後に、彼の社会環境および家庭教育があったのである。

彼の父は「日本外史」の素読を強要した人ではあったが、思想的なことに関して息子に少しも干渉しなかった。例を挙げれば、息子がはじめてキリスト教に関心をもったとき、一緒に牧師の話を聞いて、しかも息子には何の意見もしなかったのである（「両親の印象」大正一三年、一九二四）。また、息子が作家となって故郷備前のことを書いたとき、土地の人々のなかには不満を示した者もあったが、そういうときも父は世間の意見など取り合おうとせず、息子を弁護した。息子にすれば、そうした父の力量に感動し、それを受け継いで自由主義者になっていったにちがいない。

白鳥の受けた小学校教育は「教育勅語」のそれである。「勅語」について、まるで「阿房陀羅《あほだら》経」でも読むように意味も分からず読み流したと言っている（「私の履歴書」昭和三一年、一九五六）。「阿房陀羅経」になぞらえるのは痛烈な皮肉であるが、「勅語」をからかっているのか、それを暗記する自身の姿勢を揶揄しているのか、はっきりさせてはいない。こういうところに白鳥一流の韜晦《とうかい》があるが、いずれにしても「勅語」を好んでいなかったことは確かである。

中学に進むと徳富《とくとみ》蘇峰《そほう》（一八六三～一九五七）の主宰する「国民之友」に飛びついたのも、成り行きから当然である。「国民之友」は明治二〇年代前半の自由主義の牙城であり、福沢諭吉（一八三四～一九〇一）が拓いた新時代の思想を藩閥政府の国家主義に抗して貫こうとした、アングロ＝サクソン流自由思想の総合雑誌だったのである。白鳥と蘇峰の関係については後に述べることにするが、少年白鳥が国家主義より自由主義を求めたことは重要である。

さて、白鳥の中学時代だが、満一四歳、彼は家から二里ほど離れた山間の「閑谷黌《しずたにこう》」に進学した。初代岡山藩主池田光政の意向で作られた日本最初の庶民学校「閑谷学校」の後身であり、明治になると廃藩置県となって藩の手から民間へと経営母体が移され、「閑谷黌」と改名されたのである。

白鳥の通った閑谷学校（現在）

閑谷黌の教育方針は江戸時代以来の漢学中心であり、そういう私立学校に通ったことで白鳥の漢詩文の教養が深まったことは確かである。しかしそれ以上に、閑谷黌以降彼が一度として公立校の門を叩かなかったことをここでは注視したい。近代日本の公立学校教育は国家主義と結びついていたから、公立を避けて私立に通ったたということは、白鳥本来の自由主義を守り育てるのに役立ったのである。彼が東京へ出て早稲田に通ったこと自体、そうした角度から理解しなくてはなるまい。

数学が苦手だった白鳥は、閑谷黌では「英漢専修」コースを選んだという。漢学中心のこの学校にも数学や英語の授業はあったが、進んで文系コースを選んだのである。彼自身言うには、「正則の中学」（＝公立中学）に進まなかったのは数学が苦手だったのと、柔剣道を強制されるのが嫌だったからであるが（「この頃の事」大正一三年、一九二四）、果たして本当にそうであったか。数学が苦手だったのは分かるとして、彼が「柔剣道」を嫌がっていたというのは信じられない。

というのも、東京に出てからの彼は、これら格闘技に没頭し、体を壊すほどに練習しているのである。彼が「正則の中学」に行かなかったのは、柔剣道が嫌だったのではなく、何よりも上から「強制」されるのが嫌だったからではないか。リベラルな父親もまた、自身が小学教員をしたことでもあり、国家教育の厭さが分かっていて、息子を伝統的漢学の私塾に向かわせたのではないだろうか。

ところで、閑谷黌で文系コースに進んで「無理にも数学をやらなかつた」ことを、白鳥自身が悔いているのは興味深いことである（「この頃の事」）。数学を敬遠したことで「頭脳」を「充分」に「発達」させることができなかった、というのである。子どものころから「八犬伝」のなかでは「智」の玉をもった犬坂毛野にあこがれていた彼である。数学を遠ざけたことは「智」を遠ざけたことを意味し、それゆえ自身にとって致命的と感じられたのであろう。

後年、彼は西洋哲学を少しかじってプラトンなど愛読したことがあったようだ（「読書について」昭和一〇年、一九三五）。プラトンの「対話篇」は多分に文学的だから読むことができても、いわゆる哲学書はほとんど読むことなく生涯を終えたようである。もともと宗教的・哲学的な関心の強い人だっただけに、哲学書を読もうとして読めなかったのだとすれば、自らの「智」の不足を感じて不満が残ったと考えられる。数学を「頭脳」の発達と結びつけ、それを避けたことを悔いるというのは、近代日本の作家としては珍しいことではあるまいか。

閑谷黌時代、白鳥の漢文知識が大いに進歩したことは確かである。在学中は父に請われて家で「十八史略」や「文章軌範」などを講じ（「この頃の事」）、また漢詩の世界にも目覚めて「若い心魂は漢詩によつて感激され、慰められもした」と述懐している（「詩吟時代」昭和一〇年、一九三五）。とくに「寒山詩集」は愛読書で、陳子昂《ちんすごう》、孟浩然《もうこうぜん》などの詩にも親しみを感じていたという。生涯のほとんど唯一の趣味が、音楽でも書画骨董でもなく「詩吟」であったというのも、閑谷黌で漢詩文を学んだおかげと言えそうである。

もっとも、当時学校でさかんに吟じられた「鞭声粛々」「蒙古来」「天草洋」「筑後河」などの詩吟は好きにならなかったという。「幕末時代の勤王青年の慷慨悲憤の詩」など愛吟するに足る共感すら得られなかったと洩らしているが、時流からはずれることを以て生き甲斐としていた少年の気概が窺われる。付和雷同はもっとも憎むところ、流行の詩吟には積極的な嫌悪を示している。

自分のような「明治の少年の心」に「何の関係」があろうか、とかなり強い調子で山陽の詩を糾弾する白鳥である。「乱髪垢面肘《らんぱつこうめんひじ》を怒らして大声叱呼《たいせいしっこ》する」明治青年の姿を想像するだけで「嫌悪」を覚えた、と言うのである（同じく「詩吟時代」）。「馬琴」や「日本外史」に多くを負いつつも、それらを受け入れまいとする精神、これは白鳥の世代の文学者が多かれ少なかれ共有していたものであろう。

では、そういう彼に伝統の制約を乗り越えることが出来たのかというと、「詩吟」しか心の慰みがなかったということ自体が限界を示している。その限界は彼自身が真っ先に認めるところで、人それぞれ時代の制約のなかでしか生きられないことをだれよりも客観的に見ることができたのが白鳥なのである。自身について何の幻影もいだかず、夢想によって現実を回避することもせず、近代日本作家の多くが陥った自己耽溺にはついに陥らなかったのだ。

自身の精神内部にくさびのように打ち込まれた時代の制約、それに気づいてためらうことなくはっきりそれを述べる。そういう白鳥は近代日本文学の迷妄から自由になれた稀有《けう》の例として、大いに評価出来るであろう。大半の近代文学者は自己を相対化する批評意識をもたなかったし、もとうとも思わなかったのだから、白鳥の批評性、客観性はそれだけ光るのである。

彼自身、自らの教養の制約を「哀れ」だと嘆いている。中年になって夫人とイタリア旅行をしたとき、バイロン（George Byron, 1788-1824）の「シオンの囚人」を読みながらも唐詩「山は故国を囲んで周遭として在り」を思い出し、それを思い出すことで眼前のイタリア風景がますます情緒あるものになったと語るのである。彼らしいアイロニーであるが、そこには自身の生きる過渡的な時代文化についての明察があらわれている。「明治十年代に生れた」自分は「いやでも漢詩趣味から脱却しきれない」となかば諦めたような感慨を、淡々と述べるその言い方にこそ白鳥の真髄が見つかるのである。

同世代の文学者の多くは同じ道を歩んだにもかかわらず、もっと感傷的である。感傷とはナルシシズムの異名で、幼児的心性の名残である。白鳥は幸か不幸かそれを脱している。小林秀雄は兼好法師について「空前の批評家の魂」（「徒然草」昭和一七年、一九四二）と言ったが、この言葉は白鳥にも当てはまるのである。随筆「現代つれづれ草」（昭和三二年、一九五七）というタイトルは必ずしも洒落《しゃれ》ではなく、彼を近代版兼好と呼んでもよい。

さて、閑谷黌時代に読んだもので、白鳥に強く残っている漢文学は「水滸伝」である。「国民之友」によって西洋的教養に目覚め、キリスト教に対する関心も高まった折ではあったが、「水滸伝」だけは興味を引いたのである。馬琴の「八犬伝」にも影響を与えたこの奇想天外な豪傑活劇の主題は、権力者への反抗とその結果としての挫折である。後年の白鳥はこんな残酷な物語をよくも喜んで読んだものだと自分でも驚いているが、若いときの「手帳」には次のようなメモが見つかる。

八犬伝水滸伝などを読む。八犬伝の干乾《ひから》びた道徳の型に当はめた作に比すれば、水滸伝には鬱勃《うつぼつ》たる不平反抗の気満つ。
（「手帳より」明治四四年、一九一一）

「八犬伝」の勧善懲悪主義よりも、「水滸伝」の「不平反抗の気」の方により積極的なものを認めたというこの感想は注意してよい。彼のなかの国家社会に同調できない部分が、この中国の長編小説への共鳴へとつながったと考えられるからである。もっとも、白鳥に「水滸伝」の「不平反抗の気」が満ちていたかとなると、そうは言えない。鬱屈した人間の感情は初期の小説「寂寞」（明治三七年、一九〇四）や「塵埃」（明治四〇年、一九〇七）などに見られはするが、そういう作品に「反抗の気」は見られないのである。

「人間嫌ひ」（昭和二四年、一九四九）においては、「水滸伝」に登場する豪傑たちは「野獣」のような人間であり、自分の「気に入らぬ人間をやたらに斬つたり、踏みつぶしたりして威張」っているやくざな存在だと評している。幼少時から暴力を恐れ、それを嫌っていたからには、不平不満を行動として爆発させるよりは、現実はままならぬと諦めて平和に暮らす方をとるのが白鳥である。同時代の文学に吹き荒れた社会主義に関心をもたなかったのも、そういうことから納得がいく。地上世界の変革とは別の次元での変革のみを、求めていたのである。

「国民之友」の自由主義

閑谷黌時代、白鳥は「国民之友」「国民新聞」「少年園」を発見した。「国民之友」とは徳富蘇峰が主宰する日本最初の総合雑誌で、白鳥はこれを毎号買って読んだ。「国民新聞」も同じく蘇峰の編集によるもので、こちらも愛読した。残る「少年園」は蘇峰の自由主義とは異なる性格のもので、立身出世主義を基調とする少年向け文学雑誌であったが、現状に甘んずることなく広く世界を見たいと願っていた「田舎」の少年は、これをも新しい文学の息吹と感じた。

「国民之友」は明治二〇年、蘇峰二四歳のときに発刊された雑誌である。蘇峰はそれ以前に「官民調和論」（明治一七年、一八八四）を著して「官民調和」を提唱する福沢諭吉と明治政府とを批判し、「官民」のうち「民」の力を優先すべきという民権論を主張した。「国民之友」ではさらに一歩を進め、自由民権運動を失墜させ藩閥政府に権力を奪われた日本人の「自由」を蘇生させるために、「国民」精神を一新させることを標榜《ひょうぼう》したのである。総合雑誌の刊行をつうじて、青年層において消えかかっていた理想の火をもう一度ともしたい。すでに存在している国民のためではなく、これから生まれねばならない国民のために新聞・雑誌を創刊しよう、そう蘇峰は思ったのである。

このような理想主義が、藩閥政府の体制固めのなかで鬱屈していた青年たちに一種の救いと映った

白鳥が影響を受けた「国民之友」

ことは疑う余地がない。青年たちは単に政治に失望していただけではなく、精神的土台をも喪失しかけていたのである。明治維新までは儒教的封建道徳で事足りていたものが、明治になってからは急激に価値観が変わった。そうした価値喪失の時代に、ある者は古風な伝統へと回帰しようとし、別の者は西洋文明に深く浸かろうとキリスト教に心酔していったが、「国民之友」はこの両者のバランスを取りながら、全体として「自由」の理想へと若者を引っぱっていったのである。英米型の個人主義・自由主義を基調とし、明治特有のナショナリズム感情を根底に蔵していたところが、この雑誌が多くの青年を魅了した理由である。

「教育勅語」（明治二三年、一八九〇）が国民精神形成の柱となる直前の時代、この雑誌は自由主義の最後の牙城としての意味をもった。心の渇きを覚えていた当時の青年たちはこぞってこれに飛びついたが、それは蘇峰を中心とする若き民友社の面々の熱烈な言論の力ばかりでなく、西洋文明の思想と歴史の紹介、古今東西のみずみずしい文学の引用などが満載されていたからである。

徳富蘇峰は熊本の出身で、薩摩や長州におくれをとった熊本藩が建てた「洋学校」で学んだ。この学校で彼が得た最大の収穫といえば、宣教師ジェーンズ（Leroy Janes, 1838-1909）との出会いである。ジェーンズは熱心なプロテスタントの米国人で、蘇峰ら多感な青年たちに英語、西洋文明、聖書、清教徒主義などを教え込んだ。蘇峰のキリスト教にアメリカ的清教徒主義が見られるのは、そのためである。また、蘇峰の自由主義と文明史観にも清教徒主義が根底にあると言えるから、蘇峰は総じてアングロ＝サクソン型の自由主義者だったと言って間違いない。ジェーンズによって培われたこの自由主義が時代の精神的要請と呼応したところに、彼の成功の因があったのである（大嶋仁『知の噴火口　九州の思想をたどる』二〇〇一、参照）。

似たような文明観と思想の形成は、熊本とは関係ないほかの地域のキリスト教青年たちにも見られる。たとえば新島襄《にいじまじょう》（一八四三～九〇）や巌本善治《いわもとぜんじ》（一八六三～一九四二）もまた英米の宣教師の影響をつよく受け、キリスト教と自由主義および西洋文明を三つ一セットで受容したのである。内村鑑三《うちむらかんぞう》（一八六一～一九三〇）にしてもそうであり、いずれもが「文明化」をキリスト教化と不可分であると考えた。英米型のプロテスタント主義と「文明」とを結びつけ、西洋宗教によって国民精神を形成し、そうしたうえで近代国民国家「日本」を建設しようと夢見たのである。彼らそれぞれに立場のちがいはあったが、その根本の価値観が儒教主義の教育勅語と対極に立つものであった点は一致している。

熊本時代の徳富蘇峰は「熊本バンド」の一員であった。「熊本バンド」とは蘇峰が海老名弾正《えびなだんじょう》（一八五六～一九三七）らとともに結んだキリスト教青年組織で、キリスト教精神によって新しい「日本」を作ろうというものであった。「バンド」の青年たちは、九州のみならず全国の「民」を精神的に覚醒させ、そこから新しい国を作るべきだと考えた。いかに自由主義を標榜しようと、はじめから国民意識、国家主義とつよく結びついたキリスト教精神であった。

この「バンド」の精神をさらに分析すると、その根底に反＝薩長政府のイデオロギーがあったということが分かる。当時の政府に対する反発が、彼らキリスト教青年の根底をなしていたのである。旧幕府側の熊本の「郷士」の子であった蘇峰において、明治政府への反発はつよかった。それが彼をしてアングロ＝アメリカ型の文明観にもとづく国民国家建設の夢をはぐくませ、東京へ進出させもしたのである。

蘇峰の思想は宣教師ジェーンズによって培われたと述べたが、知的な面で彼を覚醒させたのはイギリスの歴史家にして政治家マコーレー（Thomas Macaulay, 1800–59）である。蘇峰の愛読書、マコーレーの『英国史』（History of England, 1848–61）は「王権」よりも「民権」を重視した。その思想が『国民之友』『国民新聞』といった蘇峰の主宰する定期刊行物の基調となったのである。

マコーレー自身、西インド諸島の奴隷貿易を廃止に追い込んだ人物である。人権と言論の自由を求め、それを政治のレベルで実現した人物であり、同時にディケンズやスコットといった同時代の大作家と同じくらい読まれた文筆家として知られている。彼の『英国史』は各国語に訳され、さまざまな国の「民主化」に貢献したと言われるが、日本においては蘇峰がこの書に心酔したのである。

数ある英米の著作のなかで蘇峰がマコーレーに共鳴したのはなぜか。どうして彼はこの英国の自由主義者に共鳴できたのであろうか。理由として考えられるのは、蘇峰が肥後の「郷士」の出であったということである。蘇峰の家はもともと武士的特権を認められた地主階級で、その点で王侯貴族を中心とする英国社会におけるブルジョア（＝市民）階級のマコーレーと近似する面をもっていたのである。武士階級より自由な立場にあった地方の郷士階級は、明治維新による社会革新にともなって活気づき、中央に出て活躍する機会を得た。蘇峰もそういう一人であったから、マコーレーのような英国ブルジョアジーに共鳴できたのである。

蘇峰の民権論、国民論は、彼の出自である「郷士」的発想に基づいている。「士族」でもない「平民」でもない中間階級の発想、それを彼は「国民」という名において定着させようとした。こうしたことを説明するのも、白鳥についても同じようなことが言えるからで、彼が「国民之友」を愛読した事実にも、そうした社会階級的な意味が含まれている。すなわち白鳥もまた、「郷士」階級の出だったのだ。

正宗家は武士階級ではなかったが、地域において武家に匹敵する地位にあった。豊かな経済力に支えられた地方のブルジョアで、母方が讃岐の武家だったということからもわかるように、武家との交わりもあった。そういう家に生まれ育った白鳥には、「国民之友」の蘇峰は受け入れやすかった。はじめて東京へ出たその足で蘇峰の講演を聴きに行っているのも、崇拝だけでなく親近感があったからである。実際、蘇峰ほど少年白鳥をつよくとらえた同時代人はほかになかった。この少年の父譲りのリベラリズムは、蘇峰の民友社によって大いに強化されたのである。

キリスト教と西洋文学

「国民之友」発刊と同じころ、三宅雪嶺《みやけせつれい》（一八六〇～一九四五）が「日本人」という国粋主義的な雑誌を出したが、白鳥はこれには興味をもたなかった。この雑誌が「国民之友」と共通するところは藩閥政府の批判に発しているということだが、こちらは方向が復古的であり、蘇峰の自由主義とは正反対である。白鳥の言によれば、蘇峰は「進歩的」、雪嶺は「反動」。後者には全く魅力が感じられなかったと言っている（「不徹底なる生涯」昭和二三年、一九四八）。

成熟した白鳥を知る者は、彼が何かの思想に熱中したり、だれかを崇拝したりすること自体が想像しにくい。彼ほど「崇拝」という心情から遠かった人もない、と思われる。しかしながら、少年時代の彼には激しいほどの理想への渇望があり、蘇峰が紹介する「西洋文明」の精神的理想主義への強い憧れは、そういう彼の性向を示している。民友社を通じてキリスト教に関心をいだき、進んで聖書を買って近隣の村の基督教《きりすと》講義所に出向く。少年の性急さ、熱心さが、年老いた彼のとぼけた風貌の裏に隠れたのである。

馬琴や頼山陽では満足できなかった何かが「国民之友」にはあったはずである。雑誌「日本人」にもそれは見つからなかったものである。子どものころから生の謎、人生の不思議を感じ、究極の問いを発しつづけていた白鳥であるから、いくら西洋文明であっても、それが精神的に満足させるものでなければたいして惹かれることもなかったろう。「国民之友」に白鳥が見つけたものは自由主義ばかりではない。西洋の精神的支柱であるキリスト教思想、これを見出したのである。

ところで、蘇峰に心酔した白鳥は、蘇峰が自由主義から国家主義へと次第に傾いていったことをどう思っただろうか。その点では、まず白鳥が蘇峰を信奉した理由の一つが蘇峰の文体にあったことを言っておかねばならない。もともと頼山陽の文章に人を高揚させる迫力を感じ取り、馬琴の文体の美しさに幼いころから惹かれていた白鳥である。蘇峰の力強い、漢文書き下しの翻訳調文体のリズムを快く感じなかったはずがないのである。一方、蘇峰の政治主張については、一四、五歳の白鳥に社会＝政治意識が目覚めていたはずもなく（そういう意識は彼において生涯微弱であった）、本人も「政治論などは何か分からぬが読んだ」と言っている（「不徹底なる生涯」昭和二三年、一九四八）。ただ、明治政府の押しつけるイデオロギーに対する本能的な拒否反応があったことも事実で、心情的に蘇峰の自由主義に共鳴したと考えられるのである。したがって、日清戦争時に熱狂的な国家主義者となっていく蘇峰にはついていけなかったとして、これも当然である。蘇峰より白鳥の自由主義のほうが本物だった、そう言えそうである。

そもそも白鳥には蘇峰のような「民」への信頼もなければ、「国民意識」といったものもなかった。彼は自由主義者ではあったが国民主義者ではなく、「国家」にも「国民」にも親近感がもてなかった。中学時代愛読したのは「国民之友」や「水滸伝」であるが、集団の力や連帯の意義を信じる風はついに彼のうちに育たなかった。国家や世界の情勢、社会のあり方、そうしたことより、個人の精神内部の問題と人類全体に関わる生死の問題が重要だったのだ。

白鳥は「国民之友」をつうじてキリスト教を知ったとすでに述べたが、この雑誌は宗教以外の面でも彼を西洋文明へ導いた。「私は民友社本は、ほとんどすべて購読して、それによつて、いろいろな方面での世界知識を獲得してゐた」と自身言っている（「私の履歴書」昭和三一年、一九五六）。

今日の総合雑誌の元祖ともいうべきこの雑誌は、多くのページを時事評論ほか歴史評論に費やしてはいたが、文芸評論、西洋文学紹介、日本古典や漢文学の解説、短編の小説や随筆の発表といった文芸面も充実させていた。蘇峰によれば、文学の発達は国民精神の形成にもっとも効果的なものであり、雑誌の発刊は文学の発達に寄与するものでなくてはならなかった。彼自身、弟の徳冨蘆花（一八六八～一九二七）をはじめ国木田独歩（一八七一～一九〇八）、宮崎湖処子《みやざきこしょし》（一八六四～一九二二）ら新進の文学青年を起用して、作家の育成をはかった。白鳥はそうした蘇峰の恩恵を受けたのである。

「国民之友」で紹介された西洋文学は多くが英文学であった。ミルトン、ワーズワース、エマソンの名は頻繁に登場し、彼らの章句はときに原文のまま、翻訳なしで引用されていた。ときにはユゴーのようなフランス人の文章が森田思軒《しけん》の手で翻訳、翻案されて登場もした（『翻刻・國民之友』一九六六～六八参照）。これらを愛読した白鳥が西洋の文化と言語、とくに英語と英文学に関心をいだくようになったのも当然である。

漢学の閑谷黌を辞めて、英語の勉強に専心したくなった動機はそこにある。キリスト教とともに西洋文化・西洋文学を求め、英語を求めて、ついに岡山の宣教師学校、薇陽《びよう》学院に赴いたのである。

ところで、民友社から育った作家、国木田独歩は蘇峰の立場を要約して「基督教道念の活火」と言い、蘇峰の立場を福沢流の文明論を一歩も二歩も進めてキリスト教道徳のうえに立つ「文明」のみが真の「文明」であるとしたことだと規定している（国木田独歩「民友記者徳富猪一郎氏」明治二五年、一八九二）。キリスト教を「道念」と解することは、独歩の限界というより蘇峰をも含んだ民友社全体の限界であろうし、それゆえ白鳥の精神的渇望を完全に満足させるものではなかったであろうが、そのような「基督教道念の活火」こそが若き白鳥を刺激したことは疑えない。馬琴や頼山陽には見ることのできなかった精神の光が、そこに垣間見られたにちがいないのである。

では、独歩のいう「基督教道念」とは何であったかというに、独歩の文章から推すならば、精神の目覚め、個の目覚め、自由の理想の希求、そして女性への尊敬といったところである。これらの思想は部分的には儒教道徳にもあったが、基本的には「西洋文明」との接触を介して日本に入ったもので、新時代の青年たちにとって、これらの新思想の受容こそ「近代化」を意味したのである。独歩にかぎらず、北村透谷（一八六八～九四）も島崎藤村（一八七二～一九四三）も、白鳥もまた、そうした意味での「近代化」を志向した。彼らが目指した「文学」とは、そういう「近代化」以外の何ものでもなかったのである。

もちろん、そうした若い明治の魂を一絡げにするのは危険である。彼らのキリスト教入信の過程と動機は、人によって異なるからである。一様に西洋への憧れがあり、「近代」への希求があったことは確かであるが、白鳥のように自分で聖書の読解をしてキリスト教に目覚めたという例もある。たいていは宣教師たちの熱心な指導と清潔な実生活に接して感動し、慈善事業を含むミッションの生活態度をまぢかに見ることでキリスト教に親しむようになったのだが、白鳥はちがっていた。

白鳥の場合、民友社の雑誌新聞などをつうじてキリスト教に興味をいだき、自分で聖書を買ってそれを読み、そこから進んで牧師や伝道師、宣教師に教えを請うという経路をたどった。生来、実存的疑問をかかえ、その解決のために宗教を求める傾向があった少年であるから、西洋の宗教にどんな答えが用意されているか、それを知りたかったのである。形而上学的、哲学的な近づき方であり、宣教師らのほどこす慈善事業を含む言行に特別興味をいだかなかった点が注目される。

蛮習

白鳥の閑谷黌時代の思い出をつづった小品に、「村塾」（明治四一年、一九〇八）がある。主人公は伝統的な塾に通う少年で、蘇峰の「熱海にて」に感動し、蘇峰がワーズワースを誦したように、自分も「屈原伝《くつげん》」を朗読してみる。漢学を修めつつ西洋文学への憧れをいだくこの少年はそのまま中学生の白鳥であり、漢文学が嫌いでなかったにもかかわらず、民友社系の読み物をとおして西洋文学を知り、どうしても英語を学ばねばならぬと、ついに閑谷黌を去る経緯が書かれているのである。

漢学から英学への関心の移行は時代の趨勢《すうせい》とも言うべきもので、時代全体が西洋文明崇拝をあおり、英学を奨めていた。地方の小村にあった白鳥は、「田舎者」であればこそ時代の流れに敏感だったわけで、進んで「転校」（＝転向）を求めたのである。

もちろん、それだけが転校の理由ではなく、もともと彼にあったリベラルな気風が閑谷黌のバンカラに合わなかったということもある。西洋文化への憧れは自由主義への標榜と重なるもので、閑谷黌の閉じた雰囲気が嫌になったのである。

閑谷の校風について、後年白鳥は次のように語っている。

古風な校舎の庭園には八重桜も散り布いてゐた暮春の夜、読書や雑談に倦んだ果てか、或る一人の思ひ付きで、数人が一せいに立ち上つて、股間を露出して全身の勢力を一局部に集めて、勢ひよく障子の紙を突き破つた。その力に弱者あり強者あり、互ひに批判して、笑ひ興じたと云ふことであつた。……名づけて障子破りと云ふ。男性的競技の一つか。……私は寄宿舎に於いてさういふ事のあつた噂を聞いた時、幼な心に嫌悪を感じた。その外さまざまな蛮風は、私には好ましからざる事であつた。それにつれて、私は学校そのものを嫌つた。（「懐疑と信仰」昭和三一年、一九五六）

つまり、閑谷黌の生徒たちが性器で「障子破り」競争をするのがバンカラの本体であるとして、それに対して嫌悪の情をもよおしたのである。そのような蛮行が当たり前にはびこるような学校に、どうしてとどまれよう。もともと性的なものに対して嫌悪感の強かった彼である。民友社のもつ清教徒的清潔に、ますます憧れたにちがいない。

そのことを裏書するように、閑谷黌を去って初めて薇陽学院へ移ったときの印象を、彼は「清潔」の一語で要約している（「懐疑と信仰」）。「清潔」こそは、彼が「西洋」と「基督教」とにまず感じ取ったものなのである。

閑谷黌に話を戻すと、山路愛山《やまじあいざん》（一八六四〜一九一七）が「国民新聞」に書いた文章に池田光政への批判がある。光政とは閑谷黌の前身である閑谷学校の設立者、初代岡山藩主で名君と謳《うた》われた人である。愛山の記事は明治二六年（一八九三）一〇月のもので、そのとき白鳥はもう閑谷黌を去っていたと考えられるが、この記事を読んだであろうか。読んでいたとすれば、岡山では神様のように尊敬されていた「池田公」も実は反＝キリスト的暴君であったという愛山の言に、心の底で快哉を叫んだかもしれない。

というのも、愛山によると、池田公はキリシタンを「討伐」することに余念が無く、それによって名君の名をほしいままにしたのである。その結果、日本に生まれ育とうとしていた「科学的、物質的、乃至精神的の発動」がくじかれた、と愛山はいう。閑谷黌の旧弊に嫌気がさし、民友社に強く惹かれていた白鳥がこの記事を読んだとしたら、ますますキリスト教に傾いたであろう。閑谷学校を作った「岡山の殿様」がキリスト教の敵であったと知ることは、彼の西洋志向、キリスト教志向を加速させたにちがいない。

薇陽学院

閑谷黌から実家に戻り、その後一年ほどして薇陽学院へ転校したのは白鳥が一六歳、明治二七年（一八九四）のことである。閑谷は山奥の片田舎の漢学塾、薇陽学院は地方とはいえ都である岡山市のプロテスタント系ミッション・スクール。精神文化における変化のみならず、「田舎」から「町」への変化も大きかったであろう。

しかも、寄宿生になることなく、下宿で一人暮らしを始めたのだから、生活上も大きな変化だったわけである。一六歳という重要な時期に、西洋人の宣教師と出会いもすれば、英語にも習熟する。日本人の熱心なキリスト教徒たちとの接触もあって、人生における大きな転機を迎えたわけである。

薇陽学院の初代校長は安部磯雄《あべいそお》（一八六五〜一九四九）。のちに早稲田の教授となり、社会主義者としても知られた人である。岡山基督教会の二代目の牧師であり、同じ教会には孤児院事業で有名な石井十次《じゅうじ》（一八六五〜一九一四）もいた。石井は岡山に医学を学びにきていた宮崎県人であるが、キリスト教に目覚めて天職を発見し、孤児の養育事業に生涯を捧げたのである。こうした人々を囲んで岡山ミッション団があり、その中軸にアメリカ人宣教師ペティがいた。ペティは薇陽学院の経営者であって、そこで白鳥は学んだのだから、キリスト教に目覚める格好の機会が与えられたわけである。白鳥の生涯は長く、薇陽学院での一年は短い。しかし、そうであってもこの転校は大きい。安部の人となりに接することもできたし、石井には可愛がられたのである（「人さまざま」大正一〇年、一九二一参照）。

白鳥が岡山へ行った目的は、宗教や英語だけではなく、病気治療もあった。幼少時から「胃病」に苦しんでいた彼は、ドイツ留学帰りの名医が岡山に居ると聞いて、その「名医」に診てもらおうと岡山に移り住んだのである（「不徹底なる生涯」昭和二三年、一九四八）。本人としては長く苦しむ病魔から解放されたい一心だったのであるが、洋行帰りの「名医」は、治療よりも農業をすることを勧めた。今で言えば心身症にかかっていると診断されたのであり、なるほど白鳥の胃弱は神経的なものであった。

農業はともかく、新しい生き方が必要であると納得した白鳥は、さっそく毎日のように運動に励んでいる。健康であることを強く望んだ彼は、東京へ出てからも運動を欠かさなかった。彼が長生きをし、年老いても傍から見れば元気闊達《かったつ》であったのは、このときの「名医」の忠告を忠実に実行したからである。

しかし、身体を丈夫にするために岡山に行ったのだと要約すれば、はなはだ不十分である。白鳥を知る者にすれば、彼が岡山へ行ったのは体の病を治すためではなく、心の病を治すためだったのである。幼いときから生存の不安に脅かされ、夜も眠れなかった彼は、キリスト教と接することでこの病に終止符を打ちたかった。では、その願望は、実現を見たのだろうか。

西洋の宗教と出会ったからとて心の病が癒されたわけではないことは、その後の彼を見れば分かることである。薇陽学院時代に内面的成長を遂げたにはちがいないが、心のなかの闇が消え去ることはなかった。知り始めて間もないキリスト教が、そんなに容易に「奇蹟」を生むはずもない。当時の自身を描いた「地獄」（明治四二年、一九〇九）を見れば、その間の事情が分かる。

「地獄」は、薇陽学院と思われる宣教師経営の学校に通う、二人の男子生徒を中心に展開する作品である。白鳥と思われる主人公「乙吉」は、級友の「外人嫌ひ」にも国粋思想にもついていかないかわり、キリスト教の教えにも感動を得られないのである。聖書を読んでは「ソドム」に恐怖し、そのほかの部分には反応しない。宣教師の話を聞いてもうそ臭いとしか感じられず、心が動くのは「悪魔」についての話だけなのである。要するに、キリスト教への接近は乙吉の心に潜む不安を増大させるのに役立つだけで、一向に救われる気配がないのだ。

年齢的にも理性が発達するときで、宗教的迷信など信用できないと主人公は思う。しかし、生存の不安がつのってそれが妄想となり、精神を狂わせ始めるとあっては尋常ではない。人知れず悩みつづける主人公乙吉は、ある日授業中に、米人教師とクラス全員の前で自身の妄想を（本人としては真実のつもりで）告白する。「空中」に「恐ろしい」異形のものがいて、それが町中を襲い、「嘘つきの西洋人」も「正直な女の小使」も無差別に潰されていく様子を語るのである。地球の終焉、人類の滅亡という絶望的な終末観の表明……。

まるで「迷妄」（大正一一年、一九二二）の前身のようなこの怪奇幻想作品において、米人宣教師の偽善が暴かれていることはたしかである。しかし、作品の眼目はそこにはなく、「正直な女の小使」と呼ばれる女性と主人公の少年との心のつながりの方が大切である。人生のさまざまな苦労をなめたこの女性は、宣教師の加護で救われ、いまは学校の「小使」となって毎日「祈禱」を欠かさずにいる。乙吉はこの女性に、性を超えて惹かれているのである。

信仰によって救われ、幸福を味わうこんな人の近くにいると、なぜか心が落ち着く。乙吉は彼女のことを「無二の親友」とまで思うのである。自身は信仰に入っていかれないにしても、信仰に生きる人に近づくと救われる思いがする。そういうところにこそ、白鳥の真実が反映されていよう。

とはいえ、そういう「正直な」人までも「異形」のものには簡単に「潰」されてしまうという結末である。破滅的な世界観をいだく乙吉は、ついに救われることがないのだ。強度の神経症患者の世界終末観は、安易な救いをあくまでも拒否しようとする。そうであればこそ、「女の小使」の存在が一《いち》縷《る》の光として読者に残るのである。

「地獄」にはこの「小使」のほかに、もう一人女性が登場する。わずか一行だけであるが、主人公の通う学校の経営者である米国人宣教師の娘が登場するのである。「外人嫌ひ」の級友でさえ、「あの姉娘だけは奇麗だ。眼は真珠の如く頰は薔薇《ばら》の如し、この市中にあれに比べられる女は一人もない」

と言う。主人公もまったく同感で、彼女が唱える祈りの声を聞くと、天使の声かと思われるほどうっとりするのである。

この宣教師の娘については、後に「人生五十」（大正一二年、一九二三）というエッセーにおいて言及がある。白鳥にすれば生まれてはじめての至福の体験が、この「西洋娘」のイメージだったのである。「天使」「聖女」にたとえられるこの「娘」は、キリスト教絵画に出てくる「聖女」とダブらされている。その「聖女」への思いを、成熟した彼は、それが「初恋」だったかもしれないとまで言うのである。

「初恋」と彼が呼ぶ感情は、はじめて女性に恋したという意味だけではなく、「はじめて敬愛の念を寄せて異性を眺めた」という意味を含んでいる。すなわち、宣教師の娘にはじめて女性の「聖」なる美を認め、恋情にも「敬愛の念」が混じり込むことを認知したのである。薔陽学院時代に成ったこの神聖な女性観は、彼の心底に影を落としたにちがいない。性を嫌悪し、女性を遠ざける傾向の強かった彼ではあるが、そういう彼が女性に求めた美とは「聖女」のそれだったのである。

白鳥が作家となったころ周囲には国木田独歩、島崎藤村などがいたわけだが、彼らにも似たような女性観、恋愛観が見られる。「女學雑誌」「文學界」や「国民之友」の作家たちは、いずれもがキリスト教世界との接触をもち、その恋愛観は一様に清教徒的であった。日本の平均的かつ伝統的な異性観からはほど遠い、西洋産の清教徒的な異性観。江戸文学の淫靡に培われたはずの白鳥も、新しい環境のなかで新しい恋愛観と女性観を育て始めていたのである。

「人生五十」には、岡山の下宿の娘についても書かれている。「下等な、いやらしい」感じしかもたなかったというにもかかわらず、この娘に接近し、親密になっているのである。なかば無意識に「危険」を感じた彼は、別の下宿へと引っ越して「現実の女」を避けるが、それでも惹きつけられていたという事実は変わらない。

この下宿の娘と宣教師の娘とのコントラストは象徴的である。前者は「現実の日本」を映していると言えるし、後者は手の届かぬ「西洋の理想」と言えるからである。白鳥の内面のこの分裂は、そのまま近代日本文学の構図となっている。汚れた遊女と聖なる令嬢、現実の日本と理想化された西洋。この図式は、近代日本文学を読み解くのにある程度まで役立つであろう。

さて、せっかく入った薇陽学院であるが、一年後に閉校となってしまう。理由が経営的なものであったか、人事面に問題があったのか、学校閉鎖となれば、生徒は解散せざるをえない。白鳥も郷里に戻らざるをえず、一七歳の彼はそれから一年のあいだ自宅静養となった。

故郷に帰っての彼の生活は規則正しいものであった。毎日運動と読書で過ごすことになるが、心は悶々としていた。ひたすら聖書を読み耽り、ときには翻訳で、ときには原文で西洋文学を読むという毎日がつづく。心に決したことはただ一つ。自分も東京へ行って、キリスト教世界の偉い人々と会い、英語にますます習熟して西洋文学をしっかり身につけよう、それだけであった。

第三章　早稲田時代

1　早稲田

上京

明治二九年（一八九六）、一八歳の白鳥ははじめての上京を果たした。はじめは京都の同志社に進もうと思ったが、結局は早稲田のある東京を選んだ。

東京を選んだのは、一つには岡山で愛読していた民友社の面々、またキリスト教界で有名な植村正久（一八五八〜一九二五）や内村鑑三（一八六一〜一九三〇）がいたからである。また英語や西洋文学を学ぶにしても、首都の方が便利だと判断した。地方の小村に育ち、雑誌や新聞をつうじてのみ新時代への夢をふくらませていた青年にとって、東京はやはり魅力であった。

東京へ着いたときの白鳥は、人並みの「おのぼりさん」だった。故郷で愛読していた『国民之友』も、東京で買って読んでみると格別の味わいがしたと言っている（「東京の五十年」昭和二三年、一九四

白鳥が通った当時の早稲田大学（東京専門学校）

八)。愚かしいことのようだが、これが「田舎青年」の本音であろう。何事にも醒めきってしまった、成熟した白鳥しか知らない人にとっては、意外な一面であるが。

白鳥が東京を選んだ理由としては、東京なら歌舞伎や寄席に自由に行けるということもあった。幼少から江戸趣味で育ったのだから、「大江戸」に憧れをいだいていたのは当然である。明治二九年といえば、東京にはまだ江戸が残っていた。大阪から列車で東京へ近づくたびに、駅名から「東海道」の宿場町を思い浮かべて感激した白鳥は、牛込見附あたりを歩いたときは「田舎で読んでゐた小説」の風景を思い出したという。こういうナイーブな一面もあったのである。

では、その東京で何をしたのかといえば、一に勉強、二に勉強であって、寄席や歌舞伎座は後回しであった。早稲田では英語、西洋文学。学外ではキリスト教と柔道。だれから見ても、模範的な学生生活であった。

歌舞伎や寄席にすぐ行く気になれなかったのは、キリスト教道徳にしばられていたからである。やがて東京生活に慣れ、早稲田で演劇好きの坪内逍遥（一八五九〜一九三五）の教えを受けるようになると、多少は安心して演芸場を訪れるようになった。そして、ひとたび芝居小屋を尋ねるようになると、今度は堰《せき》を切ったように通い出す。五年後の卒業時には、いっぱしの演劇通になっていたのである。

謹厳なキリスト教徒たらんとする青年が江戸文化の粋を求めるとは、たしかに矛盾であろう。江戸文化の粋は清教徒道徳とは真っ向から対立するものであり、上京して数年間、白鳥はその矛盾に悩んだようである。やがてこの悩みが解消するときが来るが、それは同時に精神を根底のところで支える価値観の喪失を意味する。中途半端な、「不徹底」な人生行路が始まったのである。

こうした不透明な人生行路は、近代化途上の東京という文化的混沌の磁場ではしばしば起こりえたものであり、白鳥のように理想に燃えていた青年においては特にそうだった。もちろん、白鳥の場合は幼少時から矛盾を抱えていて、「八犬伝」の面白さと生の不安のあいだを揺れ動いていたのだから、子ども時代の矛盾が上京後に顕在化したとも言える。死後の世界の問題、霊魂の問題が脳裏から去らぬ一方、文学への甘い夢を捨て去ることができずに、ずるずると生きていったのである。

さて、東京に着いた数日後、白鳥は尊敬する徳富蘇峰の演説をさっそく聴きに行っている。「僕が田舎に居つて、其の名声を聞いて慕はしく思つた人三人あり。曰く、徳富蘇峰、曰く尾崎紅葉、曰く市川団十郎」と本人が述べているように（「僕の今昔」明治三九年、一九〇六）、蘇峰は憧れの人であった。当時売れっ子であった尾崎紅葉（一八六七～一九〇三）にも憧れをいだき、紅葉邸から遠くない牛込・横寺町に下宿を定めている。もっとも、紅葉の硯友社よりはやはり民友社、神田の青年会館で蘇峰の「現代に於ける書生の勢力」なる演説を聴いて、生涯忘れ得ぬ感動を得ている。

蘇峰の講演は、社会や国家は「青年」によってこそ変革されるのだというものであった。未来を求める明治中期の青年たちがこれを聞いて感激しないはずがなかった。白鳥の場合、講演の内容のみならず、蘇峰の風貌や服装、肉声にまで感動している。人並みのミーハーだったわけであり、そうした彼の感激の仕方には、青年が前途に希望をいだくことのできる明治という時代の空気が窺える。

民友社といえば、何より自由主義を標榜していた結社であることは前に述べた。その影響を受けた白鳥が生来の自由主義者であったことも、すでに述べたことである。彼が早稲田を選んだのはそのことと無関係ではなく、早稲田といえば、大隈重信《おおくましげのぶ》（一八三八〜一九二二）が明治一四年の政変で権力の座を追われたその少し後に創設した学校である。すなわち、「民」の象徴だったのである。そういう早稲田に通うことで、白鳥は持ち前の反＝政府、反＝官の傾向をますます強めていく。政治事情に関心をもたず、権威に対して正面から歯向かうイデオロギー的人間ではなかったが、反官の傾向は、傾向としていつまでも内に燻《くすぶ》りつづけたのである。

早稲田は「私服」で行けて「自由」だったからよい、と後年言っているが（「思ひ出」昭和一五年、一九四〇）、服装だけが「自由」だったのではなく、学風もまた「自由」だったのである。後年「読売新聞」に勤めるようになってから、官学を揶揄する記事を書いているし（「文科大学学生々活」明治三六年、一九〇五）、作家として名を成してからも、文学界で私学出は「損だ」と官尊民卑の弊を訴えている（「私の文学修業」大正一三年、一九二四）。

白鳥自身は早稲田を選んだ理由を、岡山時代に早稲田案内のパンフレットを見たからだと言っている（「私の早稲田時代」昭和二六年、一九五一）。そのパンフレットにはミルトン、マコーレーについての講義の紹介があり、これら英人の思想や文学については「国民之友」や「国民新聞」をつうじて多少知っていたのである。民友社に共鳴していた彼は、これら英人の著作を原語で読んでみたいと思ったという。当時の早稲田の文学部といえば坪内逍遥が中心であって、逍遥といえば気鋭の英文学者であったから、英語と英文学を志す白鳥は、この先生の授業を是非受けたいと願ったのである。

逍遥先生

白鳥が早稲田でもっとも薫陶を受けた先生といえば、もちろんその坪内逍遥である。では、逍遥から彼は何を学んだのか。

早稲田に入った初めの年、白鳥は逍遥の授業のやり方に面白みを感じつつも、不安だったようである。英語よりも英文学を、英文学よりも文学そのものを教えるという「先生」のやり方が、語学力の向上を望んでいた彼には心もとなかったのだ。しかし、逍遥はすぐに教育方針を変え、学生の語学力の向上をはかるようになった。白鳥の心配は消え、岡山の薇陽学院ですでに鍛えていた語学力をますます向上させることが出来た。

とはいえ、逍遥から白鳥が学んだ最大のものは英語ではなく、逍遥の専門である英文学でもなかった。芝居こそ、逍遥から教わって後々まで財産となった最大のものである。もともと芝居好きだった白鳥は、自分より数段芝居に詳しいこの師を得たことで歌舞伎通になったばかりか、西洋演劇にも詳しくなっていった。白鳥の西洋文学の知識は芝居を基礎とするもので、このことは彼の創作にも影響を及ぼしている。

逍遥はシェークスピアの専門家であっただけでなく、日本伝統演劇の近代化を模索して演劇研究所

（後の早稲田大学演劇博物館）を創設した人である。愛弟子《まなでし》の島村抱月（一八七一～一九一八）を伴って「文芸協会」を設立し演劇の近代化をはかる一方で、自ら「桐一葉」のような新作歌舞伎も書いたのである。こういう師についた白鳥は幸運で、生涯演劇好きとなり、新聞雑誌で劇評を担当するようにもなれば、自ら戯曲を書くことにもなる。逍遥との出会いは、白鳥にとって決定的であった。

逍遥はシェークスピアを講じるときも、歌舞伎についての論評をしばしば挟んだ。白鳥にすれば願ったり叶ったりで、「先生」の歌舞伎に関する片言隻句は後々まで記憶に残ったという（「逍遥先生と私」昭和三〇年、一九五五）。東京へ上った当初は自らに禁じていた芝居小屋も、「先生」のお墨付きとあらば安心して行くことができる。かねてから憧れていた団十郎や菊五郎の演技を、ついに自らの眼で観ることができるようになったのである。

肝心のキリスト教の方はどうなったのかというと、歌舞伎観劇に夢中になればなるほどその熱が醒めていった。当時、逍遥の影響を受けるとキリスト教から遠ざかるという風評まで立っていたそうだが、白鳥を見るかぎり、その風評は当っている。白鳥自身は逍遥のせいにしてはいけないと言っているが、逍遥に反キリスト教的な面はなかったにせよ、キリスト教への興味が全くなかったというその姿勢自体が、目に見えぬ形で学生たちに伝染したろう。まして、歌舞伎の世界に色事はつき物、そういう世界に若い人を引き込んだとあれば、必然的に彼らをキリスト教から引き離すことになったのである。同志社に行かず早稲田に行ったことは、その意味でも決定的だった。

ところで、白鳥がはじめて歌舞伎を見たのは大阪においてであり、まだ幼いころであった。大阪には彼の伯母がいて、その伯母に連れていってもらったのである。はじめての歌舞伎というのは「佐倉宗五郎」で、これは一揆物であった。主人公が悲惨な最期を遂げる場面は子どもにはショッキングで、後々まで白鳥の記憶につよく残ったという（「現代つれづれ草」昭和三二年、一九五七）。

はじめて読んだ文学作品が「「岡山綺聞等乃実記《きぶんとうのじっき》」（明治一五年、一八八二）で、その内容が幼児であった彼にはグロテスクで、ショッキングであったことは前に述べた。はじめて見た歌舞伎もまた、その内容が残酷でショッキングだったのだから、江戸的文学と江戸的演芸とは彼のなかに何かしらグロテスクな趣味を植えつけたと考えられる。白鳥が東京に求めたものは、あるいはそういう方面の芸能・文学であったかもしれない。同志社の京都へ行っていれば、そういう演劇や文学とは縁遠い、謹厳なるプロテスタントの牧師になっていたのではないだろうか。

逍遥と白鳥の関係に話を戻すと、逍遥が旧態然とした伝統演劇をそのままに認可しなかったのにならって、白鳥もまた歌舞伎の「近代化」を歓迎した。とくに団十郎の斬新な演技（「活歴」と呼ばれた）に感動し、「愛宕山の光秀」を演じる団十郎には「芝居の極致」を感じとっている。ハムレットの“To be or not to be”よりも、主君信長の暗殺を決意する光秀の「こゝは處《ところ》も愛宕山《あたごやま》」の方がはるかに感銘深い、そんなことを逍遥に洩らしているのである。

大胆な、多分に的外れな比較のうえに成り立つ論のようにも思えるが、これに対して逍遥は「その通りだ」と「一応」は「首肯《しゅこう》」したそうである（「東京の五十年」昭和二三年、一九四八）。この「一応」というのが微妙で、逍遥の返答の仕方には一種の苦しさ、曖昧さが入り混じっていると見えるのである。そこには伝統を認めつつも、それを「改良」せねばならないという明治初期人の苦悶があり、西洋文学の到来に目を見張る新時代人の気概も同時に見える。一方、白鳥の世代になると、その曖昧さがなくなって、西洋をも伝統をも冷静に眺める精神的ゆとりが生じているのである。

もっとも、この両者のちがいを世代のちがいとだけ言うことは出来ず、個性のちがいと見る必要もある。白鳥は逍遥と違って自らの矛盾を冷静に見ることの出来る人で、そういう冷静さは逍遥にはもともとなかったようである。伝統と近代を無理にも対立させ、西洋を真似てゼロから何かを生み出そうという発想は、白鳥にはない。その点では、北村透谷（一八六八〜九四）や厳本善治（一八六三〜一九四二）あるいは島崎藤村（一八七二〜一九四三）といった同時代の文学者とも異なったのである。

ここで歌舞伎の近代化ということについて言えば、福地桜痴《ふくちおうち》や河竹黙阿弥《かわたけもくあみ》の指導のもと、歌舞伎は生まれ変わりつつあった。生まれ変わったその一つの頂点が、団十郎歌舞伎だったのである。白鳥はそこに江戸情趣と明治近代の融和を見、これこそが「近代」だと思った。しかし、急進的な「演劇の改良」を口にする人の多かった時代、この立場は必ずしも主流ではなかった。

だが、同じ白鳥もこと文学になると、さほどの卓見《たっけん》をもちあわせてはいなかった。白鳥文学のどこを探しても、江戸趣味と明治近代の融合など見られないのである。彼の文学はむしろ過去との断絶に出発している。後年の戯曲「光秀と紹巴」（大正一五年、一九二六）など、歌舞伎の影すら見ることができないのである。団十郎の「近代」歌舞伎をあれほど評価した彼も、こと文学の創造となるとそれを活かすことが出来なかった。一体、どうしてそういうことになったか。「逍遥先生」の「写生」小説論が禍いしたのではないか、と考えられる。

読売新聞に初めて書いた白鳥の批評は泉鏡花（一八七三〜一九三九）の『註文帳《ちゅうもんちょう》』を厳しく批判するものであったが、これもそういう点では納得がいかない。文学を言語芸術として考えた場合、鏡花の文芸はまさに団十郎歌舞伎のような「近代性」をもつものであるのに、白鳥はそれを素直に評価できなかったのである。鏡花については内心では高く評価していたのだという説もあるが（後藤亮『正宗白鳥　文学と生涯』一九六六）、鏡花を「あるべき近代文学」の一例として位置づけていたわけではなかろう。民友社に影響を受け、内村鑑三の文学観につよく影響を受けていた白鳥にとって、文学とは西洋文学のようなものでなくてはならず、そういうところに彼の文学観の限界があったと言えるのである。

ところで、逍遥はさておき、白鳥の芝居好きということについて一つ言っておきたいことがある。一体、白鳥ほど劇的性格に乏しい人はないのに、どうしてあれほどに演劇を好んだのか。彼の文学作品のどれにも起伏が欠けるのに、どうして芝居をあれほどまで好んだのだろう。

答えは簡単である。本人に劇的な性格が欠けていればこそ、芝居に劇的なものを求め、実人生の代償を得て満足したのである。現実の生活において感動することのできない不感症の人間は、文学、小説、演劇にこそ感動を見出そうとする。これを精神の倒錯であると言うことが出来るなら、たしかに白鳥は倒錯者だったのである。

近松秋江

白鳥が早稲田の学生生活で得た友人といえば、近松秋江（一八七六～一九四四）に尽きる。秋江は白鳥と同じ岡山県の出身、一時的に二人が史学部に籍を置いたのが縁で知り合って、親交を結ぶようになった。白鳥が瀬戸内海沿いの漁村の出身だとすると、秋江は同じ和気郡でも藤野村という山村の出。両村のあいだは五〇キロも離れていない。

我が生存七十年間、幾千の老若男女に接触してゐたか知れないが、そのうちで私に印象深く、その面目が明らかに眼前に浮び、その心のさまが明かに思ひ出されるのは、両親をはじめ、何人かの肉親縁者、幼少からの幾人かの知人である。そして、文壇に於ては、近松秋江たゞ一人である。……私には人類のうちで、秋江一人だけは分つてゐるやうに思はれる。

（「近松秋江」昭和二五年、一九五〇）

「人類のうちで、秋江一人だけは分つてゐる」とは、この人物をよほど近く感じていたのであろう。言葉や習慣の異なる人間はよく分からないとつねづね考えていた白鳥にとって、確かに「同郷人」は大きな意味をもっていたのである。自ら「根無し草」を決め込んでいたくせに、備前人としての意識を失ったことがない。こういうところ、なかなかの曲者《くせもの》と言わねばならない。

秋江は単に同郷の士ではなく、早稲田を卒業後、その出版局でも白鳥と肩を並べ、読売新聞でも一緒に働いた人間である。いわゆる「自然主義」作家の仲間入りをした点でも、一緒なのである。二人の関係には、だから「同郷」以上の、因縁とでも言うべきものがあったと言えるのである。秋江は死ぬまで白鳥を唯一無二の親友と目し、白鳥もまた秋江を同等に遇した。単なる友情と表現するのでは足りない、抜き差しならぬ関係があったと言いたい。

二人の関係は秋江の死後もつづき、白鳥夫妻は秋江の遺された二女と付きあい、長女の消息にも最後まで通じていた。秋江が死んだのは昭和一九年（一九四四）、娘たちは戦後まで生きたのだから、白鳥と秋江の友情は半世紀以上もつづいたことになる。

秋江は自分が死んだら真っ先に白鳥に伝えてくれ、とその妻に託していたという。「何と云つても、彼は一生の友人として私を念頭に置いてゐたのであつた」と白鳥は言う。一方、他人から見ればどんなに近い関係でも、当人にすれば無限の距離があり、生涯「知人あれど友人なし」というのが白鳥の口癖である（「知人あれど友人なし」昭和三七年、一九六二）。秋江こそ我が唯一の友であったとは、間違っても言わなかったのである。

自分が死ぬ場合に同じように秋江を生涯の友として念頭に置くだろうか、それは疑わしい、そう白鳥は言う。何事にも淡泊、人生に

読売月睦会（明治34年７月13日）
前列右から白鳥，後閑宣太郎，近松秋江
後列右から島村抱月，与謝野鉄幹

肉薄せず、他人にも肉薄しないのが、彼の恒なるスタンスなのである。だが、本音はどうであったか。白鳥にとって、妻つねを除けば秋江が心の許せる唯一の他人であったのではないか。心のうちを誰にも見せたがらなかった白鳥、その本心を知ることは難しい。

秋江と白鳥は同じ早稲田の出身、同じ自然主義畑の作家であったが、作品の主題の選定も、あつかい方も、描写の仕方もまったく似ていない。そもそも白鳥は民友社育ちの「硬派」、一方の秋江は尾崎紅葉、泉鏡花を好む「軟派」。もともとの気質も異なれば、人生と文学への取り組み方もちがったのである。

秋江は「別れたる妻に送る手紙」（明治四三年、一九一〇）で別れた女性への断ち難い未練を告白し、「疑惑」（大正二年、一九一三）においてはその女性が郷里に帰っていることを知って、そこまで追いかける男の心理を面々とつづるような作家である。そんなことは間違っても出来ないのが白鳥で、愛欲問題を真っ向からあつかうことが苦手な彼は、愛欲に溺れ、それに苦しみながらもそこに悦楽を得、それを表現することで文学を創造した秋江のような人間を、うらやましくも、うとましくも思ったはずである。再婚して子が生まれると、「子の愛の為に」（大正一三年、一九二四）「第二の出産」（大正一四年、一九二五）「児病む」（昭和二年、一九二七）など実生活を綿々とつづる秋江。白鳥には及びもつかない作家人生であった。

もっとも、実生活を書ききることが「真の文学」であるという考え方は白鳥にもあり、そういう点から秋江を真の文学者と認めるにやぶさかではなかったことは事実である。大抵の作家に対して厳しい白鳥であったが、こと秋江文学となると非常に好意的に評価しているのである。

白鳥が秋江のような作家に羨望の念をいだいていたことは十分考えられることである。作家としての才能があるとかないとかの問題ではなく、実人生を必死に生き、必死に女性を愛し、我が子を愛し、そうした日常の自己に筆で肉薄しようとする秋江のような作家こそ、白鳥にとってもっともうらやましい存在だったからである。「私は彼によつていかに多く、人の心の動きを知つたことか」、そう白鳥は秋江を思い返している。自身の周囲でほとんど唯一真に生きた人間として秋江を認め、そこに惹かれていたのである。

ともすれば感受性が干涸びてしまうのが、白鳥である。秋江はそういう彼にとってオアシスだったのかもしれない。そうでなくって、早稲田出版局時代からあれほど彼に迷惑をかけつづけたこの同郷の士と、どうして四〇年以上も友誼を持続できたろう。「腐れ縁」などという言葉では到底追いつかないものが、そこにはある。同郷であるがゆえに手に取るように分かる一方で、自分とは余りにも異なる存在、それが白鳥にとっての秋江だったのである。

瀬戸内海沿岸と山岳部とのちがいなどと言ったのでは片づけられない人間関係の縮図が、そこにはある。序章にも書いたように、白鳥は人生からの、現実からの「異邦人」。彼の文学はその「異邦人」性ゆえに異彩を放つのだが、本人にすれば、人生ばかりでなく、文学からも絶縁されている感じであったかもしれない。

「彼が愛する女性に対して自分勝手な空想を漲《みなぎ》らせて、一喜一憂の心理的動揺を恣《ほしい》ままにしてゐるのを、一種の壮観として着目して」いたと白鳥は秋江について言う。秋江のように人生に巻き込まれ、そのなかでもがきながら生きる作家を目の前にすると、自分の人生の空虚をいやでも感じ、秋江という「泉」の水を汲みたくなったのにちがいない。そうであるなら、白鳥にとって秋江は、秋江にとっての白鳥同様に掛け替えのない存在であったはずだ。しかし、秋江が秋江らしくそれを素直に告白しても、白鳥は白鳥らしくひねくれて、それについて口を噤《つぐ》むのである。

もう一歩推し進めて言えば、白鳥にとって秋江は「もう一人の私」だったのである。同郷人であるがゆえに自分のようであり、同時に自分とはまったく気質がちがっているゆえに、自分のありえたもう一つの姿なのである。愛欲に溺れ、子を溺愛し、それを糧に生き、それを文章にしていく。それ以外人生に意味を見出せない秋江のような人間は、自分には真似のできない「他人」でありながら、同時にまた「自分」もそうなりえたかもしれないような人間なのである。

白鳥は晩年になって「近松秋江」（昭和二五年、一九五〇）という、小説とも伝記ともつかぬ作品を発表したが、数多い彼の作のなかでもこれは逸品である。出会いから秋江の死にいたるまでの四〇年以上の付きあいを、秋江の女性関係を中心に語っているこの作品は、語られている内容に白鳥自身の首が突っ込み、なかば白鳥自伝になっているのである。白鳥にしては珍しく、彼自身の青春時代の女性関係をも披歴し、秋江との絡みもあれば、秋江の妻や愛人との付きあいも描かれている。白鳥の青春の記念碑ともいうべき作品で、こんな作品を七〇近くになって書いたところが驚異である。

この作品を読むかぎり、白鳥の青春と女性との交わりは近松秋江なくしてありえず、秋江の死とともに彼の青春も終わったと言いたくなる。作品は秋江の長女の死を語るところで終わるが、いかにも白鳥らしい渇いた寂寞が漂い、涙にならない悲しみが伝わってくる。戦後まもなく物資の乏しいとき、秋江の「長女」は病院で「日に日に痩せ衰へ」たあげく、「退院」して間もなく死亡する。そのことを語ったあと、例によってぽつりとした一言が洩れる。「何処ででも死ねばそれつきりであるが……。」このぽつりとしたところが、いかにも白鳥なのである。人間の深い情緒のもっとも「プロゼイック」な表現、白鳥文学の真骨頂であろう。

島村抱月

早稲田時代の白鳥が坪内逍遥から英文学を教わったことは前に述べたが、同じ逍遥は学生たちが自ら進んでほかの西洋文学に首を突っ込むことをも積極的に奨励した。白鳥も、英訳本ではあったがロシアや北欧、フランスの文学などを読み始めるようになり、彼の文学観は大きく広がっていった。

当時彼が発見したものとして、レールモントフ（Mikhail Lermontov, 1814–41）とツルゲーネフ（Ivan Turgenev, 1818–83）の文学作品がある。これらにかぎって「異国」のものとは感じられず、まるで自分のことが書かれているようだと言っているが（「明治時代の外国文学印象」昭和一七年、一九四二）、それは一九世紀のロシアが明治日本の文化状況に多少似たような要素をもっていて、それが文学に端的にあらわれていたことが一つ、またロシア文学の表現方法が、西欧の文学よりも自然描写や人間描写において情緒的であったことも原因している。ロシア文学の発見は、白鳥ひとりにとってでなく、近代日本文学全体にとって大きな意味をもった。

白鳥がロシア作家の中でもっとも好んだ一人にチェーホフ（Anton Chekhov, 1860–1904）があるが、このチェーホフの演劇を知ったのは、逍遙の愛弟子島村抱月（一八七一～一九一八）のおかげであった。白鳥は抱月の影響でまずイプセン劇を鑑賞するようになり、次いでチェーホフ劇を知った。そして、後者からは多大な影響を受けた。

白鳥と抱月の関係は、秋江とのそれほど深いとは言えないが、この二人の関係を演劇の領域にのみ限定することはできない。白鳥は抱月の文学や哲学についての博大な知識、さらにその特異な人柄に惹かれ、その影響はある意味で逍遥のそれより深かったのである。

島村抱月というと、日本の近代演劇の創始者として知られている。逍遥がもっとも優秀なる生徒として将来を嘱望した人物で、早稲田ではだれからも一目置かれていた。白鳥が学生のころ、抱月は若かったにもかかわらずもう教壇に立っていた。教壇に立つ若き抱月に感動した白鳥は、これぞ知識人と思ったそうである。

明治三五年（一九〇二）、抱月はヨーロッパへ留学する。帰ってくるや、一度つぶれかけた「早稲田文学」の再興をはかり、折から田山花袋、島崎藤村らの「自然派」が活躍し始めたときだったので、彼らの理論的援護を供すべく論陣を張った。もはや単なる文学教師、単なる美学者ではなく、新時代の文芸批評家、新文芸の知的リーダーとして返り咲いたわけで、早稲田学内のみならず、文学界全体が注目する存在となったのである。

抱月が留学して得たもので特に重要なのは西洋演劇の知識である。本場の理論と実際とを知った彼は、逍遥と組んで「文芸協会」を設立し、近代西洋演劇を日本に根づかせる努力を始めた。逍遥がシェークスピア劇の紹介に奮闘したとすると、イプセン（Henrik Ibsen, 1828–1906）やストリンドベリ（August Strindberg, 1849–1912）のような北欧社会劇を紹介したのは抱月である。二人は劇団を組織し、シェークスピアの「ハムレット」、イプセンの「人形の家」、トルストイの「復活」など深刻な西洋劇を翻訳・翻案して上演した。今日「新劇」と呼ばれる芝居は彼らが作ったものである。

白鳥はそうした抱月の影響でイプセン、チェーホフ、ストリンドベリなどの演劇に親しむようになったが、そればかりでなく、実生活上でもこの師の恩恵を受けた。熱心でよく出来る学生であった彼は、優秀な学生を好む抱月のような教師にはことに好まれた。互いに感ずるところがあったにちがいなく、単なる師弟関係とは言い切れない面まで育っていった。

二人の関係は白鳥が早稲田を卒業してからもつづき、より親密なものになっていった。きっかけは近松秋江が作ったというから、秋江はいろいろな意味で白鳥の恩人である。勉強不熱心ではあったが人一倍文学の好きな秋江は、さまざまな文学者を知友にもっていた。白鳥が早くから新進の文学者を知るようになったのも、しばしば秋江の仲介のおかげだったのである。

抱月と白鳥の個人的関係について、白鳥はあまり多くを述べていない。しかし、二人の関係が白鳥にとって生涯忘れえぬ貴重な糧となったことは確かである。逍遥とちがって年齢も近く、親近感もあっただろうし、当時だれもが憧れた「洋行帰り」の優秀な先生でもあったのだから、若人の旺盛な好奇心を満たす魅力的な存在であったと思われる。一方、抱月はというと、元々孤児であったからか、人一倍愛着心が強く、自分を慕ってくれる学生たちが可愛くて仕方なかったようだ。可愛がられたなかでも、とくにその能力とまじめさによって信頼を得ていた白鳥は、抱月にとって大事な「弟」だったのである。

「文芸協会」を作った抱月は、最初の公演「ハムレット」でオフィリア役を演じた女優松井須磨子（一八八六～一九一九）と恋愛関係をもつにいたったが、この事件も白鳥の関心を大いにかき立てた。抱月は知的に優れた人間であったが、それ以上に多感な情熱家で、妻子がありながら須磨子を熱愛し、演劇と恋愛に身を捧げて心身疲れ果て、ついに倒れて他界したのである。一方の須磨子も、その跡を追って自殺したというから、この二人の人生は劇的過ぎるほどだった。白鳥はこれら一連の出来事を例によって「傍観」しただけであったが、一体、何を思っていたのだろうか。

近松秋江の生き方から「人間」というものを学んだのだ、と白鳥は言う。抱月においては、その劇的な人生から「人生」そのものを学んだのである。「私は明治以来の文学者のうちでは、抱月、秋江二氏について最も多く人生を学んだ」（「雑感」昭和二年、一九二七）と言っているように、抱月の存在も白鳥の人生において大きい意味をもったのだ。

氏が謹直な学者として、やがて文学博士に推薦されて、醜骸《しゅうがい》を上品な上衣に包んで、鹿爪《しかつめ》らしく尊敬されて一生を送つたよりも、ああした生き生きした喜びと悩みとを経験されたによつて、一層深刻な教へを受けた訳なのである。

（「追憶記」大正一二年、一九二三）

「ああした生き生きした喜びと悩みとを経験されたによつて、一層深刻な教へを受けた」とは、白鳥として偽らざる心境であろう。究極のところ、白鳥は抱月の「生き生きとした喜びと悩み」に惹かれていたのである。

裏を返せば、白鳥自身の人生がいかにもそうした経験に乏しく、起伏に欠け、無味乾燥だったということである。「傍観」する白鳥は、つねに他人の人生を演劇でも観るように感激して見るしかなかったのであるが、そういう自身を寂しく思ったにちがいない。「抱月死す」の報を受けて書いた追悼文「追憶記」は、白鳥の書いたもののなかで不思議な美しさを放っている。「傍観」すると言いつつあえて対象に近づき、そのすべてを見取ろうとし、心の動きさえも止めてこれを見とどけてしまう。そういうところに白鳥独特の寂寞《せきばく》が生まれるのである。

抱月の死を悼む心は、「食べかけの鮨の味をまずくするほどのものではない」。これが白鳥得意の言い草である。そう言いながら通夜に向かい、恩師の死に顔をしかと見つめ、「人間は一たび息が絶えたらそれつきりで、霊魂も何もあつたものぢやない」と言うのである。それからは数年経っても、その死顔が忘れられなかったと言う。生の対極にある死というものが、永遠の謎として白鳥につきまとうのである。

追悼文の最後の一節は、白鳥文学の極みである。言うに言われぬ寂寥感が読者にせまり、故人がどれほど彼にとって大切であったか、言外から伝わってくる。

私は梅雨降り頻《しき》る今夜、故郷の家の二階で、薄暗いランプの下で、S氏（＝抱月）の死面を目の前に浮べながらこの原稿を書いてゐる。この広い旧屋には老父母が二人住んでゐるだけなので、家の中には勢ひのいい声一つ聞えず、淋しさは身に沁《し》むやうである。旧知は近年相ついで倒れて、昔から少なかつた私の知友はますます少なくなつた。私の寿命も余すところ幾干もないことは分つてゐる。私はしばしば筆を擱《お》いては、さういふことを考へてゐる。

（「追憶記」）

白鳥の頰に涙は流れないが、そのかわり「今夜」は「梅雨」が「降り頻る」。例の「プロゼイック」がかすかな抒情に転ずる。

2　キリスト教の師たち

植村正久

早稲田での白鳥は、逍遥・抱月・秋江という彼の生涯にとって大きな影響を及ぼした三人に出会ったが、学校外ではどんな出会いがあったのだろうか。白鳥は自身の青年時代を振り返って、「熱心なるクリスチャン」だったと言っている。一時は「伝道師」になろうかとさえ思ったようで（「両親の印象」大正一三年、一九二四）、それが上京したころであったというから、東京に上った当初から熱心なキリスト教者と出会っていたはずである。

該当する人物はというと、間違いなく植村正久（一八五七〜一九二五）と内村鑑三（一八六一〜一九三〇）である。自分は「文学上の感化」というものは誰からも受けていないが、「宗教上の感化」は内村鑑三、植村正久から受けたと本人も言っている（「如何にして文壇の人となりし乎」明治四一年、一九〇八）。

そこでまず植村正久であるが、その人柄が内村より地味であったためか、この牧師に接して白鳥はかえって安心したようである。上京して間もなく植村の教会を見つけ、毎日曜日そこで説教を聴いている。一年目の東京生活は地方出の青年にとって決して楽なものではなかったが、そういう彼を精神的に支えたのは、訥々《とつとつ》として思いやりある植村であったにちがいない。

上京当初の白鳥は勉強と柔道に明け暮れ、それがもとで身体を壊し、しばらく故郷に戻り静養を余儀なくされた。しかし、再び上京したとき精神の方はますますキリスト教熱に燃え、迷わず植村を尋ね、自ら進んで洗礼を受けたのである。

それにしても、柔道の稽古に明け暮れて身体を壊すとは異様なことである。青年の意気込み、というだけでは片づけられまい。病弱な身体を改善しようと、岡山の薇陽学院を出るころから体力作りにはげんでいたその延長であると言えないわけではないが、都会生活の誘惑から身を守るためでもあったろう。郷里に戻って静養している間にキリスト教への情熱が高まったことにも、身体的危機感からの精神の高揚が見て取れる。生きるか死ぬかというところで、神を思うことに集中できたのにちがいない。

さて、植村正久といえば、その三女環《たまき》が思い出される。環は父の跡を継いだ牧師で、白鳥臨終までの二週間毎日入院先の病院を訪ね、聖書の話をし、讃美歌を歌った人である。白鳥はそれを有難く聴いて、まるで「正久先生」の話を聞いているようだと洩らしたという（正宗つね「病床日誌」昭和三七年、一九六二）。娘の姿に父親を重ね、自身の晩年を青春時代に重ね、有難く思ったのであろう。白鳥にとって、真の心の師といえば植村正久であった。

死の床での白鳥は、あるとき環牧師の「腕」を「ぎゅつと」握って謝意をあらわしたそうである。白鳥とキリスト教とを結ぶ糸、それが植村正久であり、これは表に出ることの少なかった真実の関係の一つと言ってよい。誰にも心をゆだねまいという決心の強かった白鳥は、それでも誰かに心をゆだねる必要があった。その相手が植村父子だったのである。

植村正久といえば、近代日本のプロテスタント教会の創設者といってもよい人物である。若いころ横浜で宣教師ブラウンの感化を受け、それがもとでキリスト教徒になったと言われる。白鳥が少年時代に慕った徳富蘇峰は熊本のキリスト教青年組織「熊本バンド」の一員であったが、植村は「横浜バンド」の一員であった。伝道こそは天職と信じ、東京の神学校（明治学院）に通って牧師になると、さっそく日本基督教会を設立してキリスト教を広めるとともに、独自のキリスト教神学の確立に取り組んだのである。はじめ麹町《こうじ》一番町に教会を設置、のちに市ケ谷の富士見町に移した。白鳥が通い、受洗したのは、市ケ谷富士見町教会である。

植村は聖書や讃美歌の翻訳にたずさわり、明治の青年層にキリスト教が浸透するきっかけを作ったことで特記される。島崎藤村などは植村の訳した「詩篇」を暗誦し、それが自身の詩作に影響を及ぼしたと言われている（『新潮日本文学辞典』参照）。白鳥が故郷岡山で購入した聖書も、この植村訳であったはずだ。上京したらこの翻訳者に是非会いたい、そう願ったにちがいない。

植村はブラウニング（Robert Browning, 1812–89）の詩なども紹介した人であるが、文学をこの牧師から教わったという記述は白鳥にない。彼にとって、植村は何よりも親切で温かい「朴訥」の人、心の人だったのである。

当時、白鳥は内村鑑三に心酔していて、その講演を何度も聴きに行っている。内村の講演には文学性、演劇性を感じ、歌舞伎と通底するものを感じたのである。しかも、内村の講演には西洋文学の知識が満載されていて、早稲田の授業を補うものがあった。毎日曜日富士見町で聴く植村の説教とは、まったく異質のものだったのである。

二度目の上京のあとすぐ植村の手で洗礼を受けた白鳥であったが、ではそれで幸福になったのかというと、そうとは言えない。勉強に精を出し、宗教に集中し、ほかの一切を顧みまいとしても、都会に出た田舎青年の孤独は癒されなかったのである。

私はこの青年期に於いてさへ、幾百万人の密集してゐるこの大都会に於いて、人間は孤独であるといふ事を痛感してゐた。キリスト教の講義所で、植村先生の朴訥な口調の説教を聴いて、その所説をそのままに受け入れながらも、自分はその所説の範囲外に、しよんぼりと坐つてゐるやうな気がした。神の無限は真実であつたにしても、私は身心ともに、さういふ愛に浴すべく価ひしてゐる生物でないやうに思はれて、その思ひは、いかなるものを以つても打ち砕き難かつた。

（「東京の五十年」昭和二三年、一九四八）

この文章を見るかぎり、白鳥は自身が孤独であると感じたばかりか、自身が世界と神から疎外されていると感じていたようである。「生からの異邦人」そのままの感慨であり、それは白鳥文学の核となるものである。白鳥の文学は「孤独者」の文学というより、「疎外者」の文学。東京という新時代の都が生み出した文学であるにちがいなく、近代日本ならではのものである。

ところで、白鳥が毎週聴いた植村の説教は、植村独自の神学にもとづくものであったにちがいない。聖書を読んで植村が考えついたキリスト教とは、何より「原罪」と「贖罪《しょくざい》」の観念から成り立つものであった。すなわち、人類は罪を背負った存在であり、救われがたい存在であるが、それを救済するのがイエスの刑死と復活であるという考え方なのである（大内三郎『植村正久　生涯と思想』二〇〇二年参照）。そういう植村神学の要点は白鳥にも伝えられたはずで、白鳥にはもともと形而上的な問題意識があり、「生の不安」におびえていた一面があったから、植村神学は何らかの感化力を彼に及ぼしたと想像できるのである。

しかしながら、果たして罪障意識なるものを白鳥はどの程度真剣に受け止めたろう。彼の小説に少なからず犯罪の要素は見られるが、罪障意識は稀薄なのである。ましてキリストの贖罪ということになると、白鳥には分かりづらかったかもしれないのである。信仰によって生の不安が取り除かれ、すばらしい来世が約束されるならば、それで十分だと考えていたのではないだろうか。もしそうだとすると、贖罪者がイエス＝キリストでなくても、ほかの誰かであっても、差し支えなかったことになる。自分は西洋崇拝の心からキリスト教に惹かれたのだという本人の述懐は（「不徹底なる生涯」昭和二三年、一九四八）、決して的外れとは言えないであろう。

内村鑑三

白鳥の書いた評論のなかで内容的にもっとも充実し、書き振りのもっとも優れているものといえば、「内村鑑三」（昭和二四年、一九四九）であろう。そこには白鳥の内村との出会い、内村の人物と思想についての忌憚《きたん》ない批評が述べられているほか、白鳥自身のキリスト教観や文学観も記されていて興味深い。内村の存在が白鳥にとっていかに大きいものであったか、白鳥がいかにしてそれを乗り越えたか、そうしたことが窺える評論である。

白鳥が内村の存在を知ったのは、すでに述べたように「国民之友」によってである。まだ郷里にいたときのことで、キリスト教に目覚めたのも、西洋文学に目覚めたのも、徳富蘇峰主幹のこの雑誌によってである。その雑誌に掲載されていた内村の記事は主に文学に関するものであり、大抵はキリスト教の立場から日本文学を叱咤激励するもので、「何故に大文学は出ざる乎」「如何にして大文学を得ん乎」といった題がつけられていた。西洋のキリスト教文学に比して現今の日本文学は薄っぺらであると非難し、文学青年たちの覚醒を呼びかけるのが内村のスタンスであった。編集者の徳富蘇峰が「国民」精神の向上を目指すキリスト教徒であったことから、こうした記事が歓迎されたのであろう。

幼いときから江戸文学、漢詩文にひたりきっていて、新たな文学に飢えていた白鳥にとって、こうした内村の論は大いに刺激的であったろう。個性丸出しのその書き振りに、蘇峰の勇ましい漢文調とはちがった新味を感じたのにちがいない。論旨にも文体にも、蘇峰にはない極端なところがあり、それが魅力と映ったのかもしれない。白樺派の青年たちも、内村のそうした面に惹かれたのである。

白鳥が一八歳で上京したとき真っ先に蘇峰の演説を聴きに行ったことはすでに述べたが、蘇峰のつぎに聴きに行ったのが内村鑑三の講演である。蘇峰の演説は一回きりだったが、内村の講演はその後機会あるごとに何度も聴いている。当初は夢中だった蘇峰から次第に離れ、渇望する教養の源泉を内村ひとりに求めるようになっていったのだ。

当時、小山内薫（一八八一～一九二八）、有島武郎（一八七八～一九二三）、志賀直哉（一八八三～一九七一）といった文学青年たちはみな内村に惹きつけられていた。その声、その動作、その風貌に、若者を夢中にさせるカリスマ性があったのであろう。講演自体も文学的感性をおおいに刺激するもので、それで人気があった。白鳥は内村の講演についてさながら歌舞伎役者の名演技を見るようであったと述懐しているが（「現代つれづれ草」昭和三二年、一九五七）、芝居好きの彼にとって、内村の講演は現実以上、夢のようなものだったにちがいない。

白鳥が最初に聴いた内村の講演は文学を主題にしたもので、それまで彼の知らなかった西洋の宗教文学を教えられたことが大きい。そのころの内村はカーライル（Thomas Carlyle, 1795–1881）への言及が多かったが、ダンテ（Dante Alghieri, 1265–1321）についても多くを語っていた。「国民之友」を通じてカーライルのことは多少知っていた白鳥だが、ダンテというキリスト教文学の代表格はよく知らなかったのである。

早稲田でいくら逍遥の授業を受けても、キリスト教文学は教わることはできなかった。早稲田では、キリスト教と文学は別々のものとして捉えられていたのである。ところが、内村においてはまさにこの二つが一つになっていた。自分の求める真の文学とはこれではないか、そう白鳥が思ったとして不思議はない。

白鳥の内村への思いは「心酔」であった。体調が悪くても、わざわざ静岡県興津《おきつ》まで内村の跡を追っている。興津で夏季学校があり、そこで内村の集中講義が聴けると知った彼は、病をおしてそれに参加した。今の時代なら「追っかけ」と呼ばれてもよい白鳥であるが、内村の話のみならず、その一挙手一投足まで洩らさず記憶にとどめようとしたのである（「内村鑑三」昭和二四年、一九四九）。

そういう崇拝者の心理は常軌を逸したもので、心の平安とは無縁である。白鳥が内村から得た刺激は彼を興奮させるだけであって、心に平安をもたらすものではなかった。白鳥が植村正久を知ったことは、その意味で幸運であった。内村と植村と二人のキリスト者をともに知ることで、心のバランスを得ることができたのである。

内村は白鳥にとって「夢」であり、植村は「現実」であったと言える。キリスト教を現実のものにするには「心酔」の対象である内村では駄目で、地に足のついた、信頼するに足る、植村正久しかなかったのである。もっとも、「夢」の方が「現実」より魅力に富んでいたというのは本当であろう。内村は植村より数倍魅力的ではあった。

評論「内村鑑三」は白鳥の長年の思いを吐き出したものである。複雑な陰翳《いんえい》に富み、一概に内村を肯定しているとも言えないし、否定しているとも言えない。白鳥のぎりぎりの表現であり、読む者は厳粛な思いに打たれる。

評論「内村鑑三」評は辛辣であるが、ときに深い敬愛が覗く。批評は辛辣であるが、ときに深い敬愛が覗く。

白鳥によれば、内村は無教会主義を唱える反抗児でありながら、聖書そのものには絶対服従し、一見して東洋道徳や日本思想に反しているようでいて、実はそれらにも服従するという「古い」タイプの日本人である。福沢諭吉ほどの新しさはなく、大言壮語のアナクロニズムに陥る武士道的人間で、自己を欺いてまで現実から目を背け、解決のない人生に無理やりにも解決を与えてしまおうとする一種の「梟《ふくろう》の目」の持ち主だったというのである。

そういう内村はしばしば聖書に出てくる預言者のような言動を披露したが、聖書のイメージに取りつかれた一人の異邦人の真剣な「演技」としてこれを受け取るべきで、内村の予言には聖書の預言者の効果はまったくなかったのであり、これ見よがしの滑稽なものであったが、本人は大まじめだったのだから、まさに「喜劇」と言うべきだと例によって冷たく言い放つのである。

では、そのような内村を単なる狂人と見なしているのかというと、いかなる「詩人」よりも「詩的」な人物であったと文学的には高く評価する。近代日本のいかなる文学者よりも文学的な人物、それが内村であったと言うのである。

また、根っからの共和主義者でありながら、天皇への「不敬」を責められるとたじろいで、自分も皇室主義者であるかのようにあわてて振る舞ったりするところを衝いて、そのような内村は他人の意見も存在も認めないような「主我的」ファシストでありながら、社会の不正に激しく憤る熱血正義漢でもあり、なかなかに憎めない人物だったと皮肉な見解を示している。「生れた故国」など「単なる偶然」だと言いつつ、日本に対しては誰よりも強い愛国心をそそぐ内村とはまさに矛盾の塊であり、そこにこそ人間としての面白味があったと言うのである。

白鳥にとって、内村は何より「人間の鑑」であった。模範的人間ということではなく、人間の典型という意味である。一人の人間が異国の宗教に接し、それに感銘を受け、改心し、生き方を改め、それがゆえに自身にも周囲にも迷惑をかける。しかもなお、その人は自身の選んだ宗教のために悪戦苦闘し、人生をがむしゃらに生き抜くのである。そういう矛盾と苦悩に満ちた、にもかかわらず自身の夢想に最後まで浸りきれる「おめでたい」人間、一人のドン・キホーテ、そういう人として白鳥は内村を見る。理想主義の崇高を感じつつも、その現実に躓《つまず》く姿に悲痛と滑稽を見とどけずにいないサンチョ・パンサのまなざしとでもいうものが、白鳥には見つかる。

確かに白鳥が内村に対する見方は、セルヴァンテスがサンチョを配してドン・キホーテを見る見方につうじる。相手に対して尊敬を欠くどころか、敬愛に溢れているのである。また、理想と現実の亀裂を知らなくて、こうした見方は出来るものではない。内村を論じる白鳥は、自らの心の亀裂を露呈させているとも言える。

「内村鑑三」という評論は一面で白鳥の宗教観を語ったものであると前に言ったが、ではその宗教観とはどのようなものであったか。

白鳥は内村の書いたものでもっとも優れているのは『求安録』と『基督信徒の慰め』だと言っている。これらはキリスト教を講じたものではなく、自身の苦衷《くちゅう》を赤裸々に吐露した告白文学と言ってよいから、白鳥が内村に求めたものは何より文学だったと言えるのである。生の不安におびえ、キリスト教に「安心」を求め、それが得られて「慰め」られる、これが内村の筋書きである。そういう筋書きより、内村の遭遇した苦難、キリスト教ゆえの苦難（たとえば「不敬事件」）の語りの方が面白い、と白鳥は言うのである。

内村の教理的筋書きについては、本当に内村が「慰め」を得たのかどうか疑問だと言っている。内村の信仰そのものに疑問を投げかけているのである。白鳥にとって、内村は「慰められたつもり、安心を得られたつもり」の人であって、「我執の人、内村鑑三は最後までさうではなかつたか」と言う。内村のキリスト教思想に面白い面があると認めつつ、内村その人をキリスト教本来からは遠い人として位置づけるのである。

たとえば、内村がやたらに新島襄の悪口を言うのを聞いて、白鳥は「不思議」に思ったという。同じキリスト教徒が、どうして「キリスト教界の偉人」たる新島にそのような「非キリスト的所行」をするのだろうか。そういう内村の過激な面も人間らしさのあらわれだ、と受け止めてはいるし、不愉快に思ったわけでもない。しかし、それでも内村が「非キリスト的」に見えたことに変わりはなく、人間としては面白くても、キリスト教徒としては納得できなかったのである。

白鳥にとって、一つの思想は必ず日常のすみずみにおいて現れて来るべきもので、理論が実践から乖離してはならなかった。その観点において、内村は理論と実際がかけ離れていると見たのである。内村の大袈裟に見える言論表現も、これまた白鳥には解しがたいものであった。自分をダンテに比して、ともに祖国を追われた身であると自らを憐れむ内村を、「感傷」的な芝居じみた「誇張」であると感じたのである。そういう「誇張」こそが内村らしさであり、そこにこそ彼の魅力もあるのだと言いはするが、その「誇張」にはついていけない。内村の一切を一種の芝居と見、それを人間の一典型と見る一方、そういう人間が「異常なる神経過敏症患者」であることを見逃さなかったのである。

白鳥は内村のキリスト教観についても批判的である。白鳥によれば、内村の苦悩と不安はそもそも内村がキリスト教を信奉するようになって起こったもので、そこで生じたキリスト教的罪悪感が彼を苦しめたからこそ、そこから逃れるためにますますキリスト教にはまり込んでいったというのである。このような堂々めぐりが内村の真実で、この人の思想は真の意味でのキリスト教からはほど遠いと断定する。そして、自身の公言する信仰すら徹底して信じていないところに内村の滑稽と悲劇があった、と結論するのである。

つまり、内村鑑三とは外来文明の導入による宗教的混乱が生んだ犠牲者、という見方である。これはひとり内村を超えて、近代日本全体の真実に迫る批評である。そういう批判力の発露にこそ白鳥の真価があらわれるのである。白鳥にすれば、内村がどんなに本気で罪悪の問題にとりかかろうと、その根底には日本伝来の仏教的世界観が見え透いている。内村の罪悪感はつまるところ「空漠たる罪の意識のため」の「独角力《ひとりずもう》」に過ぎず、彼自身、自らの信仰を信じていなかった節があるにもかかわらず、それを無理にも信じ込もうとしたというのである。

つまり、内村は「信仰に酔つてゐ」たということで、これが白鳥の最終評価である。内村は信仰に酔っていたがために「無解決な人生」を「無解決」なままに生きることに耐えられず、そこに安易な解決法をほどこして満足したというのである。要するに、内村は「幸福」な人だったということで、そのような「おめでたさ」から見放されているのが白鳥自身ということになる。白鳥の内村評は、白鳥の人生観に照らしての批評であり、その批評は自分自身に返ってくるのだ。

白鳥は自分の方が内村より優れている、と言っているわけではない。内村は答えを求め、答えを得たと断言しているが、そういうことは疑わしいと言っているだけである。自分は一生涯答えを求めて得られない不幸な人間であるが、世の中には自分とちがって何かを信じ込むことができる人、あるいは信じたふりのできる人もいるものだ、となかばあきれているのである。

白鳥は外国作家ではとくにチェーホフを愛読したが、チェーホフ同様人生に幻滅し、チェーホフ同様、「解決」のない人生に「解決」を求めなかった。しかも、チェーホフ同様に、人生の真の救済をどこかで渇望しつづけたのである。そういうわけだから、内村の宗教的告白にはパウロやルターのような徹底的「改心」(conversion)が見られない、などという厳しい評価も平気で口から出る。キリスト教は内村にとって「一時の気休め」に過ぎなかった、とまで言いきってしまうのである。

このように言ったからとて、西洋のキリスト教徒だけが本物で、日本のは偽物だと決めつけているわけではない。白鳥にとって、宗教とは「気休め」であってはならないもので、「一朝にして心境に変化を来す」ものでなくてはならなかったのである。ルターやパウロの経験したような「目醒しい転機」あればこそ、思想は日常の実践と渾然一体となる。そういう点からすると、どう見ても内村の宗教は信用ならなかったのだ。

同様に、「人生の教師」とまで言われた福音主義のトルストイにしても、白鳥には信用できなかった。トルストイの小説は一流であっても、その説教じみた言説は自身を鼓舞するためであって、日常の実践とはかけ離れたものだったと見るのである（「トルストイについて」昭和一一年、一九三六）。内村であろうと、トルストイであろうと、自らを聖者であると見なすとき、現実のささいなことに躓く。そのことを白鳥ほど厳しく見つめた人はいないと言える。

事物を強調する者は、己自らを欺いて、作られたる自己を、自己以外に持つやうな気持になることもあるのである。（「内村鑑三」昭和二九年、一九四九）

内村のキリスト教「郷土」観についても、白鳥は批判的である。内村によれば、人類の真の「郷土」はこの世にはなく「天国」にある。人は現世を考えて生きるべきではなく、死後の世界、すなわち「天国」を信じて生きるべきだというのである。このような考え方を批判して、白鳥はそんなのは内村の勝手な夢想に過ぎず、そういう夢を語ることで自己満足していたに過ぎないと言う。「彼の好みによる空想境を幻出させ、そこに自己の精神の活躍を試みて快感を覚えてゐた」だけだ、と言うのである。

厳しい批判であるが、そこまで批判するところに白鳥の誠実と熱心があらわれている。内村問題は白鳥にとって他人事ではなく、自身の解決すべき問題だったのである。

内村がもし本当に自説を信じ、この世にではなく、あの世に信を置いていたのだとすれば、どうしてあれほどあくせく生きる必要があったろう。あれほどまで、さまざまな現世の問題に心を煩らわせる必要などなかったではないか。

このように言う白鳥は、岡山時代に石井十次のような人物と接している。日本最初の孤児院を建てて貧窮する子どもたちを庇護しつづけたキリスト教徒石井を、内村を知るよりはるか以前に岡山で見知っていたのである。上京してからも、内村以外に数々のキリスト教徒を見ている。大袈裟な言辞は弄《ろう》さないが誠実な牧師である植村正久をも、身近に知っていたのである。そういう彼が内村の信仰を「浅い」ものだと断じ、「田舎伝道師」に比べてもその「所信」は危ういなどと言ったとしても、何の不思議もない。長年の思索と探求とが生んだ衷心の批評、それが「内村鑑三」である。

ところで、内村の後半生の思想、すなわち「キリスト再臨説」と「聖書無謬説」とは内村の思想のもっとも優れた部分であると白鳥は評価している。内村に夢中になっていた当初は内村のキリスト教観にさして共鳴出来なかったが、早稲田を卒業し、読売新聞に勤めるようになってキリスト教から遠ざかってみると、かえって内村の思想を評価できるようになったと言うのである。

「再臨説」とは、キリストが世界終末の日にもう一度現れるという、いわゆる「アドヴェント」（Advent）を信仰の中核に置く説である。世界はもうすぐ終末を迎える、一刻も早く悔い改めよ、キリストが再来して最後の裁きが下るだろうから心の準備をしろ、という思想である。内村はそうした思想を第一次大戦が起こったころから唱え始め、各地で集会をもち、精力的に講演をして「再臨運動」を興している。それまでは一部にしか知られていなかった彼の名が日本全国に知れ渡るようになったのは、その頃のことである。

白鳥はこの「再臨説」を、日本が太平楽を決め込んで川向こうの火事として欧州大戦を見ていたときの暢気《のんき》な産物にすぎない、と例によって冷たく批評している。しかし、同時に、信仰に生きる者としてこれを信ずるのは当然の帰結だとして、そこに内村の信仰の深化を認めているのである。「再臨説」には「復活」信仰が伴い、一度死んだキリストは「復活」してはじめて「再臨」できるのだから、まず「復活」が信じられていなくてはならないのだが、内村はその「復活」を魂のみならず肉体における「事実」として主張している、そこが面白いと白鳥は言う。内村の立場を、今度は真の信仰の論理にかなったものとして評価しているのである。

では、白鳥は内村に対するそれまでの見方を根本から改めたのかというと、そうではない。内村がそうした説を立てた背景には、内村特有の自己満足があるとも見ているのである。しかしながら、問題はそこでは終わらず、内村の「再臨説」を考察することで、白鳥自身の信仰のあり処を追求する方向に発展しているところが注目される。内村を媒介に、彼自身の究極の問いを発しているのである。

もしキリスト教の信仰に徹するならば、人は必ずやキリストの「復活」を信じるだろうし、それを確信して「最後の裁き」を待つだろう。自分にはそれはできない、だから自分はキリスト教徒ではないと言うのである。一方、内村は必死になって「再臨説」を唱えている、真のキリスト信仰はかくあるべきものであろう、と言うのである。

内村の言う「聖書無謬説」についても同じことを言っていて、聖書には一つの謬《あやま》りもないと主張する内村を、信仰の立場の首尾一貫として白鳥は評価する。聖書のこの部分は正しく、あの部分は謬っているというような中途半端は、信仰の立場からは許されないと見るのである。

ここまで言いきってしまうと白鳥自身の立場が危うくなってしまうようだが、そこまで言ってしまったのが評論「内村鑑三」である。白鳥の批評精神のすさまじさ、自己と他者への厳しさがもっともよく発揮された傑作、まさにこれである。

3　キリスト教離れ

離教の理由

熱心なキリスト信者であった白鳥が、早稲田を卒業するころから信仰を失い、教会にも行かなくなり、内村鑑三の講演にも興味を示せなくなったのは、どうしてであろうか。

年譜によれば、早稲田を卒業した白鳥は早稲田の出版局に勤め、校正やら編集やらの仕事を始めたのだが、そのころには「宗教」を棄てていたという。

この「宗教」を棄てたという表現は不適切で、本人も年譜の記載に不服を唱えている（「現代つれづれ草」昭和三二年、一九五七）。「我々は仏教をもキリスト教をも唯物教をも、その他のどの宗旨を信仰してゐないにしても、『宗教感』といふ言葉ででも言ひ現さなければならぬやうな感じを持つてゐて、それを抛擲《ほうてき》する訳に行かないらしい」とあるように、生涯宗教問題に関心をもち、その意味での宗教心を棄てたことのないのが白鳥である。彼が離れていったものは、彼の知った「キリスト教」だったのであり、宗教そのものではなかったのだ。

では、「キリスト教」から離れていった、その理由は何であったか。

一つには、キリスト教と自分の生まれ育った文化環境とが隔絶していたからだ、と彼自身は言う。すなわち、自分がキリスト教を理解できなかったのは、「長い伝統的な日本人の考へ」を「外国のものの裏づけ」に用いたからだ、というのである（「不徹底なる生涯」昭和二三年、一九四八）。自分のなかの日本文化がキリスト教の正当な受容の邪魔をし、入信はついに「付け焼き刃」に終わった、そう断言するのである。

この説明はそれ自体正しいのであろうが、そのこと以上に、彼がそういう文化的自覚をもっていたことの方が重要である。日本のように外来文化の受容によって文化が形成されてきた国においては、彼のような自覚こそ必要なものなのである。他者に自己を同一化しようという幼児的心性を早くに脱却していた白鳥には、そうした自覚は容易であったかもしれないが、多くの日本人にとって、これは決して容易なことではない。白鳥は日本人がキリスト教徒になることは不可能だと言っているわけではないが、足下を見つめないで外来思想に飛びついても身につくことはない、と戒めているのである。

もちろん、そういう冷めた自覚さえあれば事足れりとするわけではない。冷めてなお「宗教」を求めたところにこそ、白鳥らしさが現れているのである。理知と懐疑は魂の救済のためのものであり、白鳥において、それらがそれ以外の目的に使われたことはない。理知を以て事足れりとする「啓蒙主義者」とは、そこがちがうのである。

白鳥は自分の離教の原因は文化問題にあったと言ったのち、自分の個人的資質もそこに作用したにちがいないと言っている。ほかの人の場合はいざ知らず、自分のような「単純」でない人間は、異国の宗教に思いきって「飛び込」むことなどできなかったというのである。言い換えれば、自分よりもっと純粋に信仰の道に入ることのできる日本人もいるということで、日本人のキリスト教徒全部を偽物だと主張しているわけではない。ただ、文化的に見て、日本人がキリスト教を理解する見込みは少ないだろう、と推察しているだけである。

このような考え方の白鳥が、日本人などの「異教徒」をキリスト教化する「宣教」の必要を疑っているのも当然である。内村鑑三を見るまでもなく、キリスト教を知ったことでかえって生活も思想も不自然になった例を彼は目のあたりにしていた。自然と協和し、自分たちを「不幸」とも感じていない「アフリカ人」をどうして「教化」すべきなのか、そんな必要はないではないか、そう訴えてもいる（「田園雑記」大正九年、一九二〇）。

だが、裏返して、そのような文化的障壁にもかかわらず、どうしてキリスト教に関心をもつに至ったのか、という問いを立てることも出来る。白鳥によれば、四書五経の素読を早くからやらされていた自分にとって、儒教道徳よりもキリストの教えの方がはるかに有難かった理由は、それが「船来」だったからだそうであるが（「私の信条」昭和二五年、一九五〇）、果たしてそれだけだろうか。

白鳥のこのような懐疑的説明は、それをそのまま近代日本の文化批評に応用した場合、大抵の文化現象を説明できるものである。しかし、それだけで済むものでないことも、また明らかなのである。白鳥がちがう時代に生れていたら、彼の言うようにキリスト教には向かわなかっただろうけれども、それに代わる精神的な糧をやはり求めたにちがいない。彼の「キリスト教」との出会いは歴史の偶然であったかもしれないが、彼の精神的渇き、霊的な欲求までも偶然の名の下に片づけるわけにはいかないのである。内なる渇きは歴史を超えて現れる普遍的、必然的なもの。この普遍面を見失うと、白鳥を理解しにくくなる。

ところで、白鳥の言う文化的障壁とは、具体的には何だったのか。

私は家で我儘に育つてゐて、別に労することも重荷を負ふこともなかつたが、何かしら恐怖心にかられてゐて、さういつたものは、キリストの十字架にたよれば誰でも助かるといふのに心が惹かれた。祖母から地獄の恐しいことを聞いてゐたが、ここへゆけば自分の悩みが取れて、そして天国にゆける、楽な往生も出来るといふわけだ。地獄のせめ苦は仏教であるのに、それとキリストとチヤンポンになつたわけだ。

（「不徹底なる生涯」昭和二三年、一九四八）

すなわち、幼少期に祖母から授かった「仏教」によって、彼は「舶来」のキリスト教を「裏づけ」た、それによってキリスト教がかえって見えなくなった、というのである。

なるほど、彼のキリスト教観を見れば、そこに仏教的、日本仏教的な理解の仕方が見える。日本仏教は宗派によって異なるとはいえ、一般に流布している仏教は「往生」を目的とするもので、極楽浄土へ行けるかどうかが救済の基準となってきたのだが、白鳥のキリスト教観にも、たしかにそうした見方が色濃くあらわれているのである。

白鳥によれば、宗教とは死後の世界を思うことであり、死を考えることであり、それによって「安心」を得ることであり、そこから振り返って如何に生きるかということになる。このような考え方はキリスト教にもないわけではないが、キリスト教の本質は何と言っても「愛」であり、それ以外は二次的なものである。白鳥のキリスト教観は一種の往生観であり、その点で極めて日本仏教的と言わざるをえない。

しかしながら、ここでも白鳥がそういう自身のキリスト教観を「日本的」だと気づき、だからこそ自分にはキリスト教が身についていないのだと判断していることが重要である。そうした自覚が可能となるには、そうではないキリスト教、すなわち自分の理解を超えたキリスト教が垣間見られていなくてはならないはずで、そうなると、その垣間見られた超＝日本的なキリスト教が何であったか、ということが問題になる。では、彼が垣間見たキリスト教とは、どういう特徴をもつものだったのだろうか。

彼の見たキリスト教の特徴は、第一に、ほかの宗教にはない「苛酷」さである。白鳥は聖書を熟読し、キリスト教は必ずしも平和をもたらす宗教ではないと思っていたのであり、「非戦論」を唱えたトルストイや内村鑑三は、当人はキリスト教精神に基づいて平和を唱えているつもりでも、この宗教から非戦論は導かれないと見たのである。

キリスト教の神は「怒れる神」であり、正義の神であって、地上に「平和」をもたらすものとはかぎらない。福音書に登場するイエスにしても、なるほど「平和」を唱えはしたが、神聖なる寺院が商人たちに汚されているのを見れば暴力を振って怒りをあらわにしているし、たとえ「汝の敵をも愛せ」と言ったにしても、律法学者たち（正統ユダヤ教徒たち）や不信心者に対して容赦ない非難を浴びせ、聖都エルサレムについては、その全面破壊を予言しているのである。そのようなイエス自身、「自分は平和をもたらしに来たのではなく、剣（＝戦争）をもたらしに来たのだ」と言っている。そうしたことを見るにつけ、白鳥はどう見てもこの宗教は「平和主義」ではないし、またそれを抜きにしてこの宗教を考えることはできない、と考えたのである。

すなわち、「苛酷」さを抜きにしてキリスト教を考えることはできない。それどころか、この「苛酷さ」こそがこの宗教の本質をなし、魅力にもなっていると彼は考えた。自分のように「迫害」や「殉教」におののきを感じる者は、到底この宗教に入ってはいけない、それが彼の正直な見解だったのである。
「殉教者」にならなければ本当の信仰の証は得られないという考え方は、福音書のイエスの言葉に由来する。「公」に自分への忠誠を示さない者を、自分は「天の神」の前で推奨しない、となるほどイエスは言っているのである。だから、真実のキリスト者は、神のためなら火あぶりに処されても嬉々として死んでいかねばならないことになる。このような考え方には到底ついていけないし、第一それが本当に宗教的なあり方なのか、それさえ疑問だというのが白鳥なのである（「読後の疑惑」昭和一六年、一九四一）。必ずしも理知の立場から言っているのではなく、彼自身の宗教観からそう感じて言う。殉教は一種の自己満足ではないか、本当の信仰は別のところにあるのではないか、そういう疑問が彼にはつねにあったのだ。

同じような疑問は、白鳥より後代の作家で、「カトリック作家」として名の通った遠藤周作（一九二三〜九六）においても生じている。遠藤は小説『沈黙』（昭和四一年、一九六六）においてこの問題をあつかっているが、迫害を受けたキリシタンが「転んだ」ことについては、白鳥とちがって同情的な見解を示している。たとえ「転んだ」にしても、「転ぶ」人間の弱さを許してくれる優しさをもつのがイエスではないのか、という立場である。十字架において人類の罪を贖《あがな》ったイエスが、人間の弱さをそこまで憎むはずがあろうか、きっと許してくれるだろうという立場である。

なるほど、福音書を読むかぎり、イエスは貧しい人、弱い人に対して深い同情心、優しさを以て接している。しかし、同じイエスは自分を「公」の場で裏切るような人間については、これを単に弱い存在として許すどころか、厳しく非難したのである。仮に、何事も許してしまうような柔和なだけのイエスであったなら、キリスト教そのものが台なしになってしまうだろう。キリスト教のキリスト教たる所以は、優しさではなく「愛」であり、「愛」と優しさとは異なるのである。

白鳥は、そのことをしっかり見ていて、この宗教を「苛酷」であると言った。自分はそれにはついていけないが、だからといって、キリスト教に説の変更を迫ったりするべきではないと考えたのである。

そこが遠藤とちがうところで、遠藤はイエスをことさらに「優しい人」と見なそうとし、それによってこの宗教と自分との折り合いをつけようとした。そのような遠藤の態度は、白鳥にすれば必要以上にキリスト教を日本化するものであり、そういう折衷的態度を彼は最初から拒んだのである。そこまでしてなおキリスト教徒でいようとするのは、一体どういう魂胆か。白鳥なら、そう言って、遠藤を叱責したであろう。

性に関して

近代日本人がキリスト教徒になりにくい文化的障壁は仏教的伝統ばかりではない。白鳥自身経験したように、深く染み込んでいる江戸文化はもう一つの障壁である。

白鳥の場合、江戸文化とは江戸文学ばかりでなく歌舞伎、寄席であった。彼の生活にとって、これらはなくてはならないものであったが、キリスト教との両立は難しかったのである。「キリスト教は芝居を見てはいけない」というのはつらかった、と述懐している。

近松を愛読し、心中物を読む、陶酔する。これはキリスト教に陶酔するのと違つて両立しない。

（「不徹底なる生涯」）

江戸文化がキリスト教道徳と合わないのは、とくに性に関する点であろう。白鳥は幼少のころから女性を恐れ、性を嫌悪していたから、キリスト教の清教徒的禁欲主義は彼の性向にかなっていたはずではある。が、そうであっても、馬琴の「美少年録」のようなものを読み耽っていた彼は、性に関して江戸文学以外からモデルを得ることはできなかったのである。

西洋文学を知りはじめ、岡山の宣教師学校で西洋女性を垣間見る機を得、神聖なる女性という新たな見方も芽生えつつはあったが、そうしたものが完全に身についていたわけではない。一八歳で上京すると、そこには江戸時代の名残をとどめる遊廓があり、知人や学友たちは平気でそういうところへ通っている。そういう彼らをはじめは軽蔑していた彼も、いつしか同じ「悪習」に染まっていったのである。

社会環境がそれを許していたのだから、かくべつな罪の意識もなかったにちがいない。それを罪悪視するキリスト教の方が無駄な足かせだと思えても、おかしくはなかったはずである。しかし、白鳥の場合、それを単なる足かせと感じることはできなかった。宗教的煩悶が性の意識と連関していた彼において、キリスト教を捨てれば人生が享楽できるというわけにはいかなかったのである。

いまだ人生の現実を知らず勉学に明け暮れしていれば済んだ「未成年」時代は、キリスト教という

「舶来宗教」に没入し、内村鑑三に夢中になり、植村正久に心を許していることが出来た。しかし、現実社会に生きる「大人」になると、それまでの夢は冷め、情熱は失せたのである。「異国の宗教の信仰に入る時には、青年らしい潑剌清新《はつらつせいしん》な心理活動があつたであらうが、離れる時には、なしくづしにだらだらと離れた」という彼の言葉には（「私の履歴書」昭和三一年、一九五六）、現実を知った人間の幻滅感が宿されている。

幻滅は白鳥の文学を特徴づけるものであるが、それは性の問題と関係があった。白鳥はぼんやりとしか言っていないが、「現実」を知ったということと「性」を知ったこととは無関係ではあるまい。自分のキリスト教離れには「東京生活にもなれてしまつて、女性関係のこともあつた」とあるように、キリスト教離脱は「女性関係」に起因していたのである。

多くの人にとってそうであるように、異性との遭遇は人生に「夢」を与えると同時に、「現実」に目覚める糸口となるものである。異性との関係がどういうものであるかによって、人生観そのものが決定される場合さえある。もともと女性忌避の傾向の強かった白鳥は、近松門左衛門の色っぽいせりふを暗記して喜んだにしても、早稲田の学生たちが「吉原通ひの青春的自慢話」などをするのを聞くと「嘔吐」したくなるような青年であった（「空虚なる青春」昭和三〇年、一九五五）。岡山時代に女性への憧れを感じたのはただ一度、アメリカ人の宣教師の娘を見たときのことで、その清楚な美しさに神聖さを感じ、それが自分の「初恋」であったと言っているのである。後にも、フラ・アンジェリコの「受胎告知」の絵に感動し、永遠の処女を女性のもっとも美しい姿と夢想している（「これも幻影か」昭和二八年、一九五三）。そういう白鳥が異性という「現実」に触れ、女性と交わることになったとき、どういう変化が起こったか。長年の夢が消え果て、純潔願望も潰《つい》え、幻滅以外に何も残らなかったのではないだろうか。

十代の少年でもないのに、そこまでうぶであったのかと訝かる人もあるだろう。異性との交わりがさほどの幻滅を引き起こすものか、と疑う人もあろう。しかし、彼の幼いときからの性に関する思想形成を思い出してみるなら、そうした幻滅も納得がいく。呪いにも近かった祖母の性への禁圧は、幼少の彼に深く刻まれていたに相違ないし、はじめて読んだ江戸文学のグロテスク趣味も、彼の幼い神経を傷つけていたのである。

結婚したのちも、白鳥はずっと性に対して嫌悪感をもちつづけたかもしれない。妻と二人の海外旅行で、パリのホテルに大きなダブル・ベッドがあったりすると、それだけで嫌な感じがしたとある（「髑髏と酒場」昭和六年、一九三一）。当時の性道徳一般からすれば夫婦用のダブルベッドは不慣れだったかもしれないが、同じ日本人がすべて似たような嫌悪感をいだいたであろうか。

白鳥は自身のそういう面に気づいて、自分は「動物的ノイローゼ」なのだろうと言い、「青春」らしい「青春」を生きなかったとも言っている（「回顧録」昭和三二年、一九五七）。しかし、他方ではそういう自分の生き方に、かえってすがすがしさを感じるとも言っているのである。純潔志向、処女受胎志向は生涯まとわりつき、それを肯定的に考える一方、それに徹しきれず、異性関係をもったというのが実情である。なるほど彼の人生は、自身でも言っているように「不徹底」ではあった。

しかし、逆に言えば、そのような矛盾のなかに身を置いて、なお人生の解決を求め、死においてのみ生を検証しようとしたのが白鳥だということであろう。そうであるなら、まことに奇妙な、しかし意味深い思想の持ち主だったとも言えるのである。白鳥の「不徹底」は彼が凡人であったことの証拠となるが、彼のように「凡人」に徹することは「非凡」なことではないか。白鳥には凡人に徹する非凡さがあった、そう言っても逆説を弄することにはなるまい。

愛の欠如

白鳥は結婚前の青春時代、具体的にどのような女性関係をもったのか。その点について彼が書いたものは極めて少ない。なかば小説的な評伝、「近松秋江」（昭和二五年、一九五〇）にかろうじて窺うことが出来るだけである。

前にも述べたように、近松秋江は白鳥同郷の士で、早稲田で出会った唯一の友人である。白鳥の女性関係の発展において一定の役割を果たしえた唯一の人物、そう言ってよい。秋江は白鳥の女性付きあいの指南役。白鳥は秋江の女性関係をつぶさに観察し、それに習うようにして女性との関係をもったのである。

「近松秋江」によると、白鳥は読売新聞社に勤めるようになったころから女性と交渉をもち始めたようである。女性と言っても商売女で、「悶々の情に堪へず」して「遊廓」「場末の芸者」あるいは「浅草の十二階辺の売淫窟」へ出入りしたとある。秋江も似たような女性交渉をもったはずだが、一度惚れたら深く惚れ抜く彼は、淡泊な白鳥とちがって必ず恋愛沙汰になったのである。

秋江が惚れた女と結婚し、その女に逃げられ、しつこく追い回した挙げ句にとうとう諦めたという経緯を白鳥はつぶさに見ている。その女から相談を受けるほど親密な関係にもなっている。しかし、決して恋愛沙汰に巻き込まれない（風をする）のが白鳥で、万事において秋江とは対照的だったのである。

秋江は二度目の結婚では子を授かり、その子を溺愛して親馬鹿ぶりを示している。その点でも白鳥と対照的で、第一、白鳥には結婚しても子ができなかったのである。子なしの夫婦は傍から見れば文壇の「オシドリ夫婦」であったが、白鳥夫妻にどういう男女関係があったか。色事、とくに家庭のことは秘めつづけた白鳥であるから、ほとんど何も知ることが出来ない。

白鳥が近代日本文学のなかでもっとも高く評価した作家といえば島崎藤村であるが（小林秀雄との対談「大作家論」昭和二三年、一九四八）、藤村と白鳥を比べたとき、生そのものから疎外された白鳥の特徴はよりいっそうはっきりする。藤村は、初期の詩にしても、その後の小説にしても、女性を描くことにおいて特異な才能を示している。客観的に、あるいは心理的に描くというのではなく、女性に対する「愛」が言葉の一つ一つから溢れ出る書き方なのである。狂気に悩む姉のことを書いた『或る女の生涯』（大正一〇年、一九二一）など、女性を描いた近代日本文学の傑作といえる。白鳥には到底真似のできない書き振りで、藤村の作が潤いに満ちた果実であるとすると、白鳥のは、どれも渋柿か干柿である。

白鳥にも女性を描いた作品はあるが、「愛」が感じられない。男性を描く場合もそうであるから、白鳥という人はおよそ人を「愛」することができなかったのではないかと思われる。例外は彼の家族を描いた作品群で、父や母や弟たちを描くときは愛情らしきものが覗く。乾いた、抒情抜きの書き方ではあるが、「愛」と呼べるものが表現されている。

いわゆる女性への愛といったものは、この作家によって表現されたことはない。藤村と比べたときそれが顕著で、そういう白鳥が近代作家のなかで藤村を高く評価したということは、単に小説がうまいというような技術的なことではないのである。その藤村は白鳥を評して、「人を愛せずして人に愛せらるる人」と言ったそうである（「青春らしくない青春」昭和二二年、一九四七）。白鳥はそれを聞いて、藤村の言の少なくとも前半は当っていると言っている。「人に愛せら」れているかどうかは別として、少なくとも「人を愛する」人間ではない、と自ら認めたのである。

そのことと、白鳥自身が同じ文章中で言っている次の言葉とは関連があろう。

私の作品には……詩がないのである。私は音楽が好きである。詩が好きである。……にもかかはらず、私は自分の書いたものには詩を欠いてゐるやうに思つてゐる。甚だしく散文的である。詩のない私の作品には愛もないと云つていい。（「青春らしくない青春」）

つまり、白鳥は「愛」と「詩」を密接するものと考え、自分にはそのどちらも欠乏していると言っているのである。自身の弱点を嘆いているわけではない。事実だから仕方がない、と認めているのである。

そもそも「生からの異邦人」である彼に、いかなる「詩」が可能であったろうか。「詩」に充ちた藤村は「愛」に充ちていたが、そういう藤村を優れた作家と見なしていた白鳥は、自身の根源に何か重要なものが欠けていると痛感していたにちがいないのだ。

ところで、先の引用で「詩」と「愛」の関連について白鳥が言い及んでいるのは、藤村を論じるためではなく、キリスト教を論じるためである。自分には「詩」も「愛」も欠けていると述べたすぐ後でキリスト教の本質に触れ、この宗教は畢竟「愛」の宗教であると言っているのである。その証拠として彼がもち出すのは、「コリント前書の第十三章」の次の一節である。

たとひ我もろもろの国人の言葉および御使の言を語るとも、愛なくば鳴る鐘や響く鐃《どら》の如し。たとひわれ預言する能力あり、又すべての奥義と凡ての知識とに達し、また山を移すほどの大なる信仰ありとも、愛なくば数ふるに足らず、……信仰と希望と愛と此の三つの者は限りなくのこらん。しかしてそのうち最も大なるは愛なり。

これを引いたうえで、あらためて自分が「愛」に乏しい人間であり、したがってキリスト教とは「縁なき衆生」であると告げる。そこからも分かるように、白鳥はキリスト教を決して自己流で解釈せず、自分には及ばないものとして理解していたのである。

そこまで理解していたのなら、キリスト教から遠ざかったのは勿体なかったという気もするが、そここにこそ彼の誠実があったと見るべきだろう。キリスト教を手なずけて、自分にとって都合の良いものに仕立て、これを信奉するという虫のいいやり方を、彼は好まなかったのである。白鳥には、つねに自身とは異なるものについての認識があり、その認識は自身の立場を限定するものであったが、それによってはじめて他者への尊敬も本当に生まれ出た。間違っても自他を同一視し、自他一体感に溺れたり酔ったりすることのない人だったのである。

以上、白鳥のキリスト教体験を概観してきたが、キリスト教を知ったことで白鳥は一体何を得たのだろうか。次の文章は、何らかのヒントになろう。

未見の土地を巡遊して残生を送りたいとよく考へてゐた。海外の地図をも屢々《しばしば》注視してゐた。長崎島原などを経て、薩南の湯の町揖宿《いぶすき》に暫く居を定めて見たいと思つたこともあつたし、日向の茶臼ケ原の孤児院を訪ねて見たいと思つたこともあつた。その孤児院には、少年時代の彼を愛撫して、基督の道を単純平明な言葉で伝へた昔の田舎牧師が老後の生涯を送つてゐる筈なので、高山（作品の主人公で、白鳥自身と重ねてよい）はお互ひがこの世に生きてゐる間に、一度その牧師に会ひたいと思つた。「二十何年先生にも御無沙汰をして世のなかを渡つて来ましたが、肝心なことはつまり何も分からないで、分からないじまひで私も一生を終りさうです」と云ひたかつた。昔でさへ頭髪が薄くつて痩せさらばひてゐたかの牧師の今の有様はどんなであらうか。顔に似合はない鳩のやうな柔和な目付は、高山の記憶に今も親しみをもつてハツキリ残つてゐる。

（「人さまざま」大正一〇年、一九二一）

これを読むと、行き場のない、宙をさまよう魂であった白鳥は、時としてキリスト教に最後の行き場を求めていたかに見える。しかし、キリスト教を離れたことで「のびのび」出来たという面もあり、この宗教のせいで悩みが増したということもあって、彼の心が本当に宗教に安住を得ようとしていたのかどうかは分からずじまいなのである。

もっとも、晩年のインタビューでは次のように洩らしていて、やはりこの人はキリスト教に最後まで惹かれていたのだとも思われる。

僕にとつては、キリストといふのはもう特別扱ひだ。……道徳なんかどうでもいい、なにをしようとも、最後には神様が救つてくれて、長いあひだ苦労をさせた、気の毒だつた、いまはもう大丈夫だ、私のはうにきなさいといつてくれるといふことが黙示録の最後に書いてある。僕はこれはありがたい教へだと思つてゐる。

（「文学八十年」昭和三四年、一九五九）

つまり、キリスト教が格別な宗教であることを力説しているのである。臨終間際に妻に頼んで植村正久の娘、植村環牧師を呼んで救済を求めたのも、老いてもうろくしたからではなく、死に怖じ気づいたためでもなく、信仰を求める心が青春時代から消えずにあったからだと言うべきであろう。白鳥はキリスト教という宗教にはついていけず、自分は信徒にはふさわしくない行動と思想の持ち主であると判じていた。しかし、他方でこの宗教に真実の救済を求めるという気持もありつづけ、最後まで迷ったのである。そういう彼の思いは、歳とともに率直な形で表に出るようになっていったようである。死ぬ三年前に、次のように言っている。

つまり、それはキリストが、最後に救つてくれるといふことだ。どんなことを自分が一生したとか、そんなことはどうでもいい。キリストは最後には雌鶏がヒナをかばうやうに自分のふところに入れてくれる。さういふ事をずつと（僕は）考へてゐる。僕はよくキリストを捨てたと言はれてゐる。事実教会に行くことは止めたけれども、さういふ気持はいつも頭に湛《たた》へてゐるのだ。いい年になつたつて、さういふ気持はありがたいものだと感じがする。

（「文学八十年」）

「キリストが、最後に救つてくれる」とはっきり言っているのであり、そういう彼が三年後臨終に及んで植村環牧師を呼んだとして、何の不思議もないのである。白鳥の「回心」などと大袈裟に言うべきではない。単純な童心に帰る瞬間が彼にもあったということである。

第四章　結婚と成熟

1　作家の誕生

早稲田から読売へ

白鳥が文学活動を始めたのは早稲田の学生のときである。学内では逍遥に演劇の見方を教わり、抱月の感化を受け、学外では内村鑑三の独特の文芸批評に接し、おかげで批評家として世に出ることができたのである。すなわち、明治三四年（一九〇一）、泉鏡花の「註文帳」についての批評を書いて、それが「読売新聞」紙上に発表された。のちに読売新聞に勤め、学芸欄で美術・演劇・文芸そのほかの批評を担当するようになったのも、このときの経験が生かされたからにちがいない。

もっとも、早稲田を卒業して、そのまま読売新聞入社というわけではない。最初の勤め先は早稲田出版局、そこで毎日編集と校正に明け暮れた。人生が面白くないと思いはじめたのはこのころのことで、キリスト教との縁も薄れていったが。せっかく批評家として世に出たのに、「講義録」の整理・編集など雑務に追われ、思ったような文学生活ができなかったのだ。

そういう彼の心を支配したのは、生涯つづくことになった幻滅感である。キリスト教熱が醒めたことから来る失望感で、眼前に繰り広げられる日常のすべてが、味気ない、つまらないものに映った。かといって、現実を打破する気力はもとよりない。無為の日々がつづき、生来の形而上学的疑問に鈍《にび》色《いろ》の雲がかかった。

もちろん、倦怠や虚無のすべてを個人的問題に帰することはできない。明治三〇年代といえば日清戦争も終わり、維新以来の革新の流れがとどこおって軍国日本の体制が固まっていったときである。伝統文化が衰退する一方、近代精神が根づかないという中途半端。そのような状況で社会全体が無気力に陥り、それが白鳥の精神にも伝染したのである。「寂寞」に始まって「何処へ」にいたる彼の初期作品には、そうした時代特有の空気が、生きる目標を失った人々とともにあらわれている。

出版局での仕事はつまらなかったが、その間に田山花袋と知り合ったのは収穫である。キリスト教への情熱が醒めたころ花袋のような文学熱に燃えた青年と出会ったことは、白鳥に新たな展望をもたらした。花袋その人も面白かったが、彼をつうじてモーパッサン（Guy de Maupassant, 1850–93）やバルザック（Honoré de Balzac, 1799–1850）、フローベール（Gustave Flaubert, 1821–80）といったフランスのリアリズム作家を知ったことが大きい。味気なくつまらない現実であっても、それをしっかり捉えて描けば文学になるという確信が、これらフランス作家を知ることによって生まれたのである。

出版局の仕事は一年ももたなかったが、裕福な家に生まれた白鳥は生活のために労働する必要を感じなかった。つまらなければ、退職。その後およそ一年間、好きな文学修業に専念した。

修業の内容は西洋文学の翻訳、それをとおしての西洋文学の主題追求と描写法の習得であった。ゴルキーの短編など数編を訳し、文章作法、作品構成などを学んだ。一九世紀の西洋作家がどのように彼らの日常と社会的現実とを描いたか、それを学ぶことで、自分も何か書けるのではないかという気がしてきたのである。

白鳥にかぎらず、近代日本の文学者の多くがこのような道をたどって作家になった。西洋文学の「翻訳」は文学修業の常道であり、近代日本文学においては「王道」なのである。二葉亭四迷（一八六四～一九〇九）や森鷗外（一八六二～一九二二）はもちろん、硯友社の尾崎紅葉にしても西洋文学を翻訳したり翻案したりして自らの文章と作風を築いている。現代作家でも、たとえば村上春樹（一九四九～）のようにアメリカ文学を翻訳することで自らの手法や思想表現を得ている例があり、日本近代文学は西洋文学の翻訳・翻案なしには成り立たないとはっきり言えるのである。

さて、一年間の修業期間を経た明治三六年（一九〇三）、白鳥は読売新聞社に就職した。すぐに学芸欄で文芸・美術・芝居などの批評を担当することになったが、そのときたったの二五歳。当時大学で文学を修めた者は少なかったから、少しでも才能があれば、若年でもやり甲斐のある仕事につけたのである。

学芸欄の仕事は白鳥にとって勉強になった。観劇、美術館通い、あるいは新進作家の文章を次から次へ読む。眼と頭が鍛えられ、新聞にふさわしい作文の鍛錬にもなったのである。のちに白鳥の文章は近代日本散文の一代表として評価されるようになるが、平明で意を尽したその透明な文体は読売時代の批評活動に培われたといえる。彼自身、自分にはジャーナリズムが染みついていると言っているのである（「不徹底なる生涯」昭和二三年、一九四八）。

批評の仕事は確かに勉強になったが、それ以外にも、暇さえあれば白鳥は勉強した。読売に勤めてから間もなく日露戦争が勃発し、この戦争を機に新たにロシア文学熱が沸騰したが、その流れを受けて彼もロシア文学に熱中したのである。とくに好んだのはチェーホフで、この作家の短篇をいくつか英語から訳し、その過程で彼は「幻滅」を表現することの文学的価値を発見している。自らも創作者としてこうした心境を吐露してみたい、同時代の社会に充満しているこの空気を表現したい、そのような思いをいだくようになったのである。

すでに日本では民友社系の国木田独歩（一八七一～一九〇八）が「欺かざるの記」（明治二六年、一八九三）のような告白文学を発表し、それが評判になっていた。心に秘めた思いを率直に表現することで文学が生まれるという風潮は、文学青年たちにひろがっていた。こんなのが「小説」なら自分でも書けそうだ、そういう思いは白鳥にもあった（「我が生涯と文学」昭和二一年、一九四六）。そこで書いてみたのが処女作「寂寞」なのである。明治三七年（一九〇四）、雑誌「新小説」に発表された。

作家の誕生

処女作「寂寞」は芸術を志す小心な青年の鬱屈した気分を映したものであるが、文体に伸びがなく、筋も中途半端で、今日から見て文芸的価値があるとはいえない。それでも何か価値があるとすれば、「生の無意味」を主題にしている点であろう。白鳥の長い文学人生の全過程を貫く主題の、最初のあらわれがこの作品である。それ以外に、この作品に価値を見つけることは難しい。

「寂寞」を発表したことで白鳥が文壇付きあいの幅を広げたことは大きい。明治三八年（一九〇五）、岩野泡鳴（一八七三〜一九二〇）と知り合ったことはことに大きい。泡鳴は「自然派」の論客、西洋文学理論を貪欲に学ぶだけでなく、現実描写において一家言をもっていた。この人と知り合うことで、白鳥も現実描写に徹する作家となる決心がついたのである。

もっとも、作家になったといっても駆け出しである。勉強家の彼はツルゲーネフ、レールモントフ、チェーホフらの作品を読みつづけ、文学者として身を立てる努力をつづけていった。当時の文学青年は白鳥にかぎらず一九世紀ロシア文学を愛好したが、この文学が旧世代と新世代のはざまで右往左往する群像を描いて余すところなく、過渡期の社会の「所在なき魂」のやるせなさを見事に形象化していたことが大きい。白鳥はロシア作家の描く「余計者」に注目し、現実生活に幻滅していた自身をそれに重ねたのである。

当時は文学における世代交代の時期で、明治二〇年代後半に一世を風靡していた硯友社の尾崎紅葉が明治三六年（一九〇三）に他界した。漱石の「吾輩は猫である」が注目されたのは明治三八年（一九〇五）、藤村の「破戒」や花袋の「蒲団」が登場したのはその翌年のことである。そうした新しい流れのなかで、白鳥も自身のリアリズムを世に問うことになった。その結果が、処女作「寂寞」よりはるかに完成度の高い、「塵埃《じんあい》」（明治四〇年、一九〇七）の誕生である。「塵埃」という作品は、つまらない現実を生きる人間のやるせない気分を浮き彫りにした好短編である。全体に色調が暗く、希望の光の見えないままに社会の片隅に追いやられていく生がしっかりととらえられている。少しの感傷も交えず、冷たく描写するその手法と制作態度は、すでに後年の白鳥のものである。

作品の背景にチェーホフがあったことは間違いないだろう。チェーホフ的厭世気分が日露戦争当時の日本社会の現実とマッチし、それが作品に陰翳を与えている。チェーホフの息苦しいほどの生の呻《しん》吟《ぎん》は聞こえないし、チェーホフ特有の沈痛な重みもないが、かわりに「無力感」あるいは「惰性」が適確に表現されている。内容と文体が一致し、白鳥もようやく作家になったことを感じさせる。

「塵埃」で好評を得た白鳥は創作に自信を得たようで、次から次へと短い作品を発表していく。「玉突屋」「何処へ」「五月幟」「二家族」など、いずれもが四一年（一九〇八）の作である。これら初期小説は、描かれる対象が無聊《ぶりょう》をかこつ都会のインテリ青年であったり、目立たぬ社会の一隅で下働きする少年であったり、地方の漁村の鬱屈した若者であったりといろいろであるが、根底に「塵埃」以来の暗い色調と無力感が漂って、一つの「気分」の表現となっている。

もっとも、これらの作品、当時は世間的に評価されたが、今日から見てさほど文学的価値があるとは思えない。リアリズムに目覚めた作者が、できるだけ現実社会を客観的に描こうと努めたのは分かるが、人物描写が平板で、心理的穿《うが》ちがなく、背景となる社会の骨格も見えて来ないのである。とくに人物の心情の吐露はうつろに響き、読者に迫るところがない。小説というジャンルはこの作者には向かなかったのではないか、とさえ思われるほどである。
欠点の一例を、たとえば「何処へ」(明治四一年、一九〇八)の主人公の独白に見たい。

近松や透谷の作を読んで泣き、華々しいナポレオンの生涯に胸を躍らせた時分は、星は優しい音楽を奏し、鳥は愛の歌でも読んでゐたのだ。しかし不幸にも世が変つた。何が動機か幾つの歳にか、自分にも更に分らぬが、星も音楽を止め鳥も歌を止め、先祖伝来の星冑《ほしかぶと》も白金の太刀も、威光が失せて、自分には古道具屋の売物と変らなくなつた。

初期作品の代表格と目される作品であり、時代の虚無的空気をよく伝えているとも言われるのに、言語に冴えがない。「星は優しい音楽を奏し、鳥は愛の歌でも読んでゐた」とは余りにも平板、陳腐。読者を引き込む力がないのである。
「主義に酔へず、読書に酔へず、酒に酔へず、女に酔へず、己れの才智にも酔へぬ身を、独りで哀れに」感じるという主人公の言うことは、理屈のうえでは納得できる。しかし、「自分で自分の身が不憫《ふびん》になつて、睫毛《まつげ》に一点の涙を湛へた」とあっても、その涙が空涙に見えてしまうのである。作者が主人公を外から観察し過ぎているせいか、批評家的言辞が勝ち過ぎているためか、とにかく「詩情」がないために読者を引っ張る迫力が生じない。「詩人」的要素が欠けるということは、詩においてのみならず、小説の世界にあっても欠点なのであろう。

むしろここで問うべきは、そのように小説として未熟なものが、どうして当時の文壇には歓迎されたのかということであろう。私見によれば、「小説」に対する基準が甘かったのである。現実をありのままに写すことさえ出来ていれば、それで合格だったのではないか。これでは面白い小説があらわれるはずもない。

明治四二年（一九〇九）に発表された短編「地獄」は、それでも注目したい作品である。この作品が書かれたころ『白鳥集』なる単行本が出ているが、そこに集められたどの作品よりも、この作品の方が興味深い。幼少時から白鳥の心の奥深く巣喰っていた生への恐怖と言うべきものが、思いきって幻想風に表現されているのである。

現実社会をいくら写しても得られなかった超現実の次元が、この作品においてあらわれている。当時評価された痕跡はないが、今日から見れば、白鳥文学の真の誕生はここにあったとさえ言えそうである。こういう作品を書くことが出来るようになったのは、作者の精神に余裕が出来たからであろう。社会や自分の現実を写すばかりが能ではないという認識が、ようやくもてるようになったのだ。こんな作品が書けるようになった白鳥は、もはや「自然派」とは言えない。

読売退社

明治四二年（一九〇九）、白鳥は思いきって休暇を取り、関西に遊んだあと、久しぶりの帰郷を果たした。「故郷に錦を飾る」というほどでもなかったが、自慢の長男が「田舎」の文学少年から脱皮して本物の作家になったのだから、迎える正宗家は喜んだ。

故郷にしばらく滞留のあと東京に戻ったのは、翌年のこと。そのころの文学界は花袋や藤村、泡鳴らの「自然派」が活躍し、白鳥もその仲間の一人と見られていて、作家としての活躍が期待されていた。彼自身、これまでどおり読売に勤めながら文筆活動をつづけよう、そういう思いでの首都帰還であった。

ところが、読売新聞社からいきなり退社勧告が出された。白鳥によれば、「自然派」と目された自分が社内にとどまっては「読売＝自然派」というイメージができ上がってしまうので、それを社が危惧したからだという（「文壇的自叙伝」昭和一三年、一九三八）。だが、真相はどうであったか。勧告を受けた白鳥は、それならそれで構わないとあっさり受け入れ、筆一本の生活が始まったのだが。

評伝作者後藤亮によれば、この退社勧告は日露戦争に対する積極的支持を打ち出さなかった白鳥の記者としての態度を、社が気に食わなく思ったからだという（『正宗白鳥　文学と生涯』一九六六）。活気溢れる明治初期のジャーナリズムならともかく、当時のマスメディアが白鳥の歯に衣着せぬ言辞をもはや歓迎しなくなっていたということは大いにありうる。時代は保守化し、批判精神は枯渇し、石川啄木（一八八六〜一九一二）のいわゆる「時代閉塞」が始まっていた。白鳥の読売退社は、そういう意味で時代を象徴するものだったと言えるのである。

退社によって白鳥が失意のどん底に陥った、ということはない。東京生活、記者生活が嫌になっていたというのは本当だった。もともと世の中への不満をストレートにぶつけることをしない彼として、一方的な退社勧告を憤るより、退社によって自由時間が多く得られたことを喜んだのである。作家として世に認められ、金銭にも余裕があったことは大きい。

ところが、実際に筆一本で生きていくとなると、大変であった。何よりも、自分と向き合う時間が多くなって閉口したのである。持病の胃弱と不眠がひどくなり、「徒労」「微光」（明治四三年、一九一〇）を発表して評判を得たにしても、毎日がしんどかった。いわゆる「閉塞感」にとらわれ、毎日が無感動になったのである。

そんなときである、結婚でもして、新しい生活を始めようと思ったのは。結婚して家庭をもつことを嫌っていた彼が、結婚を決意するようになったのである。一体どういう心境の変化か。新婚直後に書かれた「泥人形」（明治四四年、一九一一）が、その答えを示している。

心の底では柔かな愛情が欲しかつた。浮いた色恋でない穏やかな情愛の中に、疲れた荒れた心を休ませたかつた。（「泥人形」）

「浮いた色恋」よりも、「穏やかな情愛」を欲したのである。

2　結婚

愛は何処に

明治四四年（一九一一）、白鳥は三三歳でとうとう結婚に踏み切った。相手は、甲府柳町の油商、清水徳兵衛の娘つね。見合い結婚であった。

二人は白鳥の晩年まで文壇のむつまじき夫婦として知られたが、全集本などに折り込まれた写真を見ると、妻つねが美人で気丈に見えるのに対し、白鳥は貧弱で圧迫されて見える。夫婦というより、別々の人が関係なく立っているという印象さえ受け、写真からは親密な関係が見えてこないのである。

白鳥夫婦（昭和４年10月21日）
たがいに全く異なった方向を視ている

当時作家が妻と並んで写真を撮られることは少なく、白鳥はカメラの前で緊張したのかも知れない。しかし、それならどうして一緒にカメラの前に立ったのか。この夫婦の関係、評伝を書こうとする者の興味をそそる。

白鳥の臨終を見守る妻の「病床日誌」（昭和三七年、一九六二）を読んでも、二人そろって長期にわたる欧州旅行を敢行したことから考えても、夫妻が深い縁で結ばれていたことは間違いない。では、写真におけるあのよそよそしさは何なのか。白鳥が大変な照れ屋で、自身の親密な感情を外から見られることが大嫌いだった、という答えで十分だろうか。

一般に白鳥はカメラの前だけでなく、誰の前でも無愛想、ぶっきらぼうを装っていた。親友であったはずの近松秋江に対してさえ、真の友情らしきものをあからさまには見せたがらなかった。そういう彼を、島崎藤村は「人を愛さず、だれからも愛される」と評しているが、「愛」がまったくない人が「愛」されるはずもない。白鳥において、「愛」は極めて屈折した形でのみあらわれたと考える方がよいのであろう。

本当は人並みに愛を欲していたかもしれないが、生来の天邪鬼《あまのじゃく》であった彼は、人を愛することを恐れたのであろう。天邪鬼は仮面であって、心に傷を受けることを恐れるあまり愛を遠ざけたにちがいない。あるいは、愛をしりぞけることで、有言不実の人であることを免れたかったのかもしれない。何事にもネガティブに対処することで、自分が痛手を被ることを避けえただけでなく、人に迷惑の及ぶことをも避けえたと言えるのである。白鳥には白鳥なりの倫理がある。これを過小評価すべきではないだろう。

しかしながら、「君子危うきに近寄らず」のようなそういう消極的態度も、度を越せば異常なものとなる。愛について固く口を閉ざし、嘘を言わない態度が美徳だとばかりは言いきれまい。愛には日常の現実の枠組みを突破する力があり、現実に引き戻された時点でのみ、それは「嘘」と判断される。白鳥の場合、人知れず愛を求めつつ、それが現実になることを恐れたのであるから、出口のない袋小路に陥っていたと言えるのである。

妻つね

白鳥の妻つねは誰が見ても魅力的で、明朗快活な人であったようだ。美人であったことは写真ですぐ分かるし、なかなかしっかりした性格の人でもあったようだ。白鳥の家を訪ねた人はこぞって彼女の歓待振りを賞賛し、たとえば小林秀雄は対談で「正宗さんの奥さんはいい奥さんだなあ」と言っている（小林秀雄・正宗白鳥対談「大作家論」昭和二三年、一九四八）。

一体、どういう点が「いい奥さん」だったのか。明朗で、客をもてなすのが上手だったというだけか。彼女についてのエピソードは多くないが、その内の一つ、戦後になって白鳥にラジオ出演を依頼したNHKの女性アナウンサーの思い出話を紹介しておく。

この女性はまず電話で出演を依頼したのだが、そのとき電話に出たのがつね夫人であった。夫人はいきなり「出演料はいくらですか」と聞いたという。単刀直入過ぎるこの対応に、若年だったアナウンサーは困惑したようだ（平野敦子「放送の思い出」、新潮社版『全集』第二巻月報、一九六七）。夫と二人で自分たちの世界を守り抜いてきた女性、そういう女性ならではの健気《けなげ》さ。その裏のない性格が、若年の女性アナウンサーの印象に残ったのである。

裏のない性格ということは、彼女と直接面識のあった後藤亮も語っている。初対面で、しかも電話であったのに、後藤の質問に答えて長々と夫のことを語り、大抵の人が隠しそうなことまでずばずばしゃべったという。応対の仕方の驚くほどの率直さに、後藤は深く感動した（『正宗白鳥　文学と生涯』）。

ＮＨＫの女性に夫人がいきなり「出演料」の話をしたのは、独立経営者の妻として当然のことだったと言える。商家の娘であった彼女は、もともと金銭に鋭敏だったとも考えられるが、金銭問題に厳しい白鳥のような夫に長年寄り添っていたことが、その一番の原因であろう。白鳥自身も、原稿を依頼されるとすぐさま「安かったら書かないぞ」と切り返すことがあったという（後藤亮『正宗白鳥 文学と生涯』）。夫の習性が知らずに妻にうつることもあるし、常日ごろそのような応対をするよう夫からくどく言われていたのかもしれないのである。彼女の率直さも、ひょっとすると人一倍率直だった夫から伝染したものか。

白鳥の金銭に対する執着ということで言えば、妻が書いた「病床日誌」には臨終間際の彼が、「お前はいつも少ししか持っていない」と、彼女が一〇万円の札束を見せても不満を示したことが語られている。そのような夫に妻も慣れていたようで、二人の独特の世界が「日誌」から読み取れる。傍《はた》から見れば滑稽な夫婦であったろうが、どのような夫婦も傍には分からない独自の共通世界を築き上げるものである。そのことについて、白鳥自身さまざまな作品をつうじて語っている。

白鳥には意固地で意地悪な面もあったから、一緒に生活する者がいじけた性格になってもおかしくはない。しかし、つね夫人はそうならずに、偏屈な夫を底から支え、明朗さを失わなかったようだ。なかなかの心意気、太っ腹の女性。甲府という東京に近い地方都市の出身者であった彼女は、東京に馴染んだにはちがいないが、それでも甲州者の根性を保持していたのかもしれない。甲州人の商才と世間智は侮れない、と一般に言われているように。

白鳥は来客を好まない性格であったと言われるが、そういう彼にかわって人をもてなしたのが彼女である。その明朗にして率直な性格は、夫の偏屈をカバーして余りあったにちがいなく、白鳥にとっては世間との貴重な架け橋にもなっていたであろう。もちろん、夫にそれだけの器量がなかったなら、彼女もそうはなれなかったであろうが。

先にも述べたが、白鳥夫婦は昭和三年（一九二八）一一月から翌四年一一月にかけて、一年間の長期にわたって「世界漫遊」に出た。長旅を一緒にすることは親友同士といえども難しく、他人と長く一緒にいることが好きでない白鳥が、よくも妻ひとり同伴させて旅に出たものだと感心させられる。右も左も分らない欧米諸国を一年の長きにわたって一緒に見て歩いたのだから、この夫婦、互いになくてはならない存在だったにちがいない。

白鳥もひとり旅をすることはあったが、国内の短い旅ばかりである。そういう時の暇つぶしといえば、聖書を読むくらいであったという（「ひとり旅」昭和三七年、一九六二）。酒も飲まず、夜遊びもせず、仲間付きあいも嫌いとあれば、長旅は真に心を許せる相手としかできなかったであろう。「洋行」となると、夫人同伴では費用の面でも大変である。にもかかわらず夫人を同伴したのは、一人では不安だったからであろう。ニューヨーク、パリで妻の買い物に付きあう白鳥を想像すると（「女連れの旅」昭和五年、一九三〇）、西洋が女性尊重の世界で、女連れがかえって「便利」だからという理由だけでは片づかない。一人でいるより、夫人の買い物に付きあった方がまだましだ、そういうことであったろう。

ところで、結婚したての白鳥は、「妻の実家でたびたび気ままな婿ぶりを発揮」したという（「ザ・

やまなし」一九九〇・四)。新婚早々、妻やその周辺を素材にして『泥人形』のような作品を書き、そのために妻の親族との間柄が気まずくなったともいう。そういう状況になれば、夫はしばらく甲府に行けなくなって当然だが、そういう夫をかばい、両者のあいだを何とか取りもって、作家の創作意欲を持続させたのも彼女である。持ち前の前向きな性格が、それを可能にしたと言ってよいだろう。

また、「家庭人としての白鳥」は、「生涯、妻のつねなしでは何もできなかった」とも言われている(前出「ザ・やまなし」)。男として、一人の人間として、妻に甘えきっていたのである。もともと世間を遠くから眺め、自分と他人の境目をはっきりつけてきた彼である。容易に他人に心を許さない性格であったはずで、そういう彼がだれかを信頼したとなると、今度は極度の依存心というものも出て来たであろう。彼の妻への依存度は極大に近かった、そう推察される。

キリスト教を早くに捨てていた彼が、歳をとるにつれて再びこの宗教に近づいていったのも、夫人の存在が大きかったようである。後藤亮の質問に答えて、もし彼女が彼に何らかの「感化」をおよぼしたのだとすれば、それは「キリスト教」をおいてほかにない、と彼女は断言している。離教したとはいえ、白鳥は、心のなかではいつもキリスト教を思っていた。戦後になってから妻の方が熱心なキリスト教徒となっていったことの背後には、それを彼女がどう思おうと、彼の存在があったと考えられるのである。

彼女が教会に出かけるたびに彼が駅の電柱の陰でいつまでも帰りを待ち、姿を見ると気づかれぬようにこっそり家に帰っていったという逸話は有名である(正宗つね「病床日記」)。この夫婦の深い関係が見えるとともに、キリスト教が二人を結びつけていたことも見えてくるのである。にしても、電柱の陰で隠れて妻を待つとは滑稽でもあり、異様でもある。自分の感情の奥底は誰にも見せまいという恐怖心の塊のような、白鳥ならではの行動であるが、そうした恐怖の塊をそのままに認めて包みこめるのが彼女だったということでもあろう。生まれつき過敏な感性ゆえに、いかなる反応をも自らに禁じてしまう防衛のメカニズムを背負った男。そういう男を哀れとも何とも思わず、ただそういう人として受け入れて一緒に過ごした女。太っ腹とも暢気《のんき》ともいえるこの彼女の一面が、彼を救ったと言ってよい。

ところで、明治四四年（一九一一）一〇月一四日付で、故郷の父に宛てて自身の結婚を通知した白鳥の葉書は、その表現の乏しさゆえに興味深い。

　拝啓、七日の夜結婚仕候。父は甲州甲府柳町通、父清水徳兵衛にて候。妻の名はつね。右お知らせ申候。

これだけの短い文面で、必要最小限しか記していないところに、感情の湧出を自らに禁じた白鳥という人が髣髴する。もちろん、時代が時代であり、一家の長男が父に婚姻の知らせをするのに私情を語る必要はないのだが、後藤亮も言うように、素っ気なさ過ぎるのである。結婚について懐疑的であったがための書きぶりなのか。同じ父に出した次の書状と比べると、余計に素っ気なく感じられる。

昨夜無事帰京仕候、寒さは余程はげしく候。大坂へは立寄り候が、結婚の儀は当分見合せること
と致し候、小野氏へは小生より一寸知らせ申すべく候。

（明治四三年一二月二四日、正宗浦二宛）

「泥人形」か
「毒婦」か？

白鳥が結婚当初どれくらい結婚に対して懐疑的であったかは、「泥人形」（明治四四年、一九一一）がよく示している。結婚後数カ月して書かれたこの小説は、独身者の主人公が何度か見合いをし、ようやく甲府の「初心《うぶ》」な娘と結婚するのだが、さして感動もなく、味気ない思いから放蕩に走るというものである。新妻と夫との関係はよそよそしく、まるで写真で見る白鳥夫妻のようである。関係がばらばらで、一体感がなく、こんなことならどうして結婚したのであろう、と他人事ながら訝《いぶか》られるほどだ。

こんな作品を読まされたら、そのすべてが事実でないにしても、妻も、その親族もたまったものではない。しかし、そういうことを気にせず書くのが白鳥という人なのである。

この作品が何らかの真実を映しているのだとすれば、そこに書かれている事実関係よりも、結婚しても何をしても埋めることのできない他人との溝というものを問題にしている点であろう。こんな作品を書かずにいられなかった作者の苦しい心境を思うべきであろう。溝を意識し、それを越えられない自身への呵責《かしゃく》が転じて、「田舎」から出てきた「従順」な妻に対して残酷な夫として振る舞う。新妻がどこまで自分の暗部に堪えられるか、どこまで自分を愛せるか、それをサディスティックに試す心境が見える。

こうした心理は異常であるにはちがいないが、愛を恐れ、愛されることを恐れていた白鳥ならば、ありそうなことである。ノイローゼ気質のハムレット的人間、そういう人にありがちなねじれた表現、そう受け取ることが出来る。

ここで、後藤亮が「泥人形」は本当のことを書いたものかと質問したときの、妻つねの答えを引いておこう。彼女は、あれは「本当」のことを書いたものだと答えたうえで、こうつけ加えている。

男というものは、若いうちには、そんなこともあるものでしょう。どんな人間でも一かわ剝けば、そんなものでしょう。あなたも、そんなものでしょう。……わたくしを本当に書いたら、すばらしいものが出来ます。しかし、そうしたら、わたくしは、生きてはいられなかったでしょう。……わたくしは、そんな女です。だから白鳥は、あの程度しか、書かなかったのです……。

（後藤亮『正宗白鳥　文学と生涯』）

ここで「一かわ剝けば」という表現が出てくるが、「男」ばかりに用いているのではない。「女」である自分も、新婚時代に受けた夫の冷たい仕打ちによって「一かわ」剝けたということである。「一かわ剝け」た彼女は、一人の「女」として夫に対するようになり、その結果として、夫の隠そうとする内心にまで踏み込んでいったのだと推察される。誰にも心を許したことのない白鳥のような人間は、自分を見抜かれてしまえば今度は相手に全面的に頼るしかない。二人の間に子のなかったことが、ますますその依存関係を助長させたと考えられるのである。白鳥はいわば彼女の子としていつまでも甘えつづけたにちがいなく、実の母からもらえなかった分までも、彼女にねだったにちがいない。甘くない作家、辛辣な批評家として知られる彼であるが、その弱さと甘さを妻にだけは見せたであろう。

それにしても、後藤亮の引く「わたくしを本当に書いたら、すばらしいものが出来ます。……わたくしは、そんな女です」という白鳥夫人の言葉は強烈である。白鳥には見られない大胆ささえ感じられる。何も怖いものはない、捨て惜しむものもない、そういった決然とした精神が感じられる。半信半疑の恐怖家であった白鳥よりも、よほど肝がすわっていたのではあるまいか。

白鳥はこういう強い女性の実在に安堵していたのかもしれぬし、同時に圧迫を感じていたかもしれない。はじめは「うぶ」だと思っていた「田舎娘」が思いのほかに大きな「女」となって、実生活においても、精神の根底においても、小心者の自分を支えつつ圧迫する。女性経験の少なかった彼は、自分には「女」が分からない、「女」が書けないと何度も言っているが、妻と母を混同してこれをもって「女」としてしまったのも、なるほどと頷《うなず》けるのである。

無関心と寛容

白鳥夫妻の海外旅行の様子を映している作品に、「髑髏《どくろ》と酒場」（昭和六年、一九三一）がある。そこに出てくる二人は極めて親密な夫婦で、たとえば妻がパリのホテルの「女中」たちの姿格好がよいと言うと、夫がどの「女」を見ても絵画のなかの人物のようで何を考えているか分からない、と言う。今度は妻が「同じ人間」だから言葉が通じなくても気持は分かると言うと、そう思うのは「うわべ」だけで、実際には分かったものではないと夫が言い返すのである。

互いの見解を認めつつ、それぞれが意見を出し、たわいなく会話を楽しんでいる様子が窺える。

「人さまざま」（大正一〇年、一九二一）を読むと、こちらの方は虚構作品であるけれども、白鳥夫婦らしいカップルが登場し、子のない夫婦が退屈から互いを観察しあう苦痛と空しさが描かれている。こういう否定的な面もまた白鳥夫妻の現実を映していると見てさしつかえないのだが、自分たちのそういう面を強調し、そこへさまざまな夫婦の物語を並べるときの白鳥が、「人さまざま」ならぬ「夫婦さまざま」を語っているところに注目したい。一体、夫婦って何なのだろう、どうして人は結婚するのだろう、そういう疑問が言外に発せられている。必ずしも自身の結婚生活を訝っているのではなく、性の問題、生の問題の根源に疑問符を投げかけているのだ。

結婚生活に疑問符を投げかけているからといって、無論、結婚否定論を掲げているのではない。生死の問題に根本の解決を得られないままに一組の男と女が互いを了解することなく結びつくとは、何と不思議なことか。そういう人生の謎に、目を見張っているのである。白鳥にとって、あるいは誰にとっても異性は永遠の謎であるが、その異性と一緒に生きることはなおさら謎である。その謎の解けぬまま、自分も人並みに結婚生活を送っている。何と不思議なことか、そう驚嘆しているのである。

こうした作品を読む者にとって気になるのは、このようなことを書く夫をもった妻は、一体どういう思いで夫を見ていたのかということである。私たちが手に入れることのできる正宗つねの言葉はあまりに少なく、白鳥臨終に際しての「病床日誌」ぐらいしかまともな資料はない。その日誌には、白鳥のことを「善良この上ない人」と書いてあるだけで、これでは何も分からないのである。結婚以来ほとんど他人の入り込めない密室を夫とともに形成した彼女において、彼が占めていた場所は大きかったろう。彼女が彼において占めていたものにも匹敵する大きさがあったであろう、そう推測される。

さらに勝手な推量を許してもらえるなら、彼女にとって、夫白鳥はその考え方の寛容さ、自由さが救いだったのではないかと思う。近松秋江の最初の妻は、若いころ秋江をつうじて白鳥と知り合っているが、白鳥のことを、話のしやすい、信頼のできるタイプの男性であると思っていたようである（「近松秋江」昭和二五年、一九五〇）。この女性の感想はある程度まで普遍化できそうであり、白鳥という男性はどんな女性にとっても信頼のできる、嘘のない、開かれた精神の持ち主と映じたのではなかろうか。仏頂面《ぶっちょうづら》ではあっても、感情表現は地味であっても、自分本位でなく、人の話をよく聞き、邪悪な欲望に走ることがない。そういう男の一人として、女性から好感をもって受け入れられていたにちがいないのである。

白鳥の寛容さは、彼の一見した無関心と冷淡の裏返しである。たとえば「他所の恋」（昭和一四年、一九三九）という作品、そこに日本人と結婚した「不幸」なアメリカ女性が描かれているが、このアメリカ女性とその夫とは、周囲から見ればいかにも惨めな夫婦であるにもかかわらず、白鳥はこれを見て、本当に彼らが「不幸」かどうかは分かったものではないと言っている。他人に安直に判断されると「何云つてやがんだ」と反感をいだくのが常であった彼は、無関心・冷淡と見える態度の裏で、他人を勝手に判断しない公平無私な姿勢を貫いていたのだ。これは寛容の倫理のあらわれと言ってよいもので、白鳥の場合それがネガティブにあらわれるので目立たないが、ネガティブだからこそ確実だとも言えるのである（大嶋仁「異人の論理と他者の論理」参照）。

白鳥が歳とってから書いた「女といふもの」（昭和三六年、一九六一）には、「女」についての次のような文章がある。白鳥の異性への対し方のみならず、他者へのまなざしが端的にあらわれている。

女なんて単純なものだとか、女は魔物であるとか、容易に極めかかるものもあるが、さう簡単に極められはすまい。女性には女性として、男性の窺ひ知らぬ魂の動き心の動きを持つてゐるかも知れない。さう思つて、街上や乗物のなかで、婆さんの顔や少女の顔や、種々雑多の女性の顔を見てゐると、そこに生理上の現象を見るばかりでなく、哲学的疑問をそこに宿してゐるらしくも思はれるのである。

これは皮肉ではなく、真面目な言葉と受け取らねばなるまい。「女」にかぎらず、どんな存在にも、自分とはちがって「窺ひ知らぬ」面があるとつねに意識しつづけた人、それが白鳥だからである。

妻のキリスト教

正宗つねの書いた「病床日誌」（昭和三七年、一九六二）は白鳥臨終直前の闘病と死の記録と言えるものだが、そのなかに次のような一節がある。白鳥の「愛妻」ぶりを証すものとして引用されることのある箇所である。

二、三年前から毎日曜の夜、私はバイブル・クラスの集まりのため渋谷にかよっていたが、帰りが暗くなるので心配し、夜九時になるといつも駅へ迎えに来てくれた。それは雨の日も雪の日も、身体の具合の悪い日も欠かさず続いた。駅の辺りで人に顔を覚えられ、「あれが白鳥だよ」と噂されるのを厭がり、寒いのも構わず駅の踏切の所へ立って、停る電車を一つ一つ見ながら待つようにしていた。私が現われると、いつも向うから自然に近寄って来て、私の歩く先に立ってくれた。これで用がすんだといった様子で、さっさと足早に帰路を急いだ。

（正宗つね「病床日誌」一〇月二日―四日）

これとあわせて思い出したいのが、死の数日前、病院の付添看護婦に対して、一生妻のそばにいてくれるようにと白鳥が何度も頼んでいることである（「病床日誌」一〇月二五日）。妻一人だけは、その身の上が心配だったのである。そう考えると、白鳥が臨終寸前で異様なほど金銭への執着を示したのは、自分のためではなく、妻に一銭でも多く残してやりたかったからだと分かる。妻への思いはいかなる作品にも顔を出さないが、自身の作品に自身の生の真実を明かさないことを信条としている彼として、それは当然のことであろう。

白鳥が自分にとっての妻の存在の大きさを告白している唯一の文章は、「恐妻病」（昭和二八年、一九五三）である。感情抜きに、次のように正直に語っている。

私は地上の女性、現実の女性としては、長い生涯の間に、母と妻の二人の女の外には、女をよく知らないと云つていい。そして、遊女とか女給とか女王とかは、男性に対してどれほどの威力を持ち、男性に対してどれほどの感化力を持つてゐるか知らないが、一人の女性を妻として、四十年もの長い間持続してゐる私などは、知らず知らずその感化を受け、知らず知らず指導されてゐたことに気づくのである。

自分と本当の意味で関係をもった女性はこの世に二人しかいない、その一人は母、もう一人は妻。母の方は自分を生み育てたという意味で「感化力」があったが、一緒にいた期間は十数年に過ぎない。妻の方は成人してからの関係ではあっても、四〇年の長きにわたって一緒にいるのだから、その「感化力」は極めて大きいにちがいない。恋愛に明け暮れることのなかった彼において、妻との関係は単なる男女関係を凌駕して全人生を覆った。子がなかっただけに、それぞれが互いにとって世界大に拡がっていたのである。

では、「四十年もの長い間」一緒にいたその妻は、彼にどういう「感化」をもたらしたのか。前にも述べたが、白鳥の死後、後藤亮は未亡人にそのことを尋ね、次のような答えを得ている。「それは……それはキリスト教です」。キリスト教以外に自分が夫を「感化」できるものなど何もなかった、そういう言い方である。

この答えは一見して意外なものに思われる。というのも、白鳥は結婚前からキリスト教に接し、妻などよりはるか以前からその教えに通じていたからである。そもそも彼女がキリスト教に触れるきっかけを作ったのは彼ではなかったか。夫人がどう思おうと、夫人が白鳥にキリスト教を教えたとはどうしても信じられないのである。

ことの真相は、白鳥がキリスト教への懐疑を再三表明することで、この宗教への関心をかえって妻に生じさせたということではないか。自ら教会に近づくことをせず、妻に入信を勧めることもなかったにちがいないが、キリスト教に無関心でないことを示すことで、妻をこの宗教へ仕向けたとも考えられるのである。後藤亮に語ったところでは、彼女の入信は「人に誘われた」のではなく、彼女「一人で」決めたのだという。しかし、そうであったにしても、彼女の決心の背後に彼が存在していたと考えることは間違いではないだろう。

ここは勝手な推測をするだけであるが、白鳥が自らの信仰を彼女に身代わりさせたと考えてもよいのではないだろうか。すなわち、彼には生涯キリスト教への断ち難い思いがあったのだが、懐疑が先行していた以上、自分から進んで信者として振る舞うことはできなかった。そこで、自分よりもっと容易に「単純な心」(le cœur simple) をもてそうな妻に、それとなくキリスト教へと仕向け、彼女に自らの信仰の身代わりをさせたと考えられるのである。

そのように考えたときはじめて、毎日曜日の夜、どんなに天候が悪かろうと、どんなに体調が悪かろうと、妻が教会に行ったとき彼が必ず駅まで迎えに行ったということも納得がいく。教会でなく、別のところへ彼女が通っていたなら、そこまでしたであろうか。妻に教会へ行ってもらうことで自身の心が安らぎ、そうすることで、自らは懐疑に留まりつづけることができる。信仰と懐疑が表裏一体であることを「懐疑と信仰」（昭和三一年、一九五六）に書いている白鳥において、懐疑と信仰の関係はそのまま彼と妻の関係だったと言えそうである。

トルストイの妻

白鳥と妻の関係を見たところで、白鳥が昭和一一年（一九三六）小林秀雄と論争したトルストイの「家出」問題を振り返ってみたい。この論争に示された白鳥の見解には、彼の妻への思いが反映されていると思われるからである。

そもそもこの論争は、「人類の教師」として仰がれ、理想を求めて「家出」をしたと報じられていた文豪トルストイが、実はその妻のヒステリーを恐れて家を出たという「人生の真相」にはじまる。白鳥はトルストイが「『左の頰を打たれれば右の頰を向けよ』などと原始宗教の教旨を人民に強いながら、自分はヒステリーの老妻のために、肉を剝《は》がれ骨を削られてゐたのである」と言ったあとで、次のように言う。

彼の妻は、多年彼に対して囚人を監視する看守のやうな態度を持してゐた。トルストイは彼女の目を離れて、自由に一行の文章を作ることも出来なければ、親しい友人と自由な談話を試みることも出来なかつた。トルストイの深夜の冥想をさへ許すまいとするやうに、彼女は真夜中に爪立足して、夫の寝室を扉の隙間から覗くのであつた。（「トルストイについて」昭和一一年、一九三六）

この白鳥の言には辛辣《しんらつ》を過ぎて執拗なものがあり、それゆえ若き小林秀雄を苛立たせもしたのだが、どうしてそこまで執拗になれたのか。小林の解釈では、妻のヒステリーをめぐるトルストイの煩悶は事実であるにせよ、そういうトルストイを揶揄する白鳥の根性はさもしいものだということになるのだが、果たしてそうであろうか。

思うに、白鳥の執拗ぶりには別の理由が含まれている。トルストイの妻に対する煩悶は、白鳥にとって決して他人事でなかったと推察されるのである。白鳥がトルストイに自分を投影した、というのではない。白鳥の妻がトルストイの妻のようにヒステリックだった、というのでもない。ただ、「偉大」なトルストイといえども、一人の男として妻という異性の強い「感化」のもとにあったということを、白鳥は「人生の真相」として痛感し、そのことを言いたかったと思われるのである。

さらに思い出したいのは、白鳥が人生の真実を文学作品に見つけようとする人ではなく、日常の生の一々に究極の答えを見つけようとする人だったということである。そういう彼にとって、天才も凡人も本質において区別はなく、妻のヒステリーに悩むトルストイも、そのトルストイを不断に悩ませていたであろう妻も、根本において優劣の差はなかったのである。そういう考え方をする白鳥であればこそ、たとえば次のような考えを述べもした。

老妻ソーフィア・アンドレエヴナにしても、孫や曾孫まで数に入れると、二十八人にもなる大家族をかかへながら、トルストイの空想の犠牲になつて無財産の窮境に陥るのを恐れて、極力反抗したのは、人間性として当然のことなのである。

（「トルストイについて」）

天才崇拝の小林とちがって、白鳥にはトルストイだけでなくトルストイの妻の立場も見えていた。天才ばかりがもてはやされ、その妻は天才の邪魔をしていたかのように言われるのはあまりに不当ではないか、そういう思いが白鳥にはあったにちがいない。

無論、小林のように人間を天才と凡才に区別したがる人間には、こういう白鳥の主張は理解できなかった。白鳥は小林の思い込んだような下司《げす》な見方をしていたのではなく、公平無私な立場から見ていたのである。

ところで、トルストイの妻のヒステリーを問題にした白鳥であるが、彼の妻つねは実際に「ヒステリー」だったのだろうか。そんなことは分かりはしないが、二人の間に子がなかったことは二人の関係に大きな影響を与えたにちがいない。また、夫婦の交渉において、生を恐れ性を忌み嫌っていた白鳥がどれほど積極的になれたか。白鳥にエロスが乏しく、それが極度に抑圧されていたことは、幼少時の精神的痕跡がいつまでも残っていたことに帰因する。そういう男性の妻は一体どのように精神と肉体のバランスを取ったのだろうか。もしかすると、彼女がキリスト教に近づいた背景には、そうしたことも関係しているのかもしれない。

白鳥自身、自分の文章には「愛」も「詩」もないと言っている（「青春らしくない青春」昭和二二年、一九四七）。アガペもエロスもないというのである。あるとすれば愛智、すなわちフィロソフィア。白鳥をギリシャ哲学史に位置づけようとするなら、間違いなく犬儒派、すなわちキニク派であろう。因《ちな》みに、キニクとはシニシズムの語源である。

夫とは対照的に、夫人の言葉にはエロスが感じられる。とくに次の言葉はそうである。

わたくしを本当に書いたら、すばらしいものができます。しかし、そうしたら、わたくしは、生きてはいられなかったでしょう。……わたくしは、そんな女です。（後藤亮『正宗白鳥　文学と生涯』）

この言葉は強烈で、決して初対面の、というよりはじめて電話をかけてきた見ず知らずの人に言う言葉とは思えない。正宗つねとは一体どういう「女」であったか。その真実を人に知られたら「生きてはいられなかった」とまで言うのだから、大変なものである。

子なし、性への嫌悪、不毛、それらが白鳥の人生を取り巻く一連の言葉であるとすれば、同じ子なしでも、妻つねには子を育てたいという欲求もあれば（実際、戦中から戦後にかけて、夫妻は白鳥の甥を一人養育している）、生みたいという願望もあり、また男を女として愛したいという自然な欲求もあったにちがいない。たとえ夫が「生まざりしならば」という題名の小説を書こうと、彼女はその傍らで全く別の人生観をもって生きつづけたにちがいないのである。

キリスト教の母体であるユダヤ教の教えでは、神は「生めよ、殖《ふ》えよ地に満てよ」と人類の繁殖を念じたという。そのような子孫繁栄奨励の思想はついに白鳥に訪れず、それは彼に子がなかったからとばかりは言いきれない。「子の無い男より」（大正一三年、一九二四）において、「子のない」自分には「児孫に対する喜びも苦しみも本当には分らない」が、それを「遺憾」とは思わず、「自分に子の無いのを結句幸福だと思ふことがある」と多少詭弁的に語っている。「子を産まぬ人間がゐるのは、国家的見地から、むしろ賞賛していいではないか」という言葉は、「国家的見地」などどうでもよかったはずの白鳥の言葉として、そのままに信用することはできない。

子のないことに対して、妻のつねはどう考えていたか。愛をどこへ向けてよいか迷ったあげく、キリスト教にたどり着いたのではないか。白鳥とこの妻の関係は、あたかも人生・男女関係の縮図を見るようである。それを堂々と見ず知らずの人に語れたところに、妻つねの大きさが感じられる。

3　作家の成熟

小説の成功・失敗

大正に入って白鳥は「入江のほとり」（大正四年、一九一五）を発表し、これを以て小説家として一つのピークに達したと言える。結婚して生活が安定したからか、人間的な成長があったからか、この作品は生の苦渋への深い共感を表して、それまでの作より高いレベルを示している。

この作品、自分の家族を自分の視線で語った作品に見えるが、実はちがう。作者自身をも含めた家族全体が、客観的に描かれているのである。主人公らしき人物は作者に相当する「栄一」ではなく、その弟の「辰男」である。この人物だけが、鬱屈したその内面まで描かれている。

「辰男」のモデルは白鳥の弟で兄弟一の変わり者、律四である。晩年の白鳥は同じ律四をモデルに

列車内にて白鳥夫妻，母と共に（昭和５年）。

「リー兄さん」（昭和三六年、一九六一）を書いている。白鳥はこの弟が生涯気にかかったようで、この弟の非社会的な性格が自身の内部に呼応し、自己の分身のように感じられたようだ。この律四を描くことで、自身を語ることができたのである。

　作品では、ほかの兄弟は皆東京へ出たりしてそれぞれの夢を追いかけているのに、辰男だけがぐずぐず実家の一隅に籠《こも》りつづけている。ほとんど誰とも口をきかず、自身の世界に閉じこもっているのである。白鳥は、この弟にかぎって、外からではなく内から見る。この弟の目から見た外の世界を描くことで、鬱屈した自閉の世界に燃え上がる陰気な情火を言語化するのである。

　こういう作品を書くことで、白鳥は自身のほとんど声にならない声を言葉にしている。失語症患者の懸命の発話努力に似たものが、作品から感じとれるのである。その声は主人公辰男の内心の葛藤に呼応しているのだが、それが作者自身の声でもあるところが重要だ。幼少から知性は発達していても、感情に自由な表現を与えることができなかった白鳥という人間は、律四を語り、律四になりきることで、ようやく自らの声を発したのである。
「入江のほとり」は白鳥小説のピークである。というのも、以降の作品は下降線を示すからである。「牛部屋の臭ひ」（大正五年、一九一六）から「毒婦のやうな女」（大正九年、一九二〇）までの数年間、客観小説としての水準は一応保っているものの、迫力が落ちていく。白鳥自身もそれを感じ、作家生活そのものを重荷と感じるようになって、文学を捨てて「田舎」に引きこもろうと考えるようになるのである。

もともとはっきりした使命感をもって文筆生活に入ったわけではなく、西洋小説を見よう見まねで書いてきた彼である。作家であること自体に懐疑的にならざるをえなかったとして、不思議はない。そういうわけで、大正九年（一九二〇）、四二歳、住み慣れた東京を離れ、神奈川県大磯に引っ越す。引っ越すことで、新たな人生の扉を開こうとしたのである。

大磯といえば神奈川県の小さな漁村に過ぎなかったが、もともと小さな漁村に育った彼には、故郷に戻った感じもしたにちがいない。転居は彼の筆に再び力を与え、今までにない筆の自由さを与えている。それまでの作品は明治文学特有の西洋文学絶対視の傾向が強く、何が何でも写実、客観という志向が目立ったが、大磯時代の彼はもっと自身の丈に合った書き方をするようになるのである。結果、時代の空気を突き抜けるような独自の文学空間が生まれる。いわゆる「白鳥らしい」文学の出現となったのである。

つまり、もはや西洋小説の作法にはとらわれなくなり、「人物」とか「場面」とかの概念にとらわれず、随想をまじえ、私小説でも随筆でもないような純粋な散文作品を生み出すようになったのである。実例を挙げると、大正一〇年（一九二一）の「人さまざま」がまさにそれで、同じ年に書かれた短編「大漁」にも見るべきものがある。さらに、その翌年に書かれた幻想風の「迷妄」、そして序章でも取り上げた「生まざりしならば」（大正一二年、一九二三）。いずれもが白鳥文学の最高傑作と言えるものである。

もっとも、大正一四年（一九二五）に発表された「人を殺したが」は失敗作であろう。白鳥の「小説」への未練の作と言えるかもしれない。西洋リアリズム小説をモデルにした「小説」らしい小説は、これ以降は書かれなくなると言ってよい。

この小説はドストエフスキーの『罪と罰』を意識したもので、追求されている主題は日本の「罪と罰」とでも言うべきものである。どうして日本では「罪と罰」が「罪と罰」にならないのか、そのことが問われている。成熟した作家が自らの社会と文化を注視し、それを冷静に描くとき、外国小説とは異なった展開になるのは当然であるが、それでも外国小説の枠組みに縛られたとなると、失敗作にならざるをえない。

それだけではない。日本の作家が「小説」を書こうとするときに陥る通弊に、白鳥もこの作では陥っている。通弊とは、小説作家が小説を書くときの一種のナルシシズムのことで、作家はどうしても主人公と自分を重ねてしまい、主人公を外側から見ることが出来なくなるのである。「入江のほとり」ではうまくそれを脱皮できたのに、この作品では通弊に陥った。「小説」というジャンルは、根本的に、彼には不向きだったのだ。

都会に出た田舎出の青年が自らの価値基準を喪失した結果、何事にも積極性を見つけられなくなったときに偶然から人を殺す。そこで自らの犯罪の意味を問うことになるのだが、その意味が判然せず、何も感じられないという空虚さだけが残る。「何処へ」の主人公の延長線上にあるこうした人物設定は、近代日本の一典型を作ったという点では評価できるが、迫真力に欠けるところがどうしようもない。微温的で無気力であることは近代化のもたらした一結果で、それを反映しているのはよいとしても、描く作者までがそうした世界観の虜《とりこ》となってしまえば、もはや「小説」のダイナミズムは生まれないのである。

作者自身、自らの生きる時代社会に合った書き方は必ずしも「小説」でなくてもよいのではないかと、書きながら悟ったのではないだろうか。以降の彼は小説から遠ざかり、評論に、随筆に健筆をふるうようになるのである。

「人を殺したが」の失敗は、多くの近代日本文学の作家にとって教訓的意味をもつと思われる。西洋小説を意識し過ぎ、自分も「小説」を書いてみようと思うとき、作家はある種のナルシシズムに陥るのである。そうなると、「小説」は書けなくなる。「自分」を社会化出来なくなるからだ。

同じころに書かれた「生まざりしならば」の方は、これは成功している。世界を冷たく批評的に見る作者と、そこから生まれる作品世界との距離が絶妙だからである。人物と人物のつながりがなく、それぞれが勝手な思惑で動き、そのなかで人生の大切な部分が見落とされていく。こうした悲惨な人間模様が、対象から距離をおいた一定の視点で冷静に描かれているために、読者は悲惨を通り越して、そこに滑稽味さえ感じるのである。そこには初期作品に見られた悲哀もなければ、「人を殺したが」に見られる空虚さもない。すべてを突き抜けた明るさが天窓から入り、人間はどうにも救いがたい動物であるという真実を明らかにするだけでなく、そう考えてそう書く作者もまた無知蒙昧《むちもうまい》であるという達観も示されるのである。

戯曲家白鳥

大正一五・昭和元年（一九二六）から白鳥は「中央公論」で文芸時評を始めた。文壇に出たとき批評家だった彼はもともと歯に衣着せぬ文章を書いていたが、自身が創作活動で鍛えた眼力と西洋文学の豊富な知識に裏打ちされたいま、その辛辣さも渋味も増した。時評とは別に、大作家についての本格的評論もどんどん書き、昭和二年（一九二七）の「ダンテについて」、七年（一九三二）の「島崎藤村論」、九年（一九三四）の「チェーホフ論」、さらに「トルストイについて」（昭和一一年、一九三六）や「文壇的自叙伝」（昭和一三年、一九三八）など、いずれもが優れている。白鳥が近代日本のもっとも優れた散文家の一人と目されるのは、こうした評論によるところ大なのである。

評論だけでなく、戯曲もまたこのころの白鳥の一面目である。上演目的で書かれたわけではなく、文芸表現の一形式として、小説に飽いていた彼はこの形式を選択したのである。大正一三年（一九二四）「中央公論」に発表された「人生の幸福」も読み物として書かれたドラマだが、それでも上演されて成功を収めた。劇的な盛り上がりに欠け、人物の性格も格別生彩を帯びていないこの作が、一体なぜ受けたのか。

「人生の幸福」はタイトルとは裏腹に、「人生の不幸」の諸相を浮き彫りにした奇怪な劇である。それぞれの人物がそれぞれ自分の思惑に生き、自分とどんなに近しい関係にある者をも信用しないという設定で、小説「生まざりしならば」につうずるものがある。本来ならドラマにならないドラマであり、数人の人物のバラバラの会話が展開して破局を迎えるのだから理不尽かつ不調和である。それが観客に受けたとなると、人々の日常の奥底にある不安定に呼応するものがこの劇にはあったのだということになる。白鳥劇は「不条理劇」を先取りしていたのかもしれない。

ある意味で極めて現代的な「人生の幸福」のあとには、昭和元年（一九二六）に「安土の春」「光秀と紹巴《じょうは》」といった戦国時代物のドラマがつづく。これらについては、白鳥の母方の先祖が信長の妻「おいち」であったという説があり、それでこうしたテーマを追求したのだろうという説があるが（後藤亮「正宗白鳥とお市の方」新潮社版『全集』月報第3号、一九六五）、そうした事実調べで何が出てくるわけでもない。若いころから歌舞伎が好きで、明智光秀の「愛宕山」の場面が好きであったという白鳥が光秀に興味をいだいていたのはたしかであるが、そのことの文学的ないし思想的意味が問われなくては何の意味もないのである。

そこで「光秀」の白鳥における意味であるが、戦国の武将のなかで並外れて文学的教養があったにもかかわらず、近代以降の歴史観によって不当に遇されているこの人物に、白鳥は同情・共感を寄せていたのだと考えられる。「光秀と紹巴」に描かれた光秀は、信長に対する複雑な心情の持ち主であるが、それだけではなく、人間不信と人間愛の葛藤に噴《さいな》まれている人物である。ほとんどノイローゼ患者といってよいほどで、そのせりふは猜疑《さいぎ》心に満ちているのだ。人一倍知性と教養に恵まれたこの武将は、連歌師里村「紹巴」を寵愛しているが、心から信ずることはできない。そうした精神の二重性こそ、白鳥ならではのものなのである。

時の形勢に敏感な才子「紹巴」は、「光秀」に共鳴しながらも権力者には弱い一介の連歌師に過ぎない。形勢不利とあらば簡単に光秀を裏切って、自身はユダのように結局惨めな思いをするのである。人間の浅ましさ、高貴な精神の不幸、そうした問題意識が作品の背後に横たわっている。白鳥文学は小説から戯曲に転じてかえって本来の問題意識が顕《あら》わとなり、「近代」とか「リアリズム」とかを超えた独自の文学性が発揮されるようになったのである。

作者の内面の葛藤を表白するこういう戯曲のモデルがチェーホフ劇にあるという仮説は、もちろん成り立つ。若いころイプセンの戯曲にも感銘を受けていた白鳥だが、チェーホフの戯曲にはよほど親近感をいだいていたのである。「ワーニャ伯父さん」(一八九九)に入れ込んで、「ピッタリ心が合ふ」と言っているように(「雑感」昭和二年、一九二七)、チェーホフの厭世的人生観に深く共鳴していたのである。

なるほど、チェーホフの演劇にあらわれる会話には独特の抽象性があり、一九世紀ロシア文学特有の思想性が顕著である。白鳥の戯曲も抽象的で、贅肉の剝ぎ取られた言葉が並んでいる。もちろん、白鳥の思想とチェーホフの思想のあいだには否定しがたい隔たりがあるが、それでも、白鳥が書いた戯曲は活劇性が乏しく哲学性がまさっている点で、チェーホフ譲りなのである。その「ワーニャ伯父さん」であるが、人生に幻滅した失意のワーニャ伯父を元気づける姪ソーニャは、次のような言葉を発している。

おじさん、生きていきましょう。長い長い毎日、いつまでもつづいて止まない毎晩を、ただただ生きて、運命が与える試練も受けいれて、今も、年取ってからも、休むことなく人のために働こうじゃありませんか。そうして、ようやくお迎えが来たら、今度はおとなしく死を迎え入れて、そこで言いましょうよ。私達、本当につらい人生を送りましたって。泣いてばかりで、つらい毎日でしたって。きっと、神様は憐れんでくれますよ。そうですとも。……私、そう信じている。心から、信じているの。

このような言葉は白鳥の作中人物のだれ一人発することがなかったものである。白鳥の絶望は、チェーホフのそれよりも深かったのか。晩年の白鳥を知る者は、白鳥もまたチェーホフ同様、人生の失望から救われたいと願っていたのではないかと思わざるをえない。彼の晩年の講演に、たとえば次のような言葉が見つかるからだ。

僕にとつては、キリストといふのはもう特別扱ひだ。……道徳なんかどうでもいい、なにをしようとも、最後には神様が救つてくれて、長いあひだ苦労をさせた、気の毒だつた、いまはもう大丈夫だ、私のはうにきなさいといつてくれるといふことが黙示録の最後に書いてある。僕はこれはありがたい教へだと思つてゐる。

（「文学八十年」昭和三四年、一九五九）

ダンテ論

評論「ダンテについて」（昭和二年、一九二七）は、白鳥の評論のなかで「内村鑑三」とならんで優れたものである。キリスト信者でないと自称する筆者は、聖書を何度も熟読し、ダンテの「神曲」を愛読書に数えていたが、これは師であった内村鑑三の影響によるとばかりは言えまい。やはり白鳥本来の問題意識がそれを求めた、と言えるからである。現世への疑惑、幻想の世界の誘惑、死後の世界への思いが幼少時から彼を悩ませていた。そうでなかったなら、異国の宗教の産物である「神曲」の主題に、あれほどの興味を示すことはなかったであろう。

「ダンテについて」は白鳥自身の西洋文学遍歴を語るところから始まる。少年のころにその名を聞いたときから、東京へ行って英語を学んだ暁には是非とも「神曲」を読んでみたいと思った、そう語りはじめるのである。東京に出て実際に英訳本を手にすると、それから「二十年」以上もこの書物と付きあいつづけたという。「外国の書籍のうち、私がこれほどに親しんだ者はほかに一つもない」とまで言うのである。

しかし、それほどに慣れ親しんだ本であっても、「充分に理解した」とは言えない、そう彼は付け加える。このように付け加えるのは謙遜からではない。白鳥らしい慎重、禁欲の表現とも受け取れるが、同時に誠実の言であり、対象に対する敬意の表現であるともいえるのだ。白鳥という人は、相手を尊敬すればするほど、その相手については「よく分からない」と言う。彼の「分からない」は、「分かる」よりも上等なのである。

白鳥が若いころから親しんでいたカーライルは、ダンテを評して「中世紀千年間の沈黙の声」であると言ったという。白鳥もカーライルにならって、ダンテの「中世」に共鳴を寄せるのである。キリスト教徒であった青年時代も、キリスト教から離れた壮年期も、変らず「神曲」にあらわれた「中世」に惹かれる。白鳥の心底には、「近代」への拒否がある。

「中世」への憧れは、昭和一〇年代の日本文学者たちにしばしば見られた現象である。小林秀雄（一九〇二〜八三）も保田与重郎（一九一〇〜八一）も三島由紀夫（一九二五〜七〇）も、いずれもがそれぞれの「中世」を構築し、それによって戦時の現実を忘れ去ろうとした。しかし、このような流行と、白鳥の「中世」志向とを一緒にしてはなるまい。白鳥の方が時代的に先だったというだけでなく、根本の精神からしてちがっていたからである。

昭和一〇年代の文学者の「中世志向」には、戦時が要請する死への特殊な願望が現れている。白鳥の場合は、幼少期から彼の精神の根元のところで死生の問題が追求されていたために、そうした時代の流れを超えたものがあったのである。彼のような人間が求める「中世」は、歴史的・社会的現実を超えた形而上学的なものである。西行や世阿弥の中世ではなく、ダンテの中世を求めたのだ。

ところで、白鳥はダンテを愛読したからとて、中世のスコラ哲学に興味をもったわけではない。ダンテの人生観には共鳴できなかった、とさえ言っている。となると、一体「神曲」の何に惹かれたのか。

曰く、ダンテの「中世」的な現実描写、人生の諸相の描写に惹かれたのである。もともとが近代西洋のリアリズム文学に強く惹きつけられて育ち、それを真似て自らも小説制作をしてきた白鳥である。ダンテにおいてもリアリズムに惹かれたというのは驚くにあたらないが、ダンテはあくまで「中世」の詩人である。白鳥にとって重要だったのは、ダンテのリアリズムが近代作家のとは異なるにもかかわらず、驚くほどの迫真力をもっていた点である。

ダンテは自身の実生活を語るという意味でのリアリズム作家ではなかった。しかしながら、「幻想」を語るにおいて「人生の諸相」を織り込む作家であり、その「人生の諸相」の描写にこそ驚くほどの「写実味」があらわれていると白鳥は見たのである。中世リアリズムとはまさにこれだ、そう思って感嘆した白鳥は、明らかに近代リアリズムを超えようとしている。

では、そのようなダンテの迫真力はどこから生まれたのかとなれば、「神曲」が世を映したものでも、作者の夢を語ったものでもなく、ダンテの「心の自叙伝」だからだと白鳥は言いきる。魂の赤裸々な記録であるところにその迫力があらわれた、と見るのである。聖アウグスティヌスやルソーの「告白」とはちがった意味での「告白」、それが「神曲」の迫真力となる。作者の実生活の描写など含んでいなくとも、「魂の遍歴」の如実な記録であるかぎり、それは真実味あふれるものとなるのである。文学は魂の遍歴を写すもの、という新しい見方がここにあらわれる。生活の「模写」としての文学、という旧い見方に取って替わるのである。

「寂寞」にはじまり「入江のほとり」を頂点とする彼の小説世界は、こうして彼自身の文学観の転換によって葬り去られる。同時代の他の作家と同じく、現実を出来るだけ客観視し、そこから自己の真実をとらえようとしていたのに、そうした試みはもはや価値のないものと見えてしまったのである。そのようなやり方では自己の表層、人間社会の表層はとらえられても、人間の救済どころか芸術作品にもならない。それが白鳥の到達した見解だったと言えるのである。すでに「迷妄」や「生まざりしならば」などの小説において、また「人生の幸福」や「光秀と紹巴」などの戯曲において、こうした見方はあらわれていた。いま「ダンテについて」を書くことで、それが一層はっきりしたと言えるだろう。

「ダンテについて」の終わりの方に、「永遠なる女性」ベアトリチェについての言及がある。白鳥はこの「永遠なる女性」には格別惹かれないと言う。ベアトリチェの描写にかぎらず、「魂の至福」を感じさせるような描写になるとダンテの筆は冴えない、とも言う。この評価は、注目に値する。

自分には恋愛についての共感力がないからだと認めつつ、白鳥はフロイトの説をもちだして、ダンテのベアトリーチェ志向を批判する。若き女性への崇拝は作者ダンテの「圧迫されたる性欲の変形」ではないか、とまで言うのである。「久遠なる女性」は「男子が婦人に対して満たされない思ひをしてゐる結果」に過ぎないという白鳥の言に対し、小林秀雄のような自称理想主義者なら、逆上して「何たる冒瀆か!」とわめいたであろう。

白鳥の見解に同意できるかどうかは別として、彼がここでフロイトの説をいとも簡単に受け入れているのは興味深い。白鳥がフロイトを熟読した形跡はないが、彼が精神分析の元祖に共鳴してもおかしくない理由はたしかにある。

周知のように、フロイトは精神の領域をその下部構造であるリビドーと結びつけて説明した。芸術も宗教も哲学も政治も、いずれも性欲とその抑圧とによって説明したのである。そのようなフロイトは通俗には物質主義者、現実主義者と見られ、多くの哲学者や宗教家からは嫌われてきた。しかし、白鳥はそういう受け取り方はせず、むしろ共感していたようなのである。白鳥の人生観は、どこかでフロイトと重なっていた、そう思われる。

ここはフロイト論を展開する場ではないが、フロイトが「精神」という領域の重要性をだれよりも強く主張した人であることは言っておきたい。彼を物質主義者とするのは彼の一面しかとらえないものであり、肉体と精神を二分するかわりに一つに結びつけたのは彼の功績なのである。人間という動物が人間になることの難しさを説いたのは彼である（大嶋仁『精神分析の都』参照）。そういう彼の発想には、できるだけ低い方から人間を考えて、逆算的に天を臨もうとするものがあり、そういうところが白鳥の発想と通底するのである。精神性を求める人間が誠実であろうとすると、人間のもっとも動物的な部分からまず検討するのではないだろうか。

白鳥がダンテ論の最後に述べている言葉はかなりに強烈である。

どうせ一夜の仮りの宿ではないか。地球が円からうとも平からうとも、自転してゐやうとゐまいと、そんなことはどうでもいいではないか。……彼等（中世人）は不安な思ひをしておどおどしてゐないで、地上の巡礼の終るを待つてゐた……私は思ふ。人間はさうなり切ればそれでいいのではあるまいか。

これを書いたとき、白鳥は五〇歳に近かった。すでに、揺るぎない立場に立っていたのである。

昭和一一年（一九三六）一月一二日の読売新聞紙上に白鳥は「トルストイについて」を発表し、これを読んだ小林秀雄が同じ読売新聞に「作家の顔」（一月二四日）を書いて反論し、そこにいわゆる「思想と実生活」論争が起こったことは前にも述べた。この論争をまたしても検討したいのは、白鳥の考え方がここに端的にあらわれているにもかかわらず、それが十分に理解されているとは思えないからである。

「思想と実生活」論争

論争のきっかけになった「トルストイについて」には、白鳥の一見してシニカルな見方が示されている。「人生救済の本家」トルストイが家出をしたことは世間一般には「抽象的煩悶」から「救済」を求めた結果だとされているが、そうした見方は彼の「日記」を見れば「甘つたれた」ものだとわかり、事の真相はトルストイが「妻君」を怖がって家出を企てたからなのである。トルストイを「人生の教師」として有り難がってきた世間は、これで目を覚ますであろうと。

こういう白鳥の見方に対し小林は食ってかかり、崇高な「理想」よりも下俗な「現実」を重視するその発想そのものが気に食わないとした。自然主義作家一般の悪しき兆候としてこれを非難し、明治以来の日本文学全体に対する抗議として自説を提示したのである。

なるほど白鳥の言い方は、ナイーブな文学青年の神経を逆なでするものであったにちがいなく、たとえばその言い方は次のようなものである。

山の神を怖れ……おどおどと家を抜け出て……つひに野垂れ死した径路を日記で熟読すると、悲壮でもあり滑稽でもあり、人生の真相鏡に掛けたる如くである。あゝ、我が敬愛するトルストイ翁！

このような調子で言えば、トルストイを馬鹿にしているように聞こえても不思議ではなく、トルストイを尊敬する小林が腹を立てるのも理解できる。怒った小林は、次のように嚙みついた。

偉人英雄に、われら月並みなる人間の顔を見附けて喜ぶ趣味が僕にはわからない。リアリズムの仮面を被つた感傷癖に過ぎないのである。

（小林秀雄「作家の顔」昭和一一年、一九三六）

さらに小林は、トルストイが「妻君」を怖れた真の原因は決して彼女のヒステリーではなく、文豪が「抽象的煩悶」に燃えていたからだと弁明する。そして、そう言ったついでに、「思想」は崇高であればこそ「実生活」では躓《つまず》き易いものであり、「思想」は「実生活」と訣別してこそ「思想」としての「力」を得るのだと言ったのである。これを聞いた白鳥は、ますます嘲笑のトーンを強め、小林が何と言おうと「日記」が偽書でないかぎり、トルストイが妻を怖れて家出した事実に変わりはないと強調する。さらに、小林の「思想」についての発言については、「思想」が「力」をもちうるのは「実生活」が「思想」に働きかけるからであって、「実生活」と縁を切ったような「思想」には何の「力」もないと喝破したのである。

かくして論争はトルストイの家出問題を超え、「思想」についての根本的態度をめぐるものにひろがった。「思想と実生活論争」と呼ばれる所以《ゆえん》である。

今日から見れば、この論争で示された小林の考えは理解しづらいものである。もし小林の言うように、崇高な「思想」にかぎって「実生活」では躓き易いのだとすれば、「思想」が現実を改変する可能性など最初からないことになってしまい、それでは「思想」には意味がなくなるのである。思想は実践から切り離すことは出来ず、これを実現されないからこそ「崇高」なのだといえば、おかしなことになる。小林の言っていることはナンセンスと言ってよく、「思想」が「力」をもちうるのは「実生活」が「思想」に働きかけるからであるという白鳥の言の方が、どう見ても正しいのである。

そんな単純なことが小林に分からなかったのはなぜかということの方が、むしろ重要であろう。小林が無類の天才崇拝家であったことも一つであるが、この論争当時、日本にはマルクス主義から「転向」する文学者が多くあったという事情を考えるべきである。小林には眼前に「思想」の力を信じて挫折した文学者が多く見えていた。彼らに対する感傷的な同情がなかったとは言えないのである。「思想」は「実生活」から訣別することで「力」をもつなどという奇怪な説は、そうした状況の産物と解釈する以外、解釈の仕様がない。

一方、白鳥が「思想」の力について小林ほど消極的でなかったのは、彼が明治という変革の時代の人だったからである。明治という時代は「思想」によって「実生活」を変えようという理想主義がごく当り前のものであり、白鳥はそういう空気を吸って育ったのである。

ところで、この論争が白鳥の立場を鮮明に示すものだというのは、小林が白鳥と正反対の立場だったからである。小林は基本的に偶像崇拝の徒であり（彼には「偶像崇拝」という文章もある）、それゆえにトルストイのような「天才」を讃美したのである。一方、「絶対」を求めることの激しかった白鳥はその逆で、徹底した偶像破壊者であった。彼の一見したニヒリズムも、真の理想主義者特有の偶像破壊の欲求のあらわれで、そのことを見逃してはならないのである。小林と白鳥の論争は偶像崇拝者と偶像破壊者の論争であり、人生に対する根本的態度の相違がここにあらわれていると言ってよい。

白鳥を知る者には、彼がいかなる偶像崇拝も嫌いで、「天才」トルストイといえども崇める対象にしなかったことは明らかである。一方の小林は、何が何でも「天才」の聖域を守ろうとした人であり、ここに対立が起こったのである。小林の書いたものを見るかぎり、彼が「美」を尊ぶ人であり、「美」を「真」や「善」より尊ぶ人であったことは明白である。日本が戦争に深入りしていくにつれ、彼は古美術や骨董に埋没し、古典音楽に耽溺していくことになったが、それは彼が審美生活を人生の中心に据える人だったからである。そういう審美的態度は、白鳥の長い生涯に一度もあらわれたことはない。白鳥にとって、人はなぜ生きるのか、死とは何なのか、人間はどうしてこんなに愚かなのか、そういう問題にしか関心がなかったのである。

ところで、白鳥は確かにトルストイを揶揄するような言辞を吐いたが、決して文豪としてのトルストイを軽く見ていたわけではない。「私は古今東西の文学者のうち、最も尊重すべき一人はトルストイであると数十年来独断して疑はない」（「外国文学鑑賞」昭和一三年、一九三八）という言葉まであるほどである。ただ、日本のトルストイ熱についてはこれを冷淡に見、ほとぼりが冷めた「現今の日本」には「本当のトルストイ信者はなささう」だと言えるだけの冷静さをもっていた。小林に比べて、白鳥はよほど本格的な批評家だったのである。

さて、「思想と実生活論争」から一〇年以上経った戦後のある日、白鳥は小林と対談している。その対談において、小林はあの論争で自分は白鳥の言う「思想」について誤解していた、と白状するのである（対談「大作家論」昭和二三年、一九四八）。小林のこの言は、白鳥との論争では自分の方が間違っていたということを認めたもので、一面で潔い態度と言わねばならない。しかし、こうしたことを一〇年以上経った後に言い出したことの方が興味深いのである。

対談での白鳥は、小林のそうした言をほとんど意に介さぬ風をしている。一〇年以上前の論争など、どうでもよいという感じである。一方の小林にとって、それは決してどうでもよいことではなかった。だからこそ、一〇年後の言及となったのである。

そもそも、白鳥は小林について評論を書いたことなど一度もない。一方の小林にとって白鳥はいつまでも気にかかる存在で、大作『本居宣長』（昭和五二年、一九七七）完成のあと、最晩年になって白鳥論にとりかかっているのである（「正宗白鳥の作について」未完、昭和五六―五八年、一九八一―八三）。批評家として成功した小林が、死に近づいたころになって、批評家としては先輩格の白鳥を問題にする。近代日本文学史上の興味深い一問題が、ここに見つかる。

臨終間際の白鳥を病院に見舞い、葬儀に際して弔辞を読んだのも小林である。「審美家」にして「偶像崇拝者」であった小林は、その対極にあった白鳥に、おそらくは「空前の批評家の魂」を見たのである。

西洋旅行

小林との論争から少し時代を遡《さかのぼ》るが、昭和三年（一九二八）一一月から一年間にわたって、白鳥は妻つねとともに生涯に記念すべき欧米旅行を経験した。「ある日本宿」「六十の手習ひ」（昭和五年、一九三〇）「髑髏と酒場」（昭和六年、一九三一）など、いずれも海外体験をもとにした傑作である。

五〇歳にもなった人間が海外旅行一年ぐらいで大きく変化するはずもないが、この大旅行が鋭利な彼の人生観察をさらに研ぎ澄ませることになり、筆に一段の冴えをもたらしたことは事実であろう。

旅の目的はキリスト教やダンテやモーパッサンを生み出した西洋の風土を知ること、書物を通してしか知らなかった西洋を、自分の目で確かめることであった。明治以来、日本文学を育ててきたのは言うまでもなく西洋文学である。近代の日本文学者なら、だれもが西洋を実際に見てみたかったはずである。しかし、第二次大戦前それを実行できた人は少なく、留学経験をもった者が数人、短期滞在の者が若干、白鳥のように長くのんびり諸国めぐりをしたという例はまことに珍しい。

そんなに長い外国旅行がよくできたものだ、と感心する人もあろう。文芸雑誌の編集者に追いまくられる昨今の作家には、想像もつかないことである。経済力はもちろん、精神力にもゆとりがあったにちがいない。それに、白鳥には若いころから鍛えられた英語力もあったのである。一年の長きにわたって未知の異世界をうろつくことなど、語学力がなければ出来ないことである。

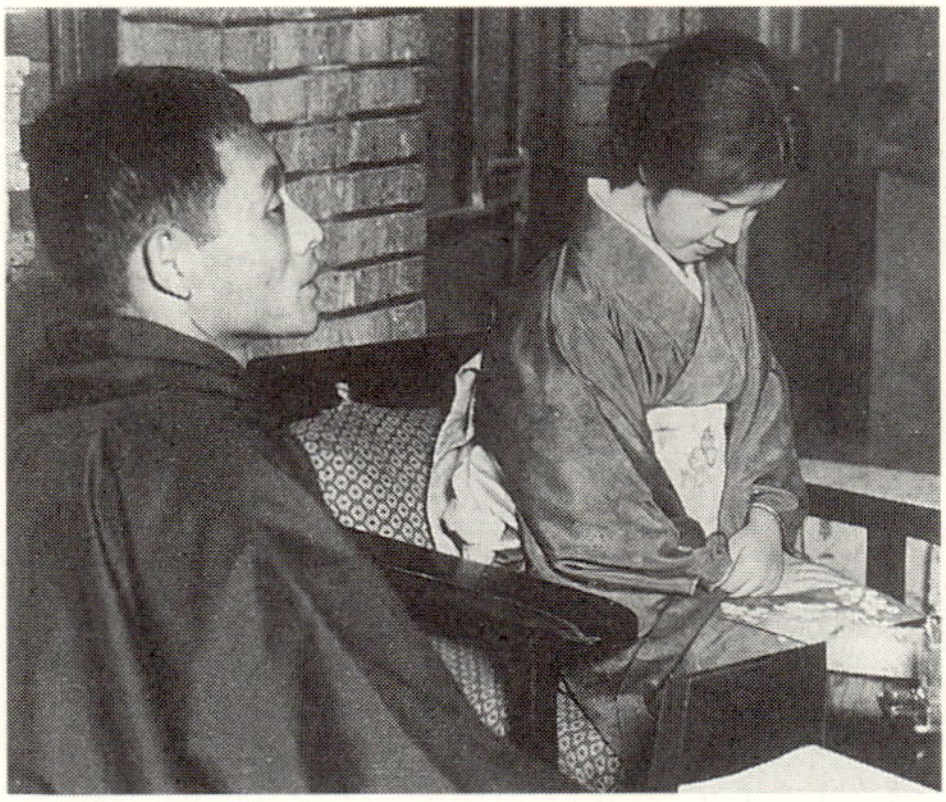

渡米前の白鳥夫妻（昭和３年11月23日）

はじめて英語教育を受けたのは岡山の米人宣教師学校。その後も早稲田で猛烈に勉強している。しゃべるのは得意と言えなかったにしろ、読み書き、聴き取りは十分できた。また、ときどき帝国ホテルのロビーを訪れて、見ず知らずの外国人旅行者と談話するのを楽しみの一つとしていたのである（「ロビーの夜」昭和八年、一九三三）。

語学力や好奇心だけではない、西洋の文学と文化について多大な知識があればこそ、旅行は充実したものにもなりえた。白鳥の一連の紀行文や随想にはそうした教養が遺憾なく発揮され、眼にするもの、耳にするものすべてが、それらを裏づける教養によって確実なものになっていったのである。

また、白鳥は本人が言うほど病弱ではなく、実は健康に恵まれていたということも考えなくてはなるまい。さらに、気心の知れた妻が同伴して、心の支えとなったことも大きい。長い外国旅行で言葉も分からない彼女は特別に苦労したはずだが、そうした様子が見えない。よほど気丈な人だったと言えるし、白鳥も、傍目よりはるかに好い夫だったのかもしれない。

それにしても、単に異郷を見、異文化の珍しさを楽しむだけの旅ならば、長過ぎると飽いてしまう。その旅が通常の「文学散歩」や「文化見聞」とちがって人間の普遍相に触れるものであったからこそ、白鳥は飽きなかったのである。文化の差異に鈍感だったというのではなく、文化現象に興味がなかったというのでもない。異文化に接するに慎重な彼は、それが簡単に理解できるとは思わず、理解できたとすれば必ず誤解が伴っていると観念し、エキゾチズムに陥ることなく、人が人として直面せねばならない普遍的な問題にのみ目を向けたのである。

渡米途次のホノルルにて（昭和３年12月１日）

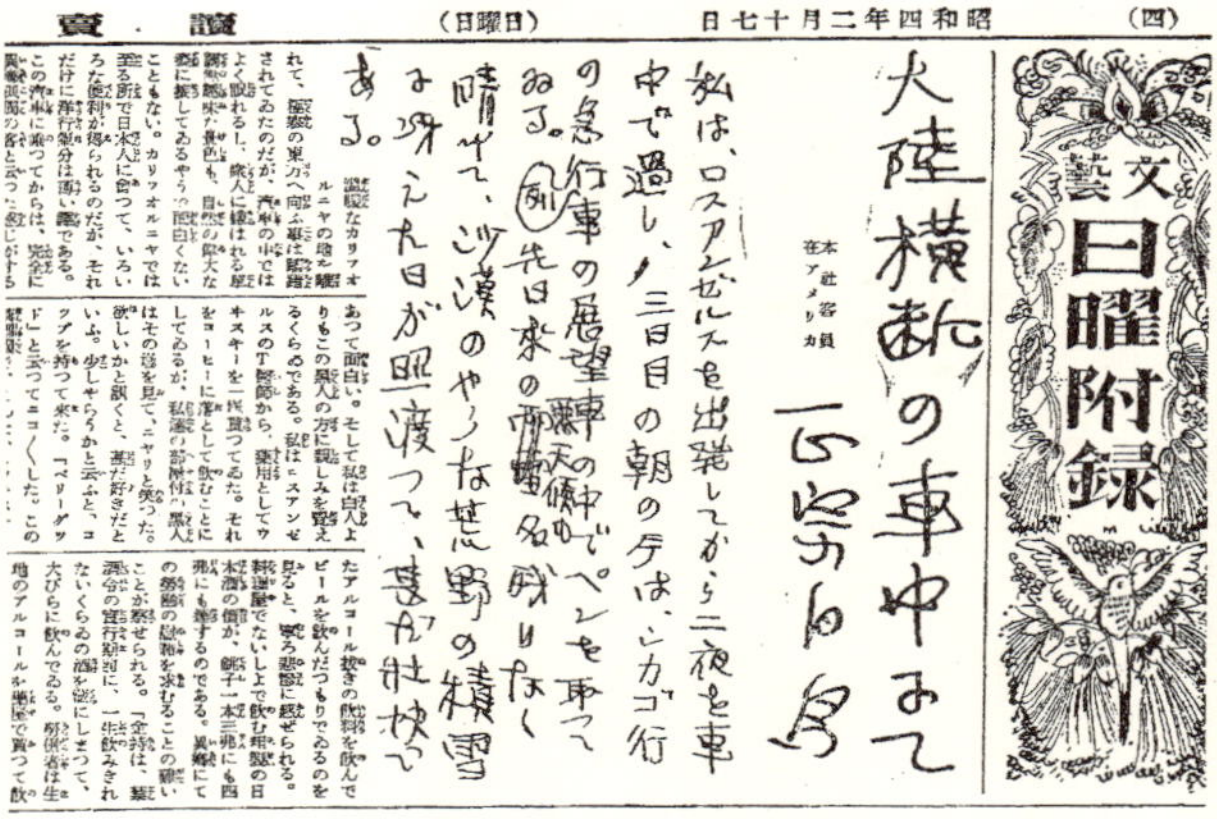

(四)　昭和四年二月十七日　(日曜日)　讀賣

文藝　日曜附録

大陸横断の車中にて

本社客員　在アメリカ　正宗白鳥

私は、ロスアンゼルスを出発してから二夜を車中で過し、三日目の朝の今は、シカゴ行の急行車の展望車の中でペンを取つてゐる。(例)先日来の天候が名残りなく晴れて、沙漠のやうな荒野の積雪に冴えた日が照渡つて、甚だ壮快である。

読売新聞に寄せた紀行文（昭和４年２月27日付より）

つまり、世界中どこへ行っても、つねに同じ態度で同じ究極の問いに向かい、その答えを見つけようとした。生と死の究極の意味を問いつづけた彼にとって、日本も、西洋も、結局は同じだったのである。

そのような彼の海外体験をもっともよくあらわす紀行文は、ところどころに幻想を織り込んで夏目漱石の「倫敦塔」を思わせる「髑髏と酒場」である。パリ見聞記ではあるが、西洋の近代文明を代表する華の都に行っても通り一遍の観光には飽き足らず、フランス革命で断頭台の露と消えた一六〇人のカトリック僧侶の「髑髏」の陳列を見てはじめて心が動いた様を伝えるのである。一見して異様な陳列物ではあるが、そこにグロテスクな美を見出すかわりに、文化の差異を超えた人間の究極の真実を白鳥は見る。異国情緒やエトランゼ気分はどうでもよかったということだ。

一九世紀末に建てられたモンマルトル丘上に聳《そび》えるサクレ・クール寺院を見ても、壮麗だとかそういう関心で終わることがない。「サクレヱクールのやうな、美しい教会堂が、どうして現代に出現したかと驚いた」と言ったあと、「吝嗇《りんしょく》のやうにも思はれる仏蘭西《ふらんす》人が、かういふ大金を喜捨して、神に献納したといふことが、私には不思議に思はれた」と言うのである。百貨店や博物館や劇場や酒場の繁盛するパリは、確かに「生ける人間の五官を喜ばせるもの」を揃えてはいるが、いかにパリ人といえども「人間固有の不安な妄念から完全に脱却することは出来ないので、かういふ大寺院の建設が企てられた」のだろうと考える。どんなに文化や科学が発達し、人生を享楽する施設が整っていようとも、人間死ねば、あの一六〇人の僧侶の「髑髏」と同じだというのである。

異国にあっても、どこにあっても、白鳥の思想と関心は変らない。この世の「異邦人」に生まれた彼は、「憧れの西洋」に行きついても、それをいたずらに讃美することなく、かといって日本を郷愁をもって思い出すこともなく、時の経過を実感しつつ、人間の永遠の問いを繰り返すのである。

再び欧米へ

昭和三年の旅で欧米世界の味をしめた白鳥は、昭和一一年（一九三六）小林秀雄との論争を打ち切ると、再度欧米旅行に出かける。前回訪れることのできなかったソ連、北欧をまず訪問し、そのあとでフランス、ドイツ、そして最後にアメリカを訪れたのである。

今度の旅にしても、以前の旅にしても、同時代の世界情勢などまったく気にかけていないのが特徴である。いくら漫遊といっても、時代の風潮や思潮の背後に政治情勢、経済情勢などが見えてこなくてはなるまいが、「髑髏と酒場」に示されたような「あの世」への関心しか見えてこない。

昭和一一年といえば一九三六年、ヒトラーのドイツがラインランドに進駐し、第二次大戦勃発の気配が漂い始めたときである。意気揚がるドイツはベルリンでオリンピック大会を開催し、白鳥もそれを現地で観ているのだから、いくら政治情勢にうといとはいえ、何かあってもよさそうである。だが、彼の紀行随筆は一向にそういうものを語らない。

日本がドイツと防共協定を結んだのも同じ年であり、彼自身がベルリン・オリンピックを見たのもヒトラーの威信を感じ取る機会であったはずだ。しかし、白鳥はいつまでも白鳥で、日本が防共協定を結ぶ相手国ドイツを訪れる直前に、共産圏スターリンのソ連を訪れているのである。政治とはまったく異なった原理による旅。彼にとって、ソ連とはチェーホフやトルストイの故国ロシアにほかならなかった。

そうはいっても、共産国の実相に触れたいという気もなかったわけではない。しかし、パリの繁華街を見るにつけて革命で殺された僧侶たちの頭蓋骨を思い浮かべる彼にとって、ナチス党のドイツも、スターリンのソ連も、根底においてはどうでもよかったのである。政治体制によっては変化しない人間の実相、それのみが彼の変らぬ関心事であった。

さて、二度目の欧米旅行から帰った白鳥を待っていたのは文学者としての栄光である。還暦を迎えようとしていた彼は、それまでの文学上の業績が公に認められ、「帝国芸術院」会員に推薦されたのである（昭和一二年、一九三七）。帝国芸術院とは現在の日本芸術院の前身で、国家主義政策の一環として作られたものである。二・二六事件以降急速に自由主義を抑制する傾向がつよくなった国家は、芸術活動一般をもその権威によって保護・援助し、そこに一定の枠をはめようとしたのである。芸術院会員に推奨されたということは、だから国家に認められたということであり、一方では名誉であるが、他方では窮屈になるということだ。根っからの自由主義者、国家主義嫌いであった白鳥は、当然ながらこれを辞退した。

二度目の欧米旅行をもとにして書いたものとしては、前にも話題にした「他所の恋」（昭和一四年、一九三九）が出色である。この作品はアメリカで大晦日に傍観した日本人移民の「忘年会」の場面がとくに光るが、それというのもそこに登場する日本人男性とアメリカ人女性の夫婦の描写が際立った生彩を放っているからである。持ち前の無遠慮な筆が、この夫婦を次のようにとらえる。

トミー、トミーと、ふと彼女（アメリカ女性）は、怪立《けた》たましく叫んで、彼（日本人の夫）のしなやかな身体に倒れかかるやうに寄り添つて、頰つぺたに唇をつけた。彼は、左の頰を向け右の頰を向け、不断馴れつこになつてゐるらしく、彼女のべたつく態度に巧みに調子を合はせた。土地に住馴れた人々には何でもないのだらうが、私たちなど新渡来の東洋人の目には、奇異に感ぜられ、汚らしくも思はれた。（括弧内は引用者の言）

このように言っただけでは、単に「東洋人」が西洋の風俗を怪訝《けげん》な眼で見ているというだけのように見える。夫に不満をもつ西洋婦人が、人前をもはばからず大声で泣き叫ぶ様を作者は冷静に眺め、「日本の女は如何なる場合にも、この西洋女のやうに豊富な涙を濺《そそ》ぐことはなさそうである」と落ちつきはらって言うのである。このような言い草を異人種を偏見の眼で見て描いた一例などと、間違っても思ってはならない。

というのも、荒れ狂う米人妻を前にあたふたとし、周囲の日本人たちに体裁をつくろう一見して憐れな夫を見る白鳥は、居合わせたほかの日本人たちが「呆れ返つた奴だ」と侮蔑的に言い捨てているのには同調しないからである。むしろ、この夫婦の傍目も気にしない姿に「真情の告白」を見、そこに無限の興味をいだいて次のように言うのである。

こんな異国婦人との恋愛は、無風流で殺風景で、羨むに価ひしないやうであるが、優美閑雅であつたり、意気であつたり仇つぽい風情があつたりする色恋とは異つたところに、勇壮活発な恋の焔が燃えてゐるのかも知れない。

極めつきは、その場に居合わせたほとんどの人がこの奇妙な夫婦に同情混じりの侮蔑を投げかけているのに、白鳥が次のように言うところである。

私は自分の内面生活について他人から断定的批判を下されるのを聞くと、「何を云つてやがるんだ」と、反撥したくなる習癖を持つてゐた。かの酒乱の西洋婦人とその夫たる日本男子とは、互ひに相手を引摺りながら引摺られながら、荒々しく帰つて行つたが、冷笑して見送つてゐる我々に向って、「何を云つてやがるんだ」と心で云つてゐるらしい反撥が顔にちらついてゐた。

説明するまでもなく白鳥の立場は明らかで、皆から嘲笑されている日米のカップルの方に共感しているのである。「生からの異邦人」であればこそ、国や環境から逸脱してあらわれる人間の真実に、このように共鳴しうるのであろう。

戦時の白鳥　昭和一五年（一九四〇）、日本政府は大政翼賛会を組織し、国民のすべてが国家に総動員される体制が整った。日独伊三国同盟も成立し、いよいよ全体主義の体制下で世界戦争へ突入することになったのである。そういう状況を感じ取って、白鳥はもはや東京生活は難しいと判断した。そのころはまだ外国人の別荘地という趣きの強かった軽井沢に、家を建てたのである。

軽井沢といえば当時でも避暑地であったが、白鳥は避暑のために家を建てたのではない。年間を通して過ごしきるつもりで、建てたのである。もっとも、すぐに引っ越したのではなく、戦争で生活が危なくなる昭和一九年までは東京に居つづけた。その間、弟丸山五男の三男有三（当時七歳）を引き取り、子のなかった夫婦に第三の存在が加わった。

甥っ子を養子として引き取った事情については、詳しいところは分からない。子がないならないでよろしいと考えていた白鳥だが、夫人が子育てを強く欲したのであろうか。もっとも、夫婦ともにすでに歳をとっていたから、少年の親代わりではなく、むしろ祖父母の役割を果たすことになったと言うべきである。養子引き取りの理由はともかく、有三の存在のおかげで、それまで二人きりだった夫妻の生活が変わったことはたしかである。

有三は「人間嫌ひ」(昭和二四年、一九四九)などの随想にあらわれる「少年」であるが、この若い命の介在のおかげで白鳥家にほのかな温かみが感じられるようになったと言えそうである。「人間嫌ひ」を自認する白鳥ではあったが、肉親、とくに子どもは別であったのか、彼自身「付け焼き刃の愛情」が出てきて、「何となく気掛かりな存在」になるようになったと、例によってとぼけた言い方をしている。

成長盛りの幼い魂の存在は、それが血のつながりのある甥であるだけに、日ごろは子孫維持願望に消極的であった白鳥にも多少の変化を生じさせたにちがいない。欲望ははかないもの、という彼の極度の自己抑制にもかかわらず、いやそうであればこそ、自身の子ではない「少年」に、いわゆる「傍観者」的愛情を注ぐことができたのである。「傍観者的愛情」とは妙であるが、白鳥をとらえるにはふさわしい言葉であろう。責任逃れのようでもあり、同時に他人に干渉しない潔癖さの表現でもあるこのような言葉こそ、白鳥の全対人関係を要約していると思われる。

ところで、一度は辞退した芸術院会員であるが、昭和一五年(一九四〇)に再び推薦されると、今度は承諾している。昭和一八年(一九四三)には日本ペンクラブ会長の座をも引き受けている。白鳥といえども、国家総動員体制には逆らえなかったということか。しかし、お国のために役に立ちたいと積極的に思ったとは考えにくい。となると、国家と文学者の仲立ちとなることを承諾したということであるか。

というのも、すでに昭和一四年（一九三九）、白鳥は読売新聞紙上に「芸術表彰」という短文を書き、国家が芸術院をつうじて文学に関与することは西欧諸国並みのことで、「慶賀」すべきであると言っているのである。芸術院会員になることを承諾したのも、ペンクラブ会長になったのも、だから文学者と国家との仲介役を買って出ようとしたのだと一応は考えられよう。しかしながら、実際には芸術院ではかばかしい活躍をした形跡はなく、文学者として多くの発言をした形跡もない。当時の白鳥の本当のところは分からない、そう言うのがもっとも賢明な答えである。

戦争についての彼の意見も、言論の統制があった当時はもちろん、戦後になってもすぐにはあらわれなかった。戦争が終わった当初は何かにつけて「阿呆」「阿呆」と言い、人も阿呆なら自分も阿呆だと自嘲的であったが（「戦災者の悲しみ」昭和二一年、一九四六）、どうして「阿呆」なのかという肝心のことは書かれずじまいである。戦時の白鳥は戦争が人間を単なる「動物」にし、ただ食べることだけの毎日となり、「誰も彼も乞食」状態になったと苦々しく語っていたというが（「人間嫌ひ」昭和二四年、一九四九）、戦争のためにほとんど何も書かなくなっていた彼にすれば、文学活動のできなかったことは大いなる屈辱だったにちがいない。戦争が彼にとって文学の敵であったことだけは確かで、もともと国家に対する情熱の乏しかった彼が、戦争を讃美するはずもなかったのである。

文学が平和の産物であり、政治的な事件と芸術とは一線を画すべきという立場は、すでに「光秀と紹巴」（大正十五年、一九二六）にあらわれている。文学者が戦時に出来ることなど何もないという考えが、「紹巴」を通じてあらわれているのである。戦争と芸術の関係についてのそういう考え方は、昭和一四年（一九三九）に書かれた「ヨーロッパ追懐」にもはっきりあらわれている。戦争という一大破壊行為にあって、国の文化遺産を守ろうとする国が西洋にはあるが、そんなものはポーズに過ぎず、実際には芸術を無視して戦争が行われるのだと言いきっているのである。

「自分の身は亡びてはならない。自分の国は亡びてはならない。或ひは人類そのものが亡びてはならない」というのが人情であろうけれど、結局のところ、人類は自らを滅ぼすような「暴虐」に出るものであり、芸術がその「暴虐」を抑えることなどありえないと彼は言う。芸術家は世俗の権力者には弱い、世俗の権力者が横暴になれば、芸術家はただ黙るしかない、そう言うのだ。

そういう彼が、政治権力者が芸術に介入し過ぎることに抵抗を感じたのも当然で、芸術と政治にはおのずと境界線があるのだから、それを踏み越えてはならないという主張もしている（「文化擁護のためか」昭和一五年、一九四〇）。ドイツの宣伝大臣ゲッペルスがドイツの兵士は「ベートーベン、ワーグナー、ゲーテ、シラーの国」を守るために戦っているのだと宣伝したとき、率直に「疑惑」を感ぜざるをえなかったと表明するのである。芸術は政治の道具であってはならない、もし政治が芸術を利用しようとすれば、それに協力するかわりに沈黙するしかない、それが白鳥の偽らざる立場であった。その点において、彼は戦時も平時も終始変わっていない。

しかし、そうなると、「芸術表彰」を書き、国家の芸術への関与を喜んでいた白鳥が、他方で「文化擁護のためか」で芸術の政治利用を批判していて、辻褄が合わないことになる。白鳥のように生涯一貫した姿勢を保ったと見える人の場合、この齟齬《そご》は気になるのである。自分の描いた「紹巴」のように、彼も寝返ったのであるか。作者というものは自身の何かを作中人物に託するものだとすると、白鳥もついに彼のなかの「光秀」を「紹巴」によって裏切ったのかもしれない。

しかし、問題はもっと複雑で、「芸術表彰」を書いた昭和一四年（一九三九）一一月の時点では、彼はまだ芸術院会員にはなってはいなかった。国家と芸術の関係について、まだ甘い観測をもっていたとも考えられるのである。一方、「文化擁護のためか」を書いた昭和一五年（一九四〇）八月は、まさに芸術院会員になることを承諾したころである。そのころには、彼にも国家の思惑は見えていたと考えられるのである。そうなると、彼の二つの意見に齟齬が見られるとしても、少しもおかしくなくなる。国家体制に自らが組み込まれていくのを実感したときになって、文学や芸術を政治から守らねばならない、政治にだまされてはならない、と実感したのにちがいない。

だから、この「文化擁護のためか」なる文章が、彼が生前に出されたどの単行本にもどの著作集にも収録されなかったということは重要である（紅野敏郎「解題」福武書店版『全集』第二八巻、一九八四）。時局を批判するような文章を戦時に書いたことを戦後の人々に知られることが、潔癖な彼には厭だったのである。戦前と戦後で価値観が転倒したことで、自身の書いたものの価値評価も一変する。そうした評価の変動で自分が不当にもち上げられることも、不当にけなされることも、等しく煩わしいと思ってていたにちがいないのである。そういう白鳥を、「へそ曲がり」と言ってもよい。子どものころから軍国教育が嫌いであっても、そのことを「愛国心」がなかったからだなどと皮肉に言ってしまえる彼のような人間に、ありきたりの「平和主義者」を期待するほうが間違いである。

さて、戦時は白鳥にとって文学生活における「長い休暇」であった。書かれた作品は数えるほどしかない。ほとんどが友人知人の回想か、自身の思い出話。そういうなかでは、母の死を悼んだ「今年の初夏」(昭和一八年、一九四三)が出色である。これについては第一章で触れたので、ここでは触れない。

昭和一九年(一九四四)、彼と妻と有三はついに軽井沢に移住した。疎開とはいえ、もともと家を建ててそこに住むつもりだったのだから、引っ越しである。翌昭和二〇年「大空襲」で東京の家は焼け、以降は軽井沢常住となる。その家を訪ねた小林秀雄によれば、まるで「学校」のような殺風景な家だったそうで(対談「大作家論」昭和二三年、一九四八)、実質のみを尊ぶ白鳥らしい生活振りであった。

軽井沢の家では、有三を囲んでことさらにのんびりと「源氏物語」をウェーリー(Arthur Waley, 1889-1966)訳で読んで楽しんだということが「戦災者の悲しみ」(昭和二一年、一九四六)に書いてある。食べるものがあり、生きて本を読むことができれば何の不足があろう、文化とは平和の産物だ、そういう実感が記されている。この随筆に「戦災者の悲しみ」というタイトルが付されているからといって、別段悲痛なものは感じられない。平和な田舎の家庭風景がほんのり感じられるだけの文章に「戦災者の悲しみ」なる題をつけるところに、白鳥という作家の難しさ、味わい深さが感じられる。

第五章　戦後の白鳥

1　時代と作家

戦前の白鳥

時代の変化が作家に影響しないはずはない。白鳥の作は時代を超えて永遠のテーマを追い、歴史とは直接関わらなかったかに見えるが、やはり近代日本という特殊な時代相を反映している。この最終章では、まず白鳥の人生の昭和二〇年敗戦にいたるまでの時期を年代順に振り返り、その背景となる時代の変遷を見てみたい。彼の戦後の足跡を追う助走としたいのである。

白鳥が生まれたのは明治一二年（一八七九）、明治一〇年の西南戦争のあと、中央政府が全国を完全支配し、江戸時代の封建体制が一応終焉した時期である。この時代、旧士族でなお中央政府に不満のあった者は「自由民権運動」に走り、「民」の権利を主張した。これに対し、政府は西欧列強諸国との不平等条約を改正すべく軍事力の増強を心がけ、天皇を中心とする軍事国家を築いていったのである。このような時期、学校教育は国家政策に組み込まれ、忠君愛国の国家主義が教育の主流となる。教育勅語の下賜は明治二三年（一八九〇）、白鳥が小学校に上がったのは明治一七年であるから、彼の受けた初等教育が「勅語」を準備するものであったことは間違いない。

備前穂浪という小さな地域共同体の中心的存在である家庭に生まれ、自由主義的な父の教えを受けていた白鳥が、子どもとはいえ教師の教えに素直に従わなかったのはわからないではない。子どもなりに国家主義に背を向けて、中学に入るときは父のすすめで私学の閑谷黌を選んでいる。漢詩文にひたり、「国民之友」や「国民新聞」にふけり、蘇峰流の自由主義に惹かれ、さらにはキリスト教への関心を高めていくのはそのころで、明治前期の進歩的青年の一人として、国家主義に背を向けたまま「文学」に親しんでいったのである。

明治二七年（一八九四）といえば日清戦争勃発の年であるが、そうした時代の風潮には関係なく、白鳥は岡山の薇陽学院に入学する。のちに社会主義者として名をなす安部磯雄を校長とするミッション・スクールで、岡山にはクリスチャン石井十次の日本最初の孤児院もあり、彼の人生は急速にキリスト教に傾いていった。学校では宣教師にキリスト教と英語を学び、家では内村鑑三の著作に熱中して国家を超えた崇高な理念に燃える。国家主義と対外戦争とに傾きつつあった時流とは正反対の道を歩みはじめていたのである。

上京して早稲田に通い始めたのは明治二九年（一八九六）。早稲田を選んだのも、「自由」を求めたからである。この年下関条約が調印され、日本は「脱亜入欧」の一歩を踏み出したが、そうした世相である。

に構わず語学と文学と柔道に明け暮れ、キリスト教の道を邁進した。国家主義はもちろん、当時芽生えかかっていた社会主義にも目をくれず、ひたすらキリスト者内村鑑三と植村正久のもとに通ったのである。

早稲田を卒業したのは明治三四年（一九〇一）。島村抱月の導きを得て読売新聞に批評を発表するようになり、明治三六年（一九〇三）には読売新聞社に入社することになる。翌三七年、日露戦争勃発の年には読売以外でも活躍する批評家となったのである。彼の批評は文芸や演劇に関するものばかりで政治を論じたことはないのだが、国中が日露戦の勝利にわき立っていたのに政治情勢に無関心であったというそのことが、彼をして社内で孤立させることになった。

小説を発表するようになったのはそのころで、自然主義の作家たちとの親交を得たことが大きい。明治四〇年（一九〇七）には短編「塵埃」を発表して評判を得、一躍作家としての名を上げた。もっとも、あれほど熱心だったキリスト教からは次第に遠ざかり、精神は虚無に傾いていく。

この時期の作品はいずれも写実的であるが、内容は石川啄木（一八八六～一九一二）の言う「時代閉塞」に呼応する。日露戦の勝利による大国意識の芽生えとともに反体制的分子の弾圧が激しくなった時代にあって、ひたすら社会の日陰に生きる希望なき人々の悲哀を描き、しかも社会批判は一切はさまなかったのである。現実はこうだ、夢は醒めた。それだけを示す彼の文学は、キリスト教熱の醒めた作者の内面の虚無をあらわすとともに、社会全体に充満していた倦怠感と失望感とをあらわしたと言うことが出来よう。

明治四三年（一九一〇）、白鳥は七年間勤めた読売新聞を退社する。会社から勧告されての自主退社であったが、その前年に新聞紙法が公布され、マスメディアの自由が著しく制限されたという事実はこの退社と切り離せない。自由な批評文がもはやジャーリズムで用をなさなくなった時代の空気というものの反映だったのである。

当時の日本は政治上の大きな転換期にあった。国外では韓国併合、国内では大逆事件（ともに明治四三年、一九一〇）、維新以来の天皇制国家主義は新たな段階に突入し、日中戦争、太平洋戦争への道が拓かれたのである。そのような状況下で格別な政治意識をもたない白鳥のような作家は、自らの内面を描くしか道はなくなっていた。

翌四四年（一九一一）白鳥は結婚し、自身の「閉塞感」を打破しようとした。その効あってか、心境に変化があらわれ、小説のスタイルに独自の風が生まれた。当時、鷗外や漱石など明治天皇の崩御に衝撃を受け、それが作品にあらわれている場合が多かったが、白鳥にはそれがない。はじめから、国家・政治・歴史を超えたところに人生の価値を置いていたからである。

大正三年（一九一四）第一次世界大戦が勃発し、日本はこの機を利して欧米列強との同盟締結を急いだ。国際社会での地位を一気に確立しようとしたのである。国内には民主化の動きも起こったが、ただちに反動勢力によって潰され、盛りあがりつつあった社会主義運動も弾圧された。この時期、白鳥はさかんに小説を書いたが、「入江のほとり」（大正四年、一九一五）をピークに創作レベルは落ちていく。大正八年（一九一九）ついに息切れし、翌九年神奈川県大磯に居を移して心機一転をはかった。

転居は一定の効果を発揮し、大正一〇年（一九二一）には「人さまざま」「大漁」、一一年（一九二二）には「迷妄」といった秀作が発表された。世相を描きこみながら、それを傍観する自分をも描くという独自の手法で、随想とも批評とも小説ともつかない不思議な文学が生まれたのである。

大正一二年（一九二三）は傑作「生まざりしならば」の誕生した年であるが、この年の九月に関東大震災が起こり、白鳥の家は半壊している。幸い生命の難は免れ、作家としてはこれを機に新境地を拓くことになり、戯曲に着手するようになった。「人生の幸福」（大正一四年、一九二五）「安土の春」「光秀と紹巴」（大正一五年、一九二六）など異色の戯曲が生まれ、小説家白鳥にかわって劇作家白鳥が誕生した。

昭和に入ると、小説や戯曲よりも評論の方で真価を発揮するようになった。ダンテ論、トルストイ論、近代日本作家論など後世に残る評論を次々に発表した。その頃は日本が無理な対外進出によって国際的に孤立を深めていく時期で、昭和六年（一九三一）には満州事変、翌七年には満州国建国、さらに八年には国際連盟脱退と一連の事件がつづき、国内でも昭和七年（一九三二）の五・一五事件が示すように議会制民主主義が崩壊し、超国家主義体制と非合法活動との対立が尖鋭化していった。そうした時期、白鳥が世に問うた評論はいずれもが古典文学論である。彼にとって、「この世」より「あの世」の方が重要だったのである。

プロレタリア文学の作家たちが弾圧され、文学と政治の関係が極度に緊張したのもこの頃である。白鳥はそうした状況をあえて無視し、視線をもっぱら「中世」と「魂の永遠」の問題に注ぎ込んだ。

時代状況が彼本来の形而上学的志向を深化させたと言える。

昭和三年（一九二八）一一月からの約一年にわたる夫人同伴の欧米旅行も、そうした時代状況に対する彼の態度を示している。すでに五〇を超えていた彼は、帰国後円熟した眼識と筆とによって見事な評論・随筆を次から次へ書いていくのだが、関心事は魂の救済にしかなかった。社会への視線はあえて封殺している。

昭和一一年（一九三六）は二・二六事件、翌一二年は蘆溝橋事件、さらに一三年は国家総動員法の成立と、日本はファシズム侵略国家の容貌を顕わにしていったが、その年白鳥は夫人を連れ立って再度欧米旅行に出ている。スターリンのソビエトも見れば、ヒトラーのドイツも見たとはいえ、政治とは別の観点からの諸国漫遊である。帰国後の昭和一二年（一九三七）、帝国芸術院会員に推薦されたが、これを辞退している。世界を見て日本に帰った彼は、当時どこの国でも政治が文学に優先されている様を確認し、文学者の政治の前での無力感を深めたと言える。

昭和一三年（一九三八）、六〇歳の白鳥は自らを老作家と見なすようになり、「文壇的自叙伝」を発表する。人生を回顧するようになったのである。昭和一五年（一九四〇）には甥っ子を養子に迎え入れ、軽井沢に家を建て、新たな生活設計を始める。社会から距離をとり、家庭生活を充実させる方向に向ったのである。

同年、ふたたび帝国芸術院会員に推奨されると、今度はこれを承諾する。さらに、太平洋戦争の深まった昭和一八年（一九四三）に日本ペンクラブ会長に推されると、これも引き受けている。戦争への協力というより、文学者と政府との仲介役を勤めようというのが本心だったのであろうが、この時期の彼の心境には不明なところが多い。文学を政治から守ることは不可能だと観念していたのであろうか。

戦局が悪化し、一家三人軽井沢に引っ越すことになるが、白鳥本人にとっては昭和一九年（一九四四）に近松秋江を失ったことが大きい。この旧友の死は、彼にとって文芸の情熱と自由の渇望の終焉、青春の終焉を意味したと言ってよいのである。それから、東京大空襲。持ち家は昭和二〇年（一九四五）五月に灰と化し、同年八月日本が連合国に無条件降伏するまで数年のあいだ文芸活動を休止した。もう二度と文章を書くこともなかろう、そう思ったようである。

以上が敗戦までの白鳥の軌跡であるが、総じて見ると、日本近代史をそのまま生きた半生と言える。特別な政治主張をもたない彼は、時代に流される人ではなかったが、かといって時代に抗するほどでもなく、それだから無事に世を渡ることが出来たと言えるのである。

ところで、白鳥文学が人間の精神をえぐり、歴史を超えるものをめざすことはたしかであるが、彼が時代状況に無関心を装いつつ、実は時代を観察し、それについて批評を加える資質をもっていたことは見逃してはなるまい。また、彼の文芸上の手法には時代の流行のいくつかが反映されているということも、これまた見逃してはならないのである。つまるところ、彼の文学を歴史から切り離すことは出来ないのであって、彼の執拗な魂の探求の旅を、「時代閉塞」の産物であったと言うことも出来る。国家機構の巨大化が生み出した精神の矮小化は、彼の文学にも影を落としているのである。

別の言い方をすれば、彼の文学を支配する寂寞と永遠への希求とは、明治前期の理想主義に生きようとした青年が、明治後期の社会的現実の厳しさと強大な政治機構の前ではまったく歯が立たなかったということの、間接的な証明になっているとも言える。白鳥の文学は近代化によってもたらされた日本人の文化的不能の表現である、とさえ言ってよいかと思う。同じ運命は多くの日本近代の作家たちにも刻印されているのだが、その不幸をいち早く自覚し、それを冷静かつ客観的に余裕をもって眺めえたところに白鳥の面目がある。彼のもっとも輝かしい点は、その公平無私の批評精神にあるのだ。

そうした批評精神がどうして維持できたのかといえば、白鳥にはつねに絶対の基準があったからである。批評することには批判が含まれる。批判するには絶対の基準が必要である。彼はその絶対の基準から、物事を判断したのである。

では、その絶対の基準とは何かといえば、「この世のすべてを超えるものが必ず存在するにちがいない」という一種の確信である。この世のすべてが相対化されるような「あの世」の基準、これが白鳥の背骨であり、それを見なくては白鳥をつかんだことにはならないのである。

だから、彼の文学を歴史的に眺めるだけでは、その十全な理解に達することはできない。私たち人間が歴史的存在である以前に生物的存在であるかぎり、彼の文学の第一主題である「人はなぜ生まれ、なぜ生き、なぜ死ぬのか」という問題は意味をもちつづけるのである。文明の進歩、帝国の支配、そうしたものの総体としての歴史、それが何であろう。一人ひとりの人間は、生まれれば必ず死ぬ運命にあり、その運命を避けうるいかなる科学技術も、われわれはまだ発見していないのである。

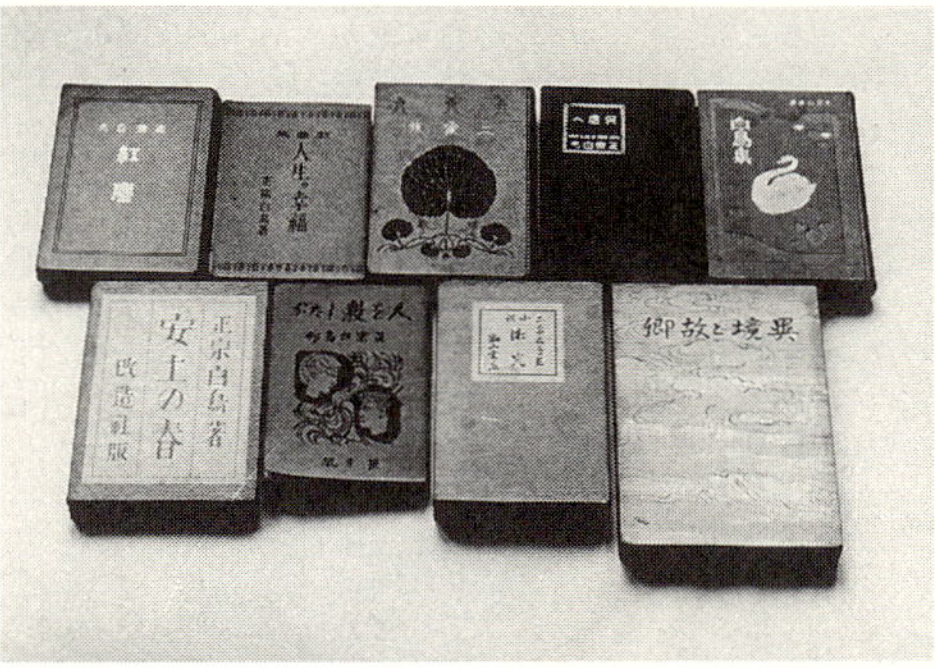

白鳥の著作

戦後

戦後の白鳥は言論の自由の回復に伴って自由闊達に書き、文学商業化の流れに乗ってさまざまなところで文章を発表した。新しい作家が続々登場するなか、力量ある既存作家として戦前以上に重視され、文化勲章までもらうことになった。

とはいえ、内容や書き方が変わったわけではなく、まったく戦前の延長と言ってよい。GHQの占領下であろうとなかろうと、敗戦の日すでに六七歳であった彼に大きな変化が訪れるはずもなかったのである。

相変わらずの読書家で、東西の古典を満遍なく読み、同時代の新文学にも目を通し、評論に随筆に健筆をふるっている。随想「戦災者の悲しみ」（昭和二一年、一九四六）には戦災にあった者の「悲しみ」よりも読書の喜びが語られ、「モウパッサン」（昭和二二年、一九四七）、「自然主義盛衰史」（昭和二三年、一九四八）には自身の文学遍歴と近代日本文学との歩みがまとめられている。それらの集大成として、「文壇五十年」（昭和二九年、一九五四）が書き上げられたのである。

小説・戯曲の類はというと、こちらの方は数は減ったが、昭和二二年（一九四七）の戯曲「天使捕獲」、二四年（一九四九）の長編小説「日本脱出」が注目に値する。同年の短編「銀座風景」も興味深い作品で、そこに見られる幻想と宗教観と現実主義のカクテルは何とも言えない不思議な魅力を放っている。以前から幻想的傾向と現実主義との共存はあったが、戦後の白鳥はそれが堂に入っている。戦前より筆も滑らかになり、読み物として楽しいものになっている。

長年の友人の生涯をまとめた「近松秋江」は昭和二五年（一九五〇）に発表されたが、これは白鳥の青春の記念碑と言うべきものである。それまであえて触れなかった自身の若かりしころの女性関係も吐露されて、実話小説としても面白い。物事を客観的に見る眼力は衰えず、少しも感傷が入らない点も変わらない。「老いて衰へず」とはまさにこれである。

同じ年、長年の功績に対して思いも寄らぬ文化勲章の受賞となったが、子どものころから世の主流から外れてきたはずの彼も、いつしか世の中心人物の一人になっていたということであるか。当人にとっては驚きの受賞で、すでに七三歳であった。

昭和三一年（一九五六）は「懐疑と信仰」が書かれた年で、このころから死にいたるまでの数年間、白鳥は宗教問題に傾いていった。歳をとって死が近づいたからというよりは、幼少時から生の不安、死の不安に取りつかれ、妖怪の夢魔に悩まされていたその本性が、ここにきて再び表面化したのである。聖書やキリスト教文学をつねに枕頭に置いて七〇年間を生きた、その必然の結果と言える。

だが、そうした形而上学的傾向はあっても、戦後史の流れを無視したわけではない。原子爆弾、敗戦、東京国際裁判、朝鮮戦争、核実験、そうした現代史の動向は彼をして人類の行く先について深い憂いを生ぜしめている。世相に対しての批判は戦前よりも強まったと言えるのである。急速に崩壊に向う世のなかを人性の必然と諦め、人間とはそういう愚物であると認める点では戦前と変わらないにしても、まさかこれほどまでひどくなるとは想像もしていなかったという感慨が、しきりに表明されるようになったのである。

人間生きつづけるには希望が必要である、この世がこれほどひどいなら、宗教の光以外にどんな希望がもてるのか、それが晩年の白鳥の感慨である。臨終の際に牧師を呼んだことで「白鳥キリスト教に回帰す」などと騒がれたが、そういう騒ぎは彼の本心とは関係ない。幼少のころからつねに宗教的救済に向かっていた彼において、キリスト教が選択されようと、ほかの道が選択されようと、それは大問題ではなかったのである。

戦争論

戦後の白鳥は戦争についていくつかの評論・随筆を書いている。悲惨な戦争を経験した人間の一人として、悲惨が現在もつづいていることを明察する一人として、率直に発言したのである。戦前には見られなかった社会的責任感をともなうそれらの発言は、紹介するに値する。

その一は「我も亦《また》国を憂ふ」（昭和二六年、一九五一）で、戦後の日本人がもう戦争はこりごりだ、平和がいいに決まっていると言っているのを、そんなに簡単なものかと釘を刺す文章である。

白鳥に言わせれば、日本が敗けた戦争にしても、世界中のどの戦争にしても、決して「支配者」が「戦争嫌ひの民衆」を無理やりに巻き込んだものではなく、大多数の人間が「戦争が好き」で起こしたものである。戦争好きは人類の「太古からの遺伝」であり、したがって戦争は簡単に根絶できるものではない。そういう自分にしたところで、「心をよく検討」してみれば、必ずや好戦的な精神が見つかるというのである。

では、そのような好戦の精神はどこから来るのかというと、白鳥はこれを「空想」と「安閑」の産物だと言いきる。幼いころから聞かされた「唄」や「文学」をつうじて、人は知らず戦争を「勇ましいもの」「面白いもの」「尊いもの」と思うようになり、そういう「空想」が実際の戦争を支えてきたというのである。「空想」の力は恐ろしいもので、戦争反対と叫んだぐらいで消え去るものではない。だから、「徒然草」の作者にならって何もしない方がましなのだ、そう結論するのである。安易な戦争否定論の空疎を指摘した文章、と言ってよいだろう。

戦争を支持するでもなく、戦争反対者を非難するでもない。戦争にまつわる人類の精神に巣食う空想の恐ろしさを、真っ先に自身のなかに見つけてこれを検討し、自戒に終始するのである。戦争をだれよりも嫌っているのは作者自身であるが、それを声高に叫ぶかわりに、まず自己点検する。きれい事を言うかわりに、厳しく自身を見つめ、そこから人間の思想と行動の危うさを見つもるのである。

こうした意見表明は、昭和二六年という時代を考えるとなおさら意味をもつ。時代は「平和、平和」の大合唱、戦争を非難する声一色で、悪い政治家と馬鹿な軍人とが善良な国民を悲惨な戦争に巻き込んだという決まり文句が支配的だったのである。そのようなとき、「我も亦国を憂」えているのだと皮肉をこめて言いながら、国を憂えるなら真っ先に自身の点検から始めたいと、つつましいと同時に手ごわい主張をする。白鳥の誠実さとともに、あくまで個人の心を大切にする彼らしい信条が光り、衰えない批判精神が窺えるのである。

翌二七年（一九五二）に書かれた「戦争愚痴」にしても、同様の考え方が表明されている。ここでは戦争を決定する軍人や政治家の「愚痴」（＝おろかさ）が積極的に指摘され、白鳥本来の個人主義、自由主義が鮮明に打ち出されている。彼によれば、「戦争家」が「愚痴」なのは、彼らが「戦争か平和かの討議をする」ときでも「何百か何千か何万かの人間の生命」が失われ、「寡婦や孤児」が出来ることや、「天よりも地よりも国よりも、黄金、白金よりも尊い、一人子をも二人子をも、親の身から奪ふ」ことについて考えないからである。白鳥にすれば、人間は誰だって死にたくないのであり、大事な肉親を失いたくないのであるから、政治家や軍人がそういうことに「無感無覚」でいられること自体「不思議」なのである。

非難しているのに、「不思議」という言い方をするのが白鳥である。他人を非難するトーンは柔らかく、声は低いのだが、人間は生きたいもの、夫や子どもを失いたくないもの、それを無視して戦争を決する人間は異常だという考え方は、はっきり打ち出されている。おそらく戦時中から思っていたことが噴出したこの文章は、死の恐怖におびえていた幼少時代からの生への執着が社会化されて表現されたもの、そう言ってよいと思われる。

興味深いのは、東京裁判で裁かれた政治家や軍人ばかりを異常とするのではなく、信長や秀吉、家康といった戦国の武将もまた異常者だとしていることである。古今東西すべての武将、国王、そうした人々は自らの欲望や夢想のために多くの個人の命を軽視し、しかもそういう彼らが英雄ないしは偉人として讃えられてきたことこそ、白鳥にすれば「異様」なのである。歴史物語や叙事文学が陥りがちな危険な妄想を指摘する彼にとって、「文学」は何よりも個々の人間の命を尊ぶものでなければならず、政治に対して無防備であった戦前の文学のあり方について反省を促しているのである。

白鳥にとって敗戦以上にショックだったのは、戦後になっても一向にやまない次の戦争、また次の戦争のための準備である。「今日は無事」（昭和二九年、一九五四）には「ビキニの灰」が人類の「恐怖のどん詰まり」をもたらすものだという危惧が表明され、人類が次から次へ生み出す凶器が「学者とか何とかの仮面をかぶつた悪魔」の仕業だと思えてならないという真率な考えが表明されている。「仮面をかぶつた悪魔」という表現には、彼の愛読したドストエフスキーが宿っているにちがいないが、そういうことを指摘するより、人間存在の惨めさを己れ一身において実感しつづけてきたこの作家が、戦後においてついに世界全体、人類全体の運命と己との共通項を見出したことの方が重要である。戦争を経験することによって、ようやく白鳥は自身の文学に社会的視角を取り入れることに成功したのである。

このようなわけだから、白鳥が「戦争を廃止せよ」（昭和二九年、一九五四）を書いたとて、これを戦後の反戦風潮に同調したものと安易に見なしてはならない。太平洋で水爆実験を繰り返すアメリカの犠牲となった「久保山さん」の死を前に、今までにないほど激しい抗議の声を浴びせているのである。

もちろん、そういう抗議の文章を書くときも、彼の文学者としてのスタンスは変わっていない。あくまで、個人として発言しているのである。ただし、個人の声を「歴史」とは反対の方向に向けて発していた戦前とはちがって、いまは文学者の「社会責任」を感じて発言している。意識におけるこの変化は、敗戦と戦後の言論文化の差という「歴史」が生み出したものであり、白鳥が歴史のなかに生きていたことを示すものである。以下の文章、その「戦争を廃止せよ」から引いたものである。

言論自由の今日、アメリカのやうな強大国に対してさへ水爆について抗議を出してさしつかへないのであり、自国の政府攻撃なんかは無論なんでもなく、奔放自在に矢を放つていいのだが昔の英雄に対してなにゆゑに遠慮しながら殺人者にコビを呈するのであるか。ビキニの灰の被害者ばかりでない、なんの罪もない一人一人の人間に害を加へ、その生命を奪ふことは民主主義、人間尊重主義の上から極力責めるのが今日の常識になつてゐるはずで、実際今日の新聞でもさういふふうに殺人事件を取扱ふやうになつてゐるはずなのにどうして史中の英雄の殺人を是認し、礼賛するのか。

こうした発言、白鳥が映画人としてもっとも高く評価していたチャップリンの「殺人狂時代」を思い出させる。

2　時代を映す白鳥

「徒然草」

小林秀雄が「徒然草」について書いた文章ほど、白鳥にぴったりと当てはまるものもない。この文章、すなわち「徒然草」（昭和一七年、一九四二）は戦時中小林が日本古典を振り返って書いたもので、決して正宗白鳥のことを念頭に書いたわけではない。しかし、白鳥にぴたりと当てはまる言葉が見つかり、たとえば兼好法師が「詩人」ではなく「空前の批評家」であったというような指摘がその一つである。

小林は兼好の前にも後にもそういう精神は日本になかったと言っているから、自分の目の前に白鳥という「空前」の人がいるのに気づかなかったのであろう。しかし、そういう小林も徐々に白鳥の「批評家の魂」に気づいていったようで、最晩年になってついに白鳥論を書いている（未完の「正宗白鳥の作について」一九八一―八三）。白鳥は小林にとって生涯の終わりまで気にかかる存在であったにちがいなく、批評家として大先輩であるこの人への思いは、歳をとるにつれて畏怖の念に近づいていったようだ。

その小林の「徒然草」に次のような文章がある。

彼（兼好）には常に物が見えてゐる、人間が見えてゐる、見え過ぎてゐる、どんな思想も意見も彼を動かすに足りぬ。評家は、彼の尚古《しょうこ》趣味を云々するが、彼には趣味といふ様なものは全くない。

（小林秀雄「徒然草」昭和一七年、一九四二）

兼好の見え過ぎる目は「趣味」などには縁がないということを指摘しているのだが、同じ小林は白鳥の家を尋ねたとき、そこにまったく「趣味」というものがないのを見て驚いている（正宗白鳥との対談「大作家論」昭和二三年、一九四八)。白鳥の家を見た小林には、この人が兼好に通じる「空前の批評家」であることが見え始めていたのではないだろうか。

小林は「徒然草」について次の言葉で締めくくっている。「徒然なる心がどんなに沢山な事を感じ、どんなに沢山な事を言はずに我慢したか」と。この文章もそのまま白鳥に当てはまるもので、白鳥はつねに世の中、時代を超えた永遠の相を見つめていたが、だからといって、この世、すなわち現世の出来事に無関心ではなかったのである。すでに見たように、戦後の日本についてもさまざまな意見を述べているし、戦前だって、自身の周囲に起きる事柄に、無関心を装いつつも関心をもっていたのである。理想家にして現実家であった彼は、決して夢想に溺れる人ではなく、目の前の現実から顔を背けたことは一度もない。

「大　漁」

白鳥が同時代の世相に無関心であるどころか、それらをつぶさに観察していた例を、いまここに、戦前と戦後の両方から一作ずつ選んで示してみたい。戦前の作としては大正一〇年(一九二一)の「大漁」、戦後の作としては昭和二四年(一九四九)の「銀座風景」である。いずれにも当時の世相が過不足なく描かれ、同時に時代相を超えた永遠相も垣間見られるところが面白い。「大漁」という作品は、目立たないが白鳥らしさの溢れた好短編である。白鳥らしさというのは、すべてを突き放して描きつつ、すべてに関心をもち、しかも結論を出さず、人さまざまの現実を意味づけせずに示す、という意味である。

この作品は当時白鳥の住んでいた大磯を舞台に、三つの場面から構成されている。第一場は、白鳥自身と思われる語り手が銭湯に行くところ。語り手にとって、風呂に行くぐらいしか一日の楽しみはないのである。その銭湯で、大磯の浜が鰤《ぶり》の大漁でわき返っていることを喜ぶ番台の主婦の声を耳にする。主婦は最近漁業会社の株を買ったようで、それで大喜びなのだ。それを聞く老人客は半信半疑で、株など危険ではないかと感じる。二人の会話を黙って聞き取るのは語り手である。

第二場は大漁でわき返る浜である。魚市場のにぎわいと、磯で日光浴する肺病患者のわびしさとが交互に登場する。語り手が大漁でわき返る市場を見ていると、安い賃金で厳しい労働を漁師たちに強いる過酷な資本制度を批判するだれかの声がする。一方、そこから少し隔たったところでは、肺病病みたちが大漁騒ぎとはまったく関係なく、ひっそりと生きる喜びを求めているのである。語り手は自身の生気のなさを肺病病みたちに重ねる。生きる希望のもてない自分は結核患者とあまり変わらないのではないか、と「寂寞」以来の嘆息を洩らすのである。

最後の場面は、語り手が家に戻って一服する場面である。隣家の婆さんが別の人としゃべっている声が聞こえ、欲のために殺生して大漁を喜ぶなんか「天罰の当る悪行じゃ」という信心深い婆さんの声が響く。その声を聞く語り手は、なぜかそのとき、前の晩にけたたましく吠えていた犬を思い出す。そこでぷっつり切れて、作品は終わる。

この作品、語り手も登場人物の一人としてあらわれ、芝居のような仕立ての散文である。寂寞の思いにとらわれつづける傍観人間の語り手、大漁に株の配当がもらえることを喜ぶ風呂屋の主婦、わき返る魚市場を見つつ、漁業会社と漁師たちとの過酷な労資関係を見つめてそれに疑問をいだく通行人、またそうした世界とは無縁で、ひたすら死を待ちつつ日光浴にしばしの慰みを得る結核患者たち。さらに、昔ながらの信心に生き、その見地から世の中を非難する隣家の婆さん。これらの登場人物がそれぞれの口調でそれぞれの物の見方を提示し、しかも互いに没交渉で少しも劇がないという構成なのである。「話らしい話のない」小説、劇にならない劇、まさに白鳥である。

無論、作者には劇的な世界を作ろうという意図はない。現実の諸断面を断面のまま並べ、世界というものが統一体として構成されえないことを、そのままの形で提示しようとするのである。作者特有の断片的世界観が投影され、世界の諸断片が互いの脈絡を喪失した形で提示される。ライプニッツの単子論は互いに脈絡のない閉ざされた単子ばかりで世界が構成されていたが、それでも世界が世界でありうるのは神様のおかげであるという風になっている。その「神様のおかげ」が容易に信じられない白鳥には、単子が単子のまま互いに閉ざされている様しか見えてこないのである。白鳥の文学をライプニッツに比すれば、「神なき単子論」ということになろうか。

このような哲学的解釈も可能だが、白鳥作品を理解する仕方はさまざまで、これを社会批評と見ることもできる。すなわち、「大漁」に示されているのは大正末期の日本の現状そのものであり、資本主義の社会末端への浸透と、それに対する新旧世代の異なった違和感の表明、さらには共同体を喪失して浮遊する人間たちが描かれているのだと見ることも出来るのである。その場合、作者はというと、思想的な価値判断を下すかわりに、これが現実であり、どうしようもないものなのだという事実の提起にとどまっている。一定の「理論」や「思想」が現実世界の諸現象を整理し、一部を裁断することで構築されるのだとすれば、白鳥の場合はそうした「理論」や「思想」を信用せず、それらに基づいて現実世界の整理・裁断をするかわりに、現実そのものの多様性をそのままに言語化するという方法を採るのである。「文学」とは自由な精神の空間だという立場がその根底にあり、現実はいかなる思想や理論にも集約されない世界なのだという主張が、目に見えない形で示されるのである。「大漁」という作品の独特の説得力は、そうした彼の独特のヴィジョンから生み出されている。

文学史的に言うなら、この作品には当時盛んであったプロレタリア文学の取り込みもあるし、湘南海岸を舞台にしたサナトリウム物も取り込まれていると言える。しかも、語り手が見聞きした世界だけを描いているという点では、私小説、心境小説の手法も取り入れているのである。さらに言うなら、冒頭の銭湯の場面は江戸時代の「浮世風呂」を思い起こさせる。プロレタリア文学、サナトリウム物、私小説、自然主義、江戸戯作の諸断片が詰め込まれているこのテキストは、それ自体が一つの文学史を織り込んでいると言えるのである。

こうした複合的な手法と「思想にならない思想」の表現との背後には、チェーホフの影響があるという風に言うことも出来ないわけではない。しかし、重要なのは、白鳥が白鳥なりに自分の生きた時代を客観視し、その現実の一つひとつを取りだして吟味し、それにふさわしい表現方法を開発しているという点である。結論はなくとも、否、結論をあえて出すまいという意図で、いかなる帰納法をも拒む。いかなる統一的世界観をも拒否することで、一つの世界観を逆説的に提示するのである。彼岸を暗示したくとも、暗示という手段さえ拒否し、此岸の諸相に目を見張る。そこに白鳥文学のエッセンスがあると言えるし、またこのように評価して、はじめて彼の文学が文学史において然るべき地位を得るのである。

「銀座風景」

「銀座風景」が書かれたのは昭和二五年（一九五〇）のはじめで、そこに戦後風景が描かれていることは冒頭の人々の会話が示している。すなわち、戦争や皇室の秘密を暴露する「記録文学」の流行、湯川秀樹のノーベル賞受賞、また「超原子爆弾」出現のニュース、そうしたことがすべて興味本位の話題として並べ立てられているのである。

しかし、そうしたことは冒頭にしかあらわれず、本題に入ると、まさかと思われる銀座通り白昼の「生首」行列が始まる。白鳥持ち前の幻想癖が、戦後の復興を象徴する東京の中心街にいきなり江戸時代のヤッコ姿の行列を登場させ、そのヤッコたちはそれぞれに堂々と「生首」を掲げ、銀座通りを練り歩くのである。

このヤッコたちが幻影なのか、亡霊なのか、それとも時代を超えた出現なのか、単なる仮装なのか、少しも判然しないところが面白い。銀座を闊歩していた群衆は、このいきなりの異様な出現に目を見張り、気持悪がることもなく、パニックに陥ることもなく、ただ興味本位に見とれ、なぜか分からぬ魅力にとりつかれて行列のあとを追うのである。

黙って行進する「生首」に、人々はおのおの勝手な意見を述べる。封建思想の復活を危ぶむ者もあれば、純粋美学的に鑑賞する者もあり、生首を歴史上の人物に同定しようとする者もあれば、自身の顔そっくりだと驚く者もある。しかし、新鮮な感動も長続きはせず、行列がもと来た道を引き返すと、群衆も三々五々散っていく。見飽きたからには「いやらしい」見世物に過ぎなかったと断定し、そうすることで心を落ち着かせて、安心で退屈な日常に戻っていくのである。

一方、行列のヤッコたちはというと、路地に入ってある家で休む。生首を仏壇に並べ、互いの労をねぎらうために。これを最後まで見届けた語り手は、最後にこう叫ぶ。「出鱈目《でたらめ》の空想ぢやないんです。私は銀座を通りながら、それを見たんです」。

この奇怪な作品は白鳥の持ち味がすべて出ていると言えそうで、すべてが見世物に過ぎなくなった戦後日本人の言論の自由の軽薄さが浮き彫りにされ、それが何も語らぬ「生首」と対照されているところに風刺があらわれていると言うことが出来る。しかし、江戸時代の方がよかったと言っているのでも、戦後日本への批判を顕わにしているのでもなく、ただただ「出鱈目の空想」ではない奇怪な風景を叙することに終始しているのである。

思えば、幼少のころから妖怪やお化けの出現にうなされてきた白鳥である。戦後の平和風景とて信じられず、生の不安定をつねに意識していたからこそ生まれた作品であろう。

戦前も戦後も、結局のところ、彼の関心のありかは一つ、その唯一の関心事に照らして時代の諸傾向を洩らさず観察して描いたのである。なるほど、小林秀雄の言う「空前の批評家の魂」がここに見つかる。時空を超えて「常なるもの」を求める精神にしか、こうした批評的視点は生まれえない。

3　白鳥の最期

臨終

正宗つねの「病床日誌」によれば、白鳥は昭和三七年（一九六二）八月末、食欲不振の原因を調べるため、東京の日本医大病院に入院したという。翌月初め手術を施され、その結果膵臓に癌のあることが分かり、死にいたる病が発覚したのである。すでに八四歳、どんな病で死にいたってもおかしくなかった。

それからひと月、一時は回復した食欲もまた減退し、本人も死を予感したのであろう、お気に入りの深沢七郎を呼びつけて、自分が死んだら植村環牧師に「葬儀」を頼め、と伝えたという。キリスト教の葬儀を望んでいたことはたしかである。

入院してからの白鳥で興味深いのは、夫人の「日誌」にあるように、彼が看護婦に入浴を手伝ってもらうのを極力拒んだことである。夫人から見れば、「他人に小さい裸の身体を見られることは、西洋人のように大嫌いだった」。この「西洋人のように」という表現が注意を引く。身体に対して格別の禁欲意識があったという意味で、彼の身体観が清教徒的であったことが分かろう。

なるほど、白鳥が受けた最初のキリスト教教育は、岡山薇陽学院での清教徒的なものであった。その影響が長く残ったことは事実であろうが、彼の性に対する異常なほどの嫌悪感、生への不安といったものは、そうした教育を受ける前からすでにあった。根源の理由が何であれ、ともかく身体につい

晩年の似顔絵（清水崑画）

ては異常なほど潔癖だった。
同年一〇月八日の「病床日誌」には、白鳥が自分は「地主の子」に過ぎない、人と「交わらず」、「かほどの芸もない人間」であると強調したことが書かれている。そんな人間なのに、「よくも今まで食べさせて下さった」と感謝の意をあらわしたというのである。感謝の相手ははっきり示されていないが、無論「神様」に対してであろう。夫のそうした言葉に呼応して、妻は「日誌」にこうつけ加えている。

神様、忠夫（＝白鳥）の命を取りとめ、長くとは言いませぬが、御心ならば生かせて下さい。必ず神様を信じます。今はあなた様のみ。今は絶体絶命の時、忠夫に信仰を持たせますよう、全身全霊をもってあなた様の御慈悲をたれて下さい。

夫がキリスト教を離れて久しかったあいだに彼女が教会へ行くようになっていたことはすでに述べ

た。ここでも信心深いキリスト教徒らしく、彼女は夫に信仰の戻ることを切望しているのである。この夫婦の関係は年月とともに純化されていったようで、そこにキリスト教が介在して背後から二人にはたらきかけていたと考えて悪い理由はない。妻は実践し、夫は懐疑し、この二つが緊密に結ばれて夫の死にいたったと言ってよいと思う。

夫白鳥にすれば、妻の単純な信心は羨ましいものであったろう。しかし、そうであってもなお、自分としては「わしはすべてを捨ててキリストにつくほどの大量ある人間ではない」と妻に言うのである。「すべてを捨ててキリストにつく」とは激しい言い方で、彼にとってはそこまで行かなくては本当の信仰ではなかったということだ。キリスト教において中途半端は許されない。そのことを、実によく知っていたのである。

一〇月一二日、入院中の白鳥を植村環牧師が訪れた。白鳥はさすがに嬉しく、熱心にその説教を聴いたという。そして、「正久先生の説教のように思われる」と懐かしがって、環牧師の腕をぎゅっと握ったという。環は正久の娘で、声の調子、話の内容が父植村正久を思い出させたのだろう。白鳥がはじめて東京に出てキリスト教徒になろうと決心したのは植村正久の教えを受けたからであり、洗礼を授かったのも正久牧師からだったのである。

それにしても、普段は感情を表に出さず、身体的接触をあまり好まなかったはずの彼が、女性牧師の腕をぎゅっと握ったというのは、彼の心情の切実さを感じさせる。失われた信仰の回復を求める気持ちのあらわれともとれるが、失われた青春への惜別の思いのあらわれとも言える。かつては熱心に教えを受けた植村正久師と、若かった自身とを、もう一度取り戻したかったのであろうか。残る命の少なくなった人の真実が、こういうところに垣間見られる。

これまで八四年にわたる白鳥の言辞を追ってきたが、一般に、彼の言と心は裏腹である。すでに見た近松秋江についての言辞からは、とくにそれが分かる。秋江のことを人間としてもっとも近しく感じていたのに、本当の意味での友人ではなかったのだというようなことを平気で言う。そういう白鳥を、果たしてどこまで信じることができようか。

秋江についての彼の曖昧な言辞については、彼が友情というものを突き詰めて考えた結果の発言なのだと解釈することもできる。その人のために命を投げ出せるような人こそ真の友人だ、そう白鳥が考えていたのだとすれば、自分はそんなことを秋江のために出来そうもないし、彼もまた自分のためにそこまではしなかったろう、だから親友とは言えない、ということになるのである。白鳥を知る人は、彼がそのように厳しく究極を考え、そこからものを言う人であったことを知っている。一方、そういう厳しい考え方をするところに、彼一流の抜け穴が準備されていたと穿《うが》つことも出来よう。

キリスト教についての彼の態度についても、同じことが言える。「すべてを捨ててキリストについていく」ことが出来ないかぎり自分をキリスト教徒と見なすことは到底出来ないとは、自分に厳しい態度であり、神への尊敬に満ちた態度を保持していると言える一方で、曖昧さも残るのである。自分の信仰の弱さまで神様は許してくださるだろう、などという酔狂は言わないにしても、だからといって、それで問題が片づくわけではないのである。

白鳥の懐疑は否定のかぎりを尽して肯定を求めるものであり、結論として肯定が得られなくても、それは仕方がないというものである。パスカルなら、それならどうして「信仰」の方に賭けてみなかったのかと言うであろうが、白鳥は最後まで賭けまいとしたのである。これをエゴに取りつかれた近代的精神に帰するのは、正しいようで正しくはあるまい。何かを失いたくなかったからではなく、本当に信じていないのに信じようというのは冒瀆行為ではないか。

また、懐疑精神を死なせないことこそ人間としての使命であるという啓蒙主義的な発想も、彼になかったわけではない。パスカルは信仰に賭け、すべてを投げ出す用意をし、実際に世俗を捨てて求道者となったが、そういうパスカルに対して、白鳥ならおそらくこう問うたにちがいない。「あなたは、それですべてを捨てたつもりなのですか?」

信仰の幸福に浸るよりは、懐疑の不幸にとどまることを望む。これが白鳥流であり、前にも述べたが、これはフロイトにも近い考え方なのである。

しかし、それならどうして、死ぬ少し前になってキリスト教式の葬儀を望んだのか。多くの人はこのことを白鳥のキリスト教回帰の証しと受け取り、そこに回心を見たりしているが、キリスト教の葬儀を望むことが信仰の証しとなるのだろうか。第一、白鳥がキリスト教に回帰したとか、回心したとか、そういう言葉を発する人々は、どういう意味でこれらの言葉を使っているのだろう。

白鳥が葬儀をキリスト教式にしたかったのは、彼における過去と現在とを結びつけ、それを未来へとつなげたかったからであろう。死ぬときだけはキリスト教と結ばれてもよいと判断したとも言えるし、救われたいという生涯の希求がついに正直な姿をあらわしたのだとも言えるのだが、その形が植村という彼の精神上の師を介してのものであったところが大事である。過去と現在と未来を結ぶ唯一の糸は、彼においては植村父子のきずなである。また、キリスト教は彼の大切な妻の宗教でもあったことを肝に銘じたい。

ここで妻つねのことに言及したいと思うのは、自分の死後の妻の生活が病中の彼にとってほとんど唯一の心配事だったからである。「病床日誌」を見るかぎり、親類も縁者も頼れないと感じていた彼は、頼れるものは妻と、若い作家の深沢七郎（一九一四〜八七）ぐらいだったのである。その妻にだけは不幸をさせたくない、そういう思いがあった。臨終の前日、妻に「早く、早く、一文もないのだから家に帰る」と言ったのも、そのためなのである。

妻は彼に手もちの「現金十七万円」を見せたが、白鳥は「お前は何でも、少し、少し、しか持って来ないじゃないか」と叱ったという。これが彼最後の言葉で、これだけを見ると、白鳥は死ぬまで金銭に執着していたかに見える。だが、死のうとする人間が、誰のために金を必要とするのだろうか。後に残る妻のため以外、誰のために。

白鳥はそれほどまでに妻の行く末を案じた。自分が死んだら一生妻のことを頼む、と付添の看護婦にしつこく言っている。また、葬儀を質素にせよという彼の希望には、自分が「田舎の地主の子」に過ぎないという思いもあっただろうが、それだけではなく、妻に負担をかけたくないという思いもあったにちがいない。白鳥臨終の際の心境については本当のところは分からないが、その場に居合わせた親しい人のことを彼が考慮しなかったとは考えにくい。

ところで、臨終間際の白鳥にとって、若い作家深沢七郎の存在は重要である。深沢は晩年の白鳥が唯一可愛がった作家、というより生涯を通じて唯一可愛がった作家と言ってよいのである。昭和三一年（一九五六）「楢山節考」によって芥川賞を受賞したこの作家の受賞作を、白鳥は「人生永遠の書」として「心読」したと言い、「この作者は、この一作だけで足れり」とまで言っている（「懐疑と信仰」昭和三二年、一九五七）。作品の書き方、あらわれている思想、そういうすべてが気に入ったようで、白鳥として破格の誉《ほ》めぶりなのである。

深沢にとって当代の文壇を代表する老大家にそこまで気に入られたのは予想外であったろうが、名誉なことであり、素直に嬉しかったにちがいない。作家としての生き方にしても、世の常識とかけ離れたその考え方にしても、二人に相通ずるものがあったことは疑えない。しかも、深沢は白鳥夫人と同じく山梨の出身、すなわち甲州人である。夫人からも信頼を得、夫妻のために何かと世話をし、調法がられもしたのである。

深沢が老大家である白鳥に恩を感じ、その飾らない人柄にほれ込んだことは容易に推察がつく。白鳥の死にいたるまで、いや死後までも、喜んで夫妻のために尽したのである。白鳥入院中、呼ばればすぐに馳せ参じ、何でも世話をしたという。人間深沢にとって、作家深沢にとって、白鳥夫妻との出会いは掛けがえのないものだったにちがいない。

「病床日誌」によれば、白鳥は毎日「深沢へ電話をかけよ」と夫人に頼んでいたそうである。にもかかわらず、深沢の面前では「お前とおれとは親友の仲でも何でもないからな」と釘を刺したという。いかにも白鳥らしい愛情表現で、例のひねくれが見て取れる。白鳥の言葉はそのままに受け取れない、その端的な例である。

その意味で、「正宗さんは最後まで本心の露出をいとう、柔軟な含羞《がんしゅう》の人ではなかったか」という平野謙の言は当っていよう（「現世厭離の人・白鳥」昭和三七年、一九六二）。それを支持する後藤亮もまた正しいのである（後藤亮『正宗白鳥　文学と生涯』昭和四一年、一九六六）。ただし、「含羞」の裏に厳しさ、徹底した求道を見なければなるまい。「不徹底な人生」を送ったと追懐する老白鳥であるが、その精神に「不徹底」なものなど見出し難い。

「含羞」ということで言えば、たしかに白鳥は「露出」を嫌った。「本心」も「裸の身体」も露出したくなかったのである。ところが、死に近づいたある日、ようやく入浴に際して看護婦が付き添うのを許したという。白鳥の内面の大きな変化を示す一事で、これを見過ごしてはなるまい。長らく身をよろっていたその「羞恥」も、ついに死を前にして若干捨てられ、他人に心を開くようになったということか。そうであるとするならば、死を受け入れるとともに、「信仰」を受け入れる準備も出来たということになりそうである。

「単純な心」に戻れる日は、そう遠くはなかった。

考える葦　後藤亮の『正宗白鳥　文学と生涯』の最後の方に、白鳥の「屍体」についての担当医師斎藤博士の述懐が引いてある。それによると、生前の白鳥には少しも偉そうな感じがなく、本人も自分は偉くないと何度も言っていたそうで、そういう白鳥が死んでみると、その「屍体」が「平静そのもの」を感じさせ、「永遠に生きている」とさえ感じたというのである。幾多の「屍体」を見てきた博士も、こんなものは見たことがないと感嘆している。このこと自体、たいへん興味深い。

博士によれば、「屍体」にはさまざまな人生模様が刻まれ、それぞれに意味深いのだそうである。しかし、白鳥のにはそうしたものがなく、人生を超越した、およそ社会や歴史を感じさせない透明性があったという。このような「屍体」は「永遠に生きている」、だから「死体」ではないとまで博士は言う。一体、白鳥に死はなかったのか。

後藤亮もこのことを注視し、そこに白鳥のすべてがあるのだと主張している。そしてこのような「屍体」の主こそは、「畸形《きけい》の巨人、凡庸《ぼんよう》な巨人」だと言うのである。しかしながら、「畸形」であろうと「凡庸」であろうと、およそ「巨人」という語は白鳥には似合わない。白鳥は一人の人、人であることに徹した一介の「田舎人」であり、それ以上でも以下でもないのである。人は歴史のなかに生きるものだが、それを超える面をもつ。それが人間である。そういう人間の見本のような存在が白鳥であり、それゆえその屍に歴史を超えたものが示されたのである。

人間は考える葦に過ぎない、とパスカルは言った。白鳥はたしかに「考える葦」でありつづけ、それ以上にも以下にもなるまいとしたのである。彼は信仰によって神と一体化することを誰よりも拒んだが、それは神は神、人は人と峻別していたからであろう。神道的ヴィジョンとはかけ離れた考え方であるにちがいない。

人間には人間にしか出来ないことがあり、それをすべきなのであって、神のことは神に任せるしかないし、人は神のようであってはならない。およそそういう思想を白鳥は終生いだいていたと思われる。彼の「屍体」の透明性にはそういう人性への徹底があり、宗教への希求と同程度の宗教への拒否があらわれている、そう解釈してよいのではないか。

そういう彼の姿勢を西洋の宗教思想と比べるなら、カトリックはもちろん、プロテスタントともちがったもので、「旧約」の神の厳しさをきちんと受け入れている点では、むしろユダヤ教に近かったのかもしれない。

…だが、こうした議論は彼の現実から目を背けさせる危険をもつものである。これ以上つづけるべきではないだろう。

一つの秘密

本書を終えるに際し、白鳥の生涯を考えるすべての人にとって気になる「一つの秘密」について考察したい。昭和三五年（一九六〇）に書かれた「一つの秘密」は、白鳥読者にはどうしても気にかかるのである。

それによれば、人間だれしもそれを打ち明けるよりは死を選ぶような「秘密」をもっているという。白鳥は自分にもそういう「秘密」があるが、それは犯罪に関するものではない、自然主義作家が暴露することを好んだ情事に関することでもない、という。「ただ私自身の心身に関係した事」で、「その秘密を思ひ出すと、自己嫌悪自己侮蔑に身震ひする」と言い、また「近親者の誰もが看破し得ない」ものだと言うのである。その「秘密」ゆえに自分は他人と隔てられていると感じ、それゆえに「孤独」なのだという。この世を去って別天地を憧憬する気になるのも、その「秘密」ゆえだと言うのである。しかし、人知に遮《さえぎ》られた自分は、憧憬する別天地に旅立つこともできない、それでただ生き延びてきたと言うのである。

このような「秘密」が何であったのか、評伝作家の後藤亮はいろいろ詮索《せんさく》した挙げ句、白鳥の甥にあたる正宗甫一の妻さくからも「白鳥には秘密があった」と聞いたという。後藤自身はそれを探り当てたわけではないが、大体の推察はついたと言い、しかしそれを口にすることは白鳥のためにすべきではないと言っている。一体、後藤は何を探り当てたのか。

「死者の衣を剝ぐような行為は慎まねばならぬ」と後藤は言うが、それなら最初から「秘密」など探るべきではなかったろう。探り当てた以上は、言うべきではなかったか。

本書を書いてきた私としては、これが「秘密」に相当するかどうかは別として、白鳥の人生にはいくつか疑問点があると思っている。その一つは彼の出生に関するもので、もう一つは性的な事柄である。あるいは、これら二つは一つかもしれない。また、彼が特別気にかけていた弟の律四（リー兄さん）にも関わることかもしれない。

白鳥は「生まざりしならば」という小説を書いたが、臨終間際に妻にむかって「生まれざりしならば」と言っていたという（正宗つね「病床日誌」一九六二）。自分は生まれてこない方がよかったのだ、と言ったのである。生命の誕生、性欲の結果としての命の誕生ということに、彼は肯定的態度を示したことがない。性への嫌悪と生の不安……、人生そのものを呪ったのである。

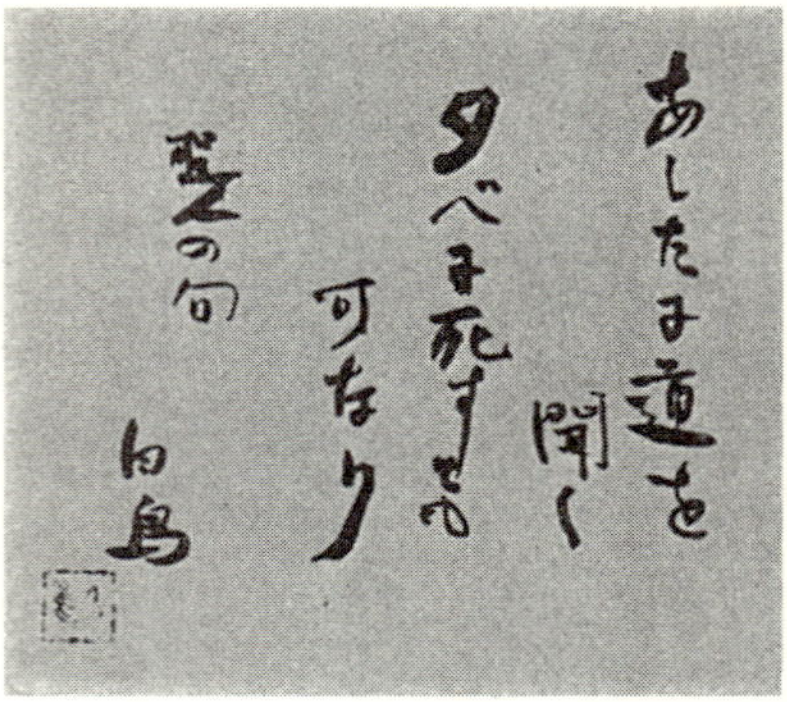
あしたに道を聞く
夕べに死すとも
可なり
白鳥

白鳥の書

そういう彼に、生を肯定したいという願望が人一倍あったと考えることも十分可能である。自殺をしようと思った跡は見られず、むしろ強い生への執着が彼の生涯を特徴づけているのである。

　そこで「秘密」の本体であるが、弟の律四は「リー兄さん」を読むかぎり性的不能者だったようである。白鳥もそうであったかと考えられるのである。白鳥には子はなかったから、彼は子種のない男性であったとも考えられる。しかし、それでは「近親者の誰もが看破し得ない」秘密にはなりえないし、「思ひ出すと、自己嫌悪自己侮蔑に身震ひする」ことにも該当しない。別に「秘密」があった、と考えてよさそうである。

　出生に何か秘密があったのか。彼は本当に正宗家の嫡子だったのだろうか。生まれない方がよかったと何度も思いつつ、何度もその思いと戦って得た人生である。そういう彼の出生には、余人の知りえぬ秘密があったとも考えられる。そうなると、この人が社会や家族と一線を画して生きつづけたことも理解できるのである。

　しかし、そんなことなら、家族のなかでは「秘密」でありつづけることは出来なかったはずである。となると、もう一つ考えられるのは、彼が幼少のとき、してはいけないことをしてしまったということである。たとえば、父母の情事をそっと盗み見たとか、あるいは、本人は犯罪に関係のない秘密であると言っているが、弟律四にいたずらしたとか、そういうことがあったとも考えられる。そういうことがあったとすれば、これは白鳥にとって一生涯「自己嫌悪自己侮蔑に身震ひする」ことであったと言えるのである。

言うまでもなく、こうしたことは彼の評伝を書いているうちに私の脳裏をよぎった妄念であり、それが間違っている可能性の方が高い。ただ私とすれば、そういう想像をしても白鳥の名誉を傷つけることにはならないと思う。

人として生きることに徹した「考える葦」、それが白鳥であると述べたが、このことをもう一度強調したい。人は人でなくてはならず、それ以上を望んではいけないと思っていた人、それが白鳥だと言いたかったのだ。そのような「考える葦」は、死までずっと付き添ってくれたつね夫人によって大いに救われたであろうけれども、魂の奥に沈んだ深い罪の意識を消し去るわけにはいかなかったであろう。救われたいと願って、しかし救われてはいけないと自らを罰しつづけた人、そのような白鳥を私たちはいつまでも忘れられないのである。空前の批評精神の源泉とは、そのようなものであったにちがいない。だれにも言えぬ「秘密」を死ぬまでもちつづけた彼のような人こそ、真に「魂の人」と呼ばれるにふさわしい。

参考文献

本書を執筆するにあたって参考にした書物は、まず何と言っても正宗白鳥の全集本、つぎに後藤亮の『正宗白鳥　文学と生涯』である。後藤氏の著書は、評伝としてよりも資料としての価値が大きい。そのほか、白鳥の生い立ちを考えるに参考となった書物もあり、また彼の文学形成や宗教的探求に関して参考になった書物もある。それらをすべてここに掲げることにする（ただし、西洋語の文献は省く）。一方、白鳥に関する既存の研究論文の類は、ほとんどこれを参考にしなかったことを併せ記しておく。

白鳥の作品を収めたもの

『正宗白鳥全集』新潮社、一九六五～六八
この全集は一九七六年にセット本となっても出ている。白鳥と同時代の人々の回想が「月報」に載っていて興味深い。収録作品は福武書店よりはるかに少なく、全一三巻。白鳥の主要作品を読むには十分である。
『正宗白鳥全集』福武書店、一九八三～八六
新潮版とちがって白鳥の作品すべてを収録。「月報」は白鳥の文学史的評価を中心にしている。全三〇巻で、最終巻に公演、ラジオ放送、そして妻正宗つねの「病床日誌」が収められている点で貴重である。

白鳥に関する評伝・評論

大岩鉱『正宗白鳥』河出書房新社、一九六四

生前の白鳥を知るキリスト者による白鳥伝。白鳥とキリスト教の関係、白鳥の日常を知るには好資料。
後藤亮『正宗白鳥　文学と生涯』思潮社、一九六六
白鳥の評伝としてすぐれている。分析は弱いが、文献資料的価値は高い。
山本健吉『正宗白鳥　その底にあるもの』文藝春秋、一九七五
高橋康雄『お伽噺・日本脱出に至るまで』沖積舎、一九八一
小林秀雄『白鳥・宣長・言葉』文藝春秋、一九八三
磯佳和『伝記考証　若き日の正宗白鳥』三弥井書店、一九九八
『近代作家追悼文集成38　吉川英治・飯田蛇笏・正宗白鳥・久保田万太郎』ゆまに書房、一九九九
白鳥の死に面しての諸作家の回想と評論はいずれも興味深く、一読に値する。

白鳥の生涯を考えるのに参考になるもの

備前市歴史民俗研究資料館「文芸関係資料」
白鳥の故郷の文学的風土を知るための基礎資料が見つかる。
山本遺太郎『岡山の文学アルバム』日本文教出版、二〇〇〇
すぐれた白鳥評が収められている。白鳥文学の地史的背景を知るにも適当な書である。
柴田一『岡山の歴史』日本文教出版、一九九七
谷口澄夫『岡山県の歴史』山川出版社、一九九〇
黒崎秀明『岡山の人物』日本文教出版、一九九八
『人国記』浅野建二校注、岩波書店、一九八七
藤原啓『土のぬくもり』日本経済新聞社、一九八三

赤羽淑『正宗敦夫をめぐる文雅の交流』和泉書院、一九九五
白鳥の弟敦夫の生涯をつづった正宗甫一の文章など、正宗家の歴史を知るのに最適の書。次の吉崎志保子の書も同じ。
吉崎志保子『正宗敦夫の世界』吉崎一弘、一九八九
正宗つね「病床日誌」一九六二（福武書店版『全集』三〇巻所収）
白鳥の最期を見とった妻つねの日記であり、白鳥を知るための貴重な資料。
「ザ・やまなし」山梨日々新聞社、一九九〇

白鳥の文学と思想に関するもの（日本語のもののみ、翻訳を含む）

頼山陽『日本外史』塚本哲三校注、有朋堂書店、一九二一
曲亭馬琴『南総里見八犬伝』小池藤五郎校注、岩波書店、一九九〇
曲亭馬琴『滝沢馬琴集』本邦書籍、一九八九
『水滸伝』（国訳漢文）国民文庫刊行会、一九二四
以上は白鳥の文学形成の基礎となった和漢の文学書。
明治文献資料刊行会編『国民之友』復刻修訂版、一九八二
明治文學全集三四『徳富蘇峰集』筑摩書房、一九八三
明治文學全集三五『山路愛山集』筑摩書房、一九八三
明治文學全集三六『民友社文學集』筑摩書房、一九八三
明治文學全集六六『国木田独歩集』筑摩書房、一九七四
以上は、少年時代の白鳥が西洋文学とキリスト教に目覚める機縁を与えた文章を収録している。

明治文學全集一六『坪内逍遥集』筑摩書房、一九六九
明治文學全集四三『島村抱月集』筑摩書房、一九六七
明治文學全集七〇『真山青果／近松秋江』筑摩書房、一九八三
明治文學全集四六『新島襄／植村正久／清沢満之／綱島梁川』筑摩書房、一九七七
明治文學全集三九『内村鑑三集』筑摩書房、一九六七

植村正久とともに白鳥の一生を決定した内村鑑三の著書は是非とも読みたい。

大内三郎『植村正久　生涯と思想』日本キリスト教団出版局、二〇〇二年

以下の西洋文学は白鳥文学の血となり肉となっている。白鳥がこれらすべてを英語で何度も読んだということを忘れるべきではない。

関根正雄・木下順治編『聖書』（文語訳）筑摩書房、一九七四
明治期翻訳文学書全集『イギリス文学編』大空社CD－ROM、二〇〇三
ダンテ『神曲（地獄篇・煉獄篇・天国篇）』寿岳文章訳、集英社、一九八七
明治翻訳文学全集・新聞雑誌編三『モーパッサン集』大空社、一九九七
明治翻訳文学全集・新聞雑誌編三六『プーシキン／レールモントフ集』大空社、一九九九
ロシアソビエト文学全集一五、ゴンチャロフ『オブローモフ』井上満訳、平凡社、一九六五
明治翻訳文学全集・新聞雑誌編四二『チェーホフ集』大空社、一九九八
『トルストイ全集』中村白葉・中村融訳、河出書房新社、一九七二～七八
『ドストエフスキー全集』米川正夫訳、河出書房新社、一九七七

以下の小林秀雄の著作は、白鳥を理解する上できわめて重要である。両者を比較するとき、白鳥の特徴が浮かび上がるからである。

『小林秀雄全集』新潮社、一九六八
小林秀雄『小林秀雄対話集』講談社、一九六六
小林秀雄『白鳥・宣長・言葉』文藝春秋、一九八三

あとがき

読んでいただいた方には分かると思うが、本書で私が採用した方法は「実証的」というよりは「分析的」である。正宗白鳥についての新たな資料を発見しようというつもりもなければ、彼についての細かい事実関係を追うつもりもなかった。白鳥という人に迫るには、彼の書いたものを徹底的に読み切ることが一番だと判断したからである。すなわち、白鳥の書いたものから、彼が書かなかった精神の奥底を覗き込むこと、それを実行しようと試みた。おそらく、従来の白鳥論や白鳥伝よりは突っ込んだ内容になったにちがいない。

本稿をひととおり読み直して思ったのは、白鳥という作家に迫ることの難しさである。彼とその両親、祖父母、兄弟との関係は、彼の妻との関係同様極めて重要であり、それを明らかにすることができれば白鳥に関する一つの「家族物語」ができ上がるのだが、そこまで描ききることはできなかった。時間が足りなかったのではなく、筆者に、人間の奥深い真実を掘り下げる力が足りなかったためである。

当初は、白鳥の個人史をとおして近代日本文学史、近代日本文化史、さらには作家とメディア媒体との関係史をも描きたいと思った。しかし、書いているうちに考えが変わり、現代の読者に白鳥という魂の存在を知ってもらうことが一番だと思うようになった。白鳥がどういう時代に生きたか、文学史においてどういう位置を占めているのか、そうしたことについては最終章に少し触れ、巻末の年譜でも若干補ったが、それで十分というわけではない。機会あれば、近代日本文学成立の歴史的背景を、白鳥ほか彼と同時代の数人の作家を例にとって、国際的視野において分析してみたい。

本書執筆のいきさつであるが、二年半ほど前、ミネルヴァ書房の田引勝二さんから、ミネルヴァ日本評伝選の一冊として「夏目漱石」について書いてみないかというお話をいただいた。監修者の一人である芳賀徹先生が私の名を出してくださったのである。少し考えた末、「漱石」は書けないが「正宗白鳥」なら書ける、いや「白鳥」を書きたいのだと返答した。まもなく田引さんから色よい返事があり、本書実現となった。

原稿作成にとりかかったのは、ちょうど今から一年半前。春休みを利用して岡山へ行き、白鳥の生まれ故郷の備前穂浪を訪れたのがきっかけである。私にとって未知であったこの地方を知ったことは、執筆に予想外の勢いを与えた。白鳥を読めば読むほど、この人は備前の人だと思うようになった。

書き終わったのは今年の三月で、四月の頭、編集担当の堀川健太郎さんがわざわざ京都から博多まで原稿を取りに来てくれた。若いのに、白鳥に個人的関心があるという。備前焼も好きだそうで、やる気のある、こういう若い編集者が今のような時代にもいることを嬉しく思った。

原稿執筆の傍ら、白鳥の文章を勤め先の福岡大学のゼミの学生にも読ませた。「こんなつまらない作家はない」と言われるかと思っていたのに、予想に反して、学生たちの多くが「こんな不思議な人ってあるんだろうか」と感心してくれた。いろいろの意見を寄せてくれた彼らにも、この場を借りて謝意を表したい。

私ごとになるが、本書執筆中に、九五歳で父政之助が他界した。父は会津藩士の末裔であったが、白鳥と同じ早稲田で学んだ。考え方において白鳥に似たところは少ないが、感傷を排してありのままを言うところは似ていた。本書を亡き父の霊に捧げたいと思う。

いまの時代、にせ物が本物を凌駕している。読者の皆さん、白鳥の書いた本物の文章を読み味わって、にせ物はどんどんごみ箱に捨てて下さい。

二〇〇四年夏

九州唐津にて　大嶋　仁

正宗白鳥略年譜

和暦	西暦	齢	関係事項	一般事項
明治七	一八七四			讃美歌の移入。
八	一八七五			同志社英学校設立。
九	一八七六			熊本バンド結成。
一〇	一八七七			西南戦争。
一二	一八七九	0	三月三日、岡山県和気《わけ》郡穂浪に正宗浦二の長男として生まれる。	教育令発布。「天路歴程」佐藤喜峯訳。
一三	一八八〇	1		刑法・治罪法公布。「春風情話」坪内逍遥訳。
一四	一八八一	2		明治一四年の政変。新約聖書翻訳。
一五	一八八二	3		東京専門学校創立。
一六	一八八三	4	村の梔島《くちなしじま》尋常小学校に入学。	矢野龍渓「経国美談」。
一七	一八八四	5		鹿鳴館仮装舞踏会。
一八	一八八五	6		坪内逍遥「小説神髄」。

一九	一八八六	7	「岡山紀聞筆の命毛」など草双紙を読みあさる。	**小・中学校令公布。**言文一致論。
二〇	一八八七	8		**保安条例公布。** 徳富蘇峰「国民之友」創刊。
二一	一八八八	9	隣村の片上《かたがみ》小学校高等科に進学。「八犬伝」など読み耽る。	「あひびき」二葉亭四迷訳。
二二	一八八九	10		**大日本帝国憲法発布。** 森鷗外「しがらみ草紙」創刊。
二三	一八九〇	11		**教育勅語の下賜。** 森鷗外「舞姫」。
二四	一八九一	12		北村透谷「蓬莱曲」。
二五	一八九二	13	閑谷黌《しずたにこう》へ進学。漢籍を学ぶ。	「即興詩人」森鷗外訳。
二六	一八九三	14	「水滸伝」「国民之友」などを読む。キリスト教に関心を示す。	国木田独歩「欺かざるの記」。
二七	一八九四	15	香登《かがと》村の基督教講義所に通う。岡山に下宿し、薇陽《びよう》学院に通って英語と聖書を学ぶ。	**日清戦争勃発。** 坪内逍遥「桐一葉」。
二八	一八九五	16	故郷に留まり、聖書、文学書を耽読。	**下関条約調印。** 樋口一葉「たけくらべ」。
二九	一八九六	17	上京し、東京専門学校（早稲田）英語専修科に入学。内村鑑三の講演を聴く傍ら、植村正久の説教を聴く。過激な柔道のため健康を損ね、帰郷して休養。	尾崎紅葉「多情多恨」。

三〇	一八九七	18	植村正久より受洗する。坪内逍遥に学び、観劇に熱中。	島崎藤村「若菜集」。
三一	一八九八	19	内村鑑三の文学講演に熱中。近松秋江を知る。	
三二	一八九九	20		泉鏡花「湯島詣」。
三三	一九〇〇	21		**治安警察法公布。**徳冨蘆花「自然と人生」。
三四	一九〇一	22	島村抱月の指導の下で読売新聞に文芸批評を発表。早稲田文学科を卒業し、学校付属出版局に就職。田山花袋を知る。	国木田独歩「武蔵野」。
三五	一九〇二	23	早稲田出版局を退職。ゴルキーなどの翻訳を試みる。	**日英同盟締結。**
三六	一九〇三	24	読売新聞社入社、文芸・美術担当。	尾崎紅葉死す。
三七	一九〇四	25	読売紙上に演劇評を書く。処女作「寂寞」を「新小説」に発表。	**日露戦争勃発。**
三八	一九〇五	26	岩野泡鳴を知る。	**ポーツマス条約締結。**夏目漱石「吾輩は猫である」。
三九	一九〇六	27	「旧友」を「新小説」に発表。ケリーのダンテ英訳本を入手、生涯熟読する。	島崎藤村「破戒」。逍遥・抱月ら文芸協会結成。
四〇	一九〇七	28	「塵埃」を発表し、新進作家として注目される。	田山花袋「蒲団」。
四一	一九〇八	29	「何処へ」「村塾」を発表。作家として活躍を始める。	島村抱月「文芸上の自然主義」。
四二	一九〇九	30	「地獄」を発表し、『白鳥集』を刊行。関西に遊んで	岩野泡鳴「耽溺」。小山内薫、

			から帰郷。	左団次と自由劇場設立。
四三	一九一〇	31	読売新聞退社。「徒労」「微光」を発表。	韓国併合、大逆事件。「白樺」創刊。
四四	一九一一	32	清水つねと結婚。「泥人形」を発表。	特別高等警察設置。有島武郎「或る女」。
四五 大正元	一九一二	33	はじめての戯曲「白壁」を発表。	乃木希典夫妻殉死。武者小路実篤「世間知らず」。
二	一九一三	34	胃病、不眠に悩む。	新聞社焼き打ち事件。抱月、松井須磨子と芸術座設立。
三	一九一四	35	北海道に遊ぶ。	第一次世界大戦勃発。夏目漱石「こゝろ」。
四	一九一五	36	「入江のほとり」を発表。	芥川龍之介「羅生門」。
五	一九一六	37	「牛部屋の臭ひ」「死者生者」を発表。	森鷗外「高瀬舟」。
六	一九一七	38	創作に行き詰まりを感じる。	ロシア革命。菊池寛「父帰る」。
七	一九一八	39	執筆難に苦しむ。	原敬政友会内閣発足。島村抱月死す。
八	一九一九	40	スランプ脱出のため帰郷。	普通選挙運動。松井須磨子自殺。
九	一九二〇	41	「毒婦のやうな女」発表。大磯へ転居する。	経済恐慌。
一〇	一九二一	42	「大漁」「人さまざま」を「中央公論」に発表。	原敬、暗殺死。プロレタリア文学運動起こる。

一一	一九二二	43	「迷妄」を発表。	
一二	一九二三	44	震災で自宅は瓦解、しかし命に別状無し。「生まざりしならば」を「中央公論」に発表。	**関東大震災。**探偵小説流行、「文藝春秋」発刊。
一三	一九二四	45	戯曲「人生の幸福」を発表、上演して好評を得る。	**日本共産党解党決議。**谷崎潤一郎「痴人の愛」。
一四	一九二五	46	『人生の幸福』単行本として出る。	**普通選挙法・治安維持法公布。**新感覚派文芸運動起こる。
一五 昭和元	一九二六	47	「文芸時評」を「中央公論」に連載。戯曲「安土の春」「光秀と紹巴」を発表。	**労働組合総連合結成。**前衛座第一回公演。
二	一九二七	48	評論「ダンテについて」、「演劇時評」など発表。	**金融恐慌。**岩波文庫刊行開始、芥川龍之介自殺。
三	一九二八	49	作家論を「白鳥随筆」（「中央公論」）に展開。夫人同伴で約一年間の欧米旅行に出発。	**張作霖爆死事件。**ナップ結成。
四	一九二九	50	夫人と欧米諸国を見てまわる。	**犬養毅政友会総裁。**小林多喜二「蟹工船」。小林秀雄「様々なる意匠」。
五	一九三〇	51	「ある日本宿」「コロン寺縁起」など欧米体験を作品化。	**農業恐慌。**堀辰雄「聖家族」。
六	一九三一	52	「明治文壇総評」など評論を書く。「髑髏と酒場」のような随想風作品に冴えを見せる。	**満州事変。**前進座結成。

七	一九三二	53	「島崎藤村論」「永井荷風論」「田山花袋論」を書く。	**五・一五事件**。蔵原惟人「芸術論」。
八	一九三三	54	大磯から東京に戻り、洗足《せんぞく》池のちかくに家を買う。	**国際連盟脱退**。小林多喜二、拷問死。
九	一九三四	55	「チェーホフ論」を発表。父浦二の死を悼んで「今年の春」を発表。	横光利一「紋章」。
一〇	一九三五	56	北海道、樺太、北京、大連に遊ぶ。	**国体明徴声明**。芥川賞・直木賞設置。
一一	一九三六	57	「トルストイについて」を発表し、小林秀雄と論争する。再び、夫人と欧米へ。今回はソ連、北欧、ドイツを含む。	**二・二六事件**。国民歌謡はじまる。
一二	一九三七	58	帝国芸術院会員に推薦され、辞退する。	**日中戦争はじまる**。文化勲章、帝国芸術院創設。
一三	一九三八	59	「文壇的自叙伝」を「中央公論」に発表し、好評を得る。	**国家総動員法成立**。火野葦平「麦と兵隊」。
一四	一九三九	60	随想風小説「他所の恋」を「中央公論」に発表。	井伏鱒二「多甚古村」。
一五	一九四〇	61	弟丸山五男の三男有三を養子とし、軽井沢に家を建てる。再度、帝国芸術院会員に推され、今度は引き受ける。	**大政翼賛会創立**。新協劇団など解散命令。
一六	一九四一	62	「高原の怪談」「一日の苦労」などを発表。	**言論出版等臨時取締令、真珠湾**

一七	一九四二	63	「根無し草」を「日本評論」に発表。母美禰死す。	攻撃。徳田秋声「縮図」。日本演劇協会など創立。日本軍東南アジア進出。日本文学報国会結成。
一八	一九四三	64	死んだ母を偲《しの》んで「今年の初夏」を発表。日本ペンクラブ会長となる。	ガダルカナル島敗退。谷崎潤一郎「細雪」。
一九	一九四四	65	近松秋江の葬儀委員長をつとめる。一家三人軽井沢へ疎開。	レイテ決戦。近松秋江の死。
二〇	一九四五	66	東京の本宅焼失。「文学人の態度」を「新生」に発表。	広島・長崎に原爆投下、無条件降伏、ヤミ市。明治座、歌舞伎座など空襲される。
二一	一九四六	67	「戦災者の悲しみ」「変る世の中」「東京の五十年」など発表。	GHQ支配下で天皇の人間宣言、極東軍事裁判。文学雑誌の復刊、創刊相次ぐ。
二二	一九四七	68	評論「モウパッサン」、戯曲「天使捕縛」を発表。	政党政治復活。日本ペンクラブ再建。
二三	一九四八	69	「自然主義盛衰史」を発表。小林秀雄と対談する。	極東軍事裁判終結。伝記文学・戦争記録文学流行。
二四	一九四九	70	「人間嫌ひ」「日本脱出」「内村鑑三」を次々に発表。	総選挙で共産党躍進。「きけわだつみのこえ」刊行。

二五	一九五〇	71	「銀座風景」「近松秋江」を発表。文化勲章を受章。	警察予備隊設置、レッドパージ。「チャタレー夫人」発禁処分。
二六	一九五一	72	第一回文化功労者に選ばれる。	サンフランシスコ講和会議。
二七	一九五二	73	「高慢な愚痴」「再軍備について」など発表。	日華平和条約調印。武田泰淳「風媒花」。
二八	一九五三	74	「社会時評」を連載（「文學界」）。「恐妻病」を発表。	NHKテレビ放送開始。岩波講座文学刊行開始。
二九	一九五四	75	「文壇五十年」を読売新聞に発表。「戦争を廃止せよ」で明確に反戦の立場を示す。	福竜丸ビキニ水爆被災事件。谷崎「源氏」完成。
三〇	一九五五	76	「小説の氾濫」など発表。	全国基地反対連絡会議結成。石原慎太郎「太陽の季節」。
三一	一九五六	77	「楢山節考」を激賞し、深沢七郎との親交を温める。	神武景気。深沢七郎「楢山節考」。
三二	一九五七	78	『懐疑と信仰』を刊行。「現代つれづれ草」を連載。	日本、国際連合加盟。三島由紀夫「美徳のよろめき」。
三三	一九五八	79	「読書の楽しみ」「読書への愛着」など発表。	売春防止法施行。五味川純平「人間の条件」。
三四	一九五九	80	弟敦夫の死を悼んで「今年の秋」を発表。「文学八十年」「私の遺言状」を発表。	全学連国会乱入事件。山崎豊子「ぼんち」。
三五	一九六〇	81	「今年の秋」で読売文学賞受賞。「一つの秘密」を発表し、文学界で物議を醸す。	日米新安保条約調印。社会党浅沼委員長暗殺される。深沢七郎

				「風流夢譚」。
三六	一九六一	82	弟律四の死を悼んで「リー兄さん」を発表。	**池田首相、所得倍増を提唱。**嶋中事件。
三七	一九六二	83	「白鳥百話」を連載中、日本医大付属病院に入院（八月）。膵臓癌と診断され、一〇月二八日永眠。三〇日日本基督教会柏木教会にて、植村正久の息女、植村環牧師により葬儀告別式が行われる。	**防衛庁、再軍備進める。**安部公房「砂の女」。

右の年譜は後藤亮『正宗白鳥　文学と生涯』巻末年譜と児玉幸多編『日本史年表』（吉川弘文館）をもとに、時代と文学の流れを重視して作成。なお、年譜の「一般事項」におけるゴチック体の記述は「世の中」の出来事を示し、明朝体は「文学史」上の出来事を示す。

ニコライ　中村健之介
出口なお・王仁三郎　川村邦光
島地黙雷　阪本是丸
新島　襄　太田雄三
澤柳政太郎　新田義之
河口慧海　高山龍三
大谷光瑞　白須淨眞
李　方子　小田部雄次
久米邦武　髙田誠二
岡倉天心　木下長宏
徳富蘇峰　杉原志啓
内藤湖南・桑原隲蔵　礪波　護
岩村　透　今橋映子
西田幾多郎　大橋良介
喜田貞吉　中村生雄
上田　敏　及川　茂
柳田国男　鶴見太郎
厨川白村　張　競
辰野　隆　金沢公子
矢内原忠雄　等松春夫
薩摩治郎八　小林　茂
福地桜痴　山田俊治
田口卯吉　鈴木栄樹
陸　羯南　松田宏一郎
竹越與三郎　西田　毅
宮武外骨　山口昌男
吉野作造　田澤晴子
野間清治　佐藤卓己
北　一輝　宮本盛太郎
北里柴三郎　福田眞人
南方熊楠　飯倉照平
寺田寅彦　金森　修
石原　純　金子　務
J・コンドル　鈴木博之
小川治兵衛　尼崎博正

現代

昭和天皇　御厨　貴
吉田　茂　中西　寛
マッカーサー　柴山　太
重光　葵　武田知己
和田博雄　庄司俊作
竹下　登　真渕　勝
松永安左エ門　橘川武郎
鮎川義介　井口治夫
松下幸之助　米倉誠一郎
本田宗一郎　伊丹敬之
井深　大　武田　徹
幸田家の人々　金井景子
*正宗白鳥　大嶋　仁
*川端康成　大久保喬樹
松本清張　杉原志啓
R・H・ブライス　菅原克也
金　素雲　林　容澤
柳　宗悦　熊倉功夫
バーナード・リーチ　鈴木禎宏
イサム・ノグチ　酒井忠康
川端龍子　岡部昌幸
藤田嗣治　林　洋子
手塚治虫　竹内オサム
山田耕筰　後藤暢子
武満　徹　船山　隆
西田天香　宮田昌明
安倍能成　中根隆行
G・サンソム　牧野陽子
和辻哲郎　小坂国継
青木正児　井波律子
矢代幸雄　稲賀繁美
石田幹之助　岡本さえ
平泉　澄　若井敏明
前嶋信次　杉田英明
竹山道雄　平川祐弘
保田與重郎　谷崎昭男
佐々木惣一　松尾尊兊
*瀧川幸辰　伊藤孝夫
福本和夫　伊藤　晃
フランク＝ロイド・ライト　大久保美春

*は既刊
二〇〇四年九月現在

二代目市川團十郎　田口章子
与謝蕪村　佐々木丞平
伊藤若冲　狩野博幸
鈴木春信　小林　忠
円山応挙　佐々木正子
*佐竹曙山　成瀬不二雄
葛飾北斎　岸　文和
酒井抱一　玉蟲敏子
西郷隆盛　草森紳一
*吉田松陰　海原　徹
徳川慶喜　大庭邦彦
和　宮　辻ミチ子

近代

明治天皇　伊藤之雄
大久保利通　三谷太一郎
山県有朋　鳥海　靖
木戸孝允　落合弘樹
井上　馨　高橋秀直
松方正義　室山義正
北垣国道　小林丈広

伊藤博文　坂本一登
井上　毅　大石　眞
桂　太郎　小林道彦
林　董　君塚直隆
高宗・閔妃　木村　幹
高橋是清　鈴木俊夫
小村寿太郎　簑原俊洋
加藤高明　櫻井良樹
田中義一　黒沢文貴
平沼騏一郎　堀田慎一郎
宮崎滔天　榎本泰子
浜口雄幸　川田　稔
幣原喜重郎　西田敏宏
関　一　玉井金五
広田弘毅　井上寿一
安　重根　上垣外憲一
グルー　廣部　泉
東條英機　牛村　圭
蔣　介石　劉　岸偉
木戸幸一　波多野澄雄
乃木希典　佐々木英昭

加藤友三郎・寛治　麻田貞雄
宇垣一成　北岡伸一
石原莞爾　山室信一
五代友厚　田付茉莉子
安田善次郎　由井常彦
渋沢栄一　武田晴人
山辺丈夫　宮本又郎
武藤山治　阿部武司・桑原哲也
小林一三　橋爪紳也
大原孫三郎　猪木武徳
イザベラ・バード　加納孝代
林　忠正　木々康子
森　鷗外　小堀桂一郎
二葉亭四迷　ヨコタ村上孝之
島崎藤村　十川信介
泉　鏡花　東郷克美
有島武郎　亀井俊介
永井荷風　川本三郎

北原白秋　平石典子
菊池　寛　山本芳明
宮澤賢治　千葉一幹
正岡子規　夏石番矢
P・クローデル　内藤　高
高浜虚子　坪内稔典
与謝野晶子　佐伯順子
種田山頭火　村上　護
斎藤茂吉　品田悦一
*高村光太郎　湯原かの子
萩原朔太郎　エリス俊子
原阿佐緒　秋山佐和子
高橋由一・狩野芳崖　古田　亮
竹内栖鳳　北澤憲昭
黒田清輝　高階秀爾
中村不折　石川九楊
横山大観　高階秀爾
橋本関雪　西原大輔
小出楢重　芳賀　徹
土田麦僊　天野一夫
中山みき　鎌田東二

*京極為兼　今谷　明
兼　好　島内裕子
重　源　横内裕人
運　慶　根立研介
法　然　今堀太逸
慈　円　大隅和雄
明　恵　西山　厚
親　鸞　末木文美士
恵信尼・覚信尼　西口順子
道　元　船岡　誠
叡　尊　細川涼一
忍　性　松尾剛次
*日　蓮　佐藤弘夫
一　遍　蒲池勢至
夢窓疎石　田中博美
宗峰妙超　竹貫元勝

南北朝・室町

後醍醐天皇　上横手雅敬
護良親王　新井孝重
北畠親房　岡野友彦
楠正成　兵藤裕己
新田義貞　山本隆志
足利尊氏　市沢　哲
佐々木道誉　下坂　守
円観・文観　田中貴子
足利義満　川嶋將生
足利義教　横井　清
大内義弘　平瀬直樹
日野富子　脇田晴子
世阿弥　西野春雄
雪舟等楊　河合正朝
宗　祇　鶴崎裕雄
満　済　森　茂暁
一休宗純　原田正俊

戦国・織豊

北条早雲　家永遵嗣
毛利元就　岸田裕之
*今川義元　小和田哲男
武田信玄　笹本正治
三好長慶　仁木　宏
上杉謙信　矢田俊文
吉田兼倶　西山　克
織田信長　三鬼清一郎
豊臣秀吉　藤井讓治
前田利家　東四柳史明
蒲生氏郷　藤田達生
伊達政宗　伊藤喜良
支倉常長　田中英道
北政所おね　田端泰子
淀　殿　福田千鶴
ルイス・フロイス　エンゲルベルト・ヨリッセン
*長谷川等伯　宮島新一
顕　如　神田千里

江戸

徳川家康　笠谷和比古
徳川吉宗　横田冬彦
後水尾天皇　久保貴子
崇　伝　杣田善雄
池田光政　倉地克直
シャクシャイン　岩崎奈緒子
田沼意次　藤田　覚
林羅山　鈴木健一
中江藤樹　辻本雅史
山崎闇斎　澤井啓一
*北村季吟　島内景二
ケンペル　ボダルト・ベイリー
雨森芳洲　上田正昭
前野良沢　松田　清
平賀源内　石上　敏
杉田玄白　吉田　忠
上田秋成　佐藤深雪
大田南畝　沓掛良彦
菅江真澄　赤坂憲雄
鶴屋南北　諏訪春雄
良　寛　阿部龍一
滝沢馬琴　高田　衛
山東京伝　佐藤至子
平田篤胤　川喜田八潮
シーボルト　宮坂正英
本阿弥光悦　岡　佳子
小堀遠州　中村利則
尾形光琳・乾山　河野元昭

ミネルヴァ日本評伝選

上代

俾弥呼　古田武彦
日本武尊　西宮秀紀
雄略天皇　吉村武彦
蘇我氏四代　遠山美都男
推古天皇　義江明子
聖徳太子　仁藤敦史
斉明天皇　武田佐知子
天武天皇　新川登亀男
持統天皇　丸山裕美子
阿倍比羅夫　熊田亮介
柿本人麻呂　古橋信孝
聖武天皇　本郷真紹
光明皇后　寺崎保広
孝謙天皇　勝浦令子
藤原不比等　荒木敏夫
吉備真備　今津勝紀
道　鏡　吉川真司
大伴家持　和田　萃
行　基　吉田靖雄

平安

桓武天皇　井上満郎
嵯峨天皇　西別府元日
宇多天皇　古藤真平
醍醐天皇　石上英一
村上天皇　京樂真帆子
花山天皇　上島　享
三条天皇　倉本一宏
後白河天皇　美川　圭
小野小町　錦　仁
菅原道真　竹居明男
紀貫之　神田龍身
慶滋保胤　平林盛得
*安倍晴明　斎藤英喜
藤原道長　朧谷　寿
清少納言　後藤祥子
紫式部　竹西寛子
和泉式部　ツベタナ・クリステワ
大江匡房　小峯和明
式子内親王　奥野陽子
建礼門院　生形貴重
阿弖流為　樋口知志
坂上田村麻呂　熊谷公男
*源満仲・頼光　元木泰雄
平将門　西山良平
平清盛　田中文英
藤原秀衡　入間田宣夫
空　海　頼富本宏
最　澄　吉田一彦
源　信　小原　仁
守覚法親王　阿部泰郎

鎌倉

源頼朝　川合　康
源義経　近藤好和
後鳥羽天皇　五味文彦
九条兼実　村井康彦
北条時政　野口　実
*北条政子　関　幸彦
北条義時　岡田清一
北条時宗　近藤成一
安達泰盛　山陰加春夫
竹崎季長　堀本一繁
西　行　光田和伸
藤原定家　赤瀬信吾

刊行のことば

歴史を動かすものは人間であり、興趣に富んだ人間の動きを通じて、世の移り変わりを考えるのは、歴史に接する醍醐味である。

しかし過去の歴史学を顧みるとき、人間不在という批判さえ見られたように、歴史における人間のすがたが、必ずしも十分に描かれてきたとはいえない。二十一世紀を迎えた今、歴史の中の人物像を蘇生させようとの要請はいよいよ強く、またそのための条件もしだいに熟してきている。

この「ミネルヴァ日本評伝選」は、正確な史実に基づいて書かれるのはいうまでもないが、単に経歴の羅列にとどまらず、歴史を動かしてきたすぐれた個性をいきいきとよみがえらせたいと考える。そのためには、対象とした人物とじっくりと対話し、ときにはきびしく対決していくことも必要になるだろう。

今日の歴史学が直面している困難の一つに、研究の過度の細分化、瑣末化が挙げられる。それは緻密さを求めるが故に陥った弊害といえるが、その結果として、歴史の大きな見通しが失われ、歴史学を通しての社会への働きかけの途が閉ざされ、人々の歴史への関心を弱める危険性がある。今こそ歴史が何のためにあるのかという、基本的な課題に応える必要があろう。評伝という興味ある方法を通じて、解決の手がかりを見出せないだろうかというのも、この企画の一つのねらいである。

狭義の歴史学の研究者だけでなく、多くの分野ですぐれた業績をあげている著者たちを迎えて、従来見られなかった規模の大きな人物史の叢書として、「ミネルヴァ日本評伝選」の刊行を開始したい。

平成十五年（二〇〇三）九月

ミネルヴァ書房

《著者紹介》

大嶋　仁（おおしま・ひとし）

1948年　生まれ。

1980年　東京大学大学院博士課程（比較文学比較文化）修了。

バルセロナ，リマ，ブエノスアイレス，パリで教鞭をとったあと，

現　在　福岡大学人文学部教授（比較文学専攻）。

著　書　『表層意識の都―パリ1991-1995』作品社，1996年。

『精神分析の都―ブエノス・アイレス幻視』作品社，1996年。

『心の変遷』増進会出版社，1997年。

『福沢諭吉のすゝめ』新潮選書，1998年。

『ユダヤ人の思考法』ちくま新書，1999年。

『知の噴火口 九州の思想をたどる』西日本新聞社，2001年

ほか。

ミネルヴァ日本評伝選

正《まさ》宗《むね》白《はく》鳥《ちょう》

――何云つてやがるんだ――

2004年10月10日　初版第1刷発行　〈検印省略〉

定価はカバーに
表示しています

著　者　大　嶋　　仁

発行者　杉　田　啓　三

印刷者　江　戸　宏　介

発行所　株式会社　ミネルヴァ書房

607-8494 京都市山科区日ノ岡堤谷町1

電話（075）581-5191（代表）

振替口座 01020-0-8076番

共同印刷工業・新生製本

ISBN4-623-04149-2

Printed in Japan

人名索引

た　行

な　行

は　行

ま　行

や　行

ら　行

わ　行

事項索引

あ行

か行

さ　行

た　行

な　行

は　行

ま　行

や　行

ら　行

わ　行